황정견시집주 13
黃庭堅詩集注

Anotations of Hwang Jeong-gyeon's Poems

옮긴이

박종훈 朴鍾勳 Park Chong-hoon
지곡서당(芝谷書堂)에서 한학(漢學)을 연수했으며, 조선대학교 국어국문학부(고전번역전공)에 재직 중이다.

박민정 朴玟貞 Park Min-jung
고려대학교에서 중국고전시 박사학위를, 중국저장대학(浙江大學)에서 대외한어교학 박사학위를 취득했다. 현재 세종사이버대학교 국제학과 교수로 재직 중이다.

이관성 李灌成 Lee Kwan-sung
곡부서당에서 서암 김희진 선생에게 한문을 배웠다. 현재 퇴계학연구원에 재직 중이다.

황정견시집주 13

초판발행 2024년 8월 15일

지은이 황정견
옮긴이 박종훈·박민정·이관성

펴낸이 박성모
펴낸곳 소명출판
출판등록 제1998-000017호
주소 06641 서울시 서초구 사임당로14길 15 서광빌딩 2층
전화 02-585-7840
팩스 02-585-7848
이메일 somyungbooks@daum.net
홈페이지 www.somyong.co.kr

ISBN 979-11-5905-927-8 94820
979-11-5905-914-8 (전14권)
정가 23,000원

이 저서는 2019년 대한민국 교육부와 한국연구재단의 지원을 받아 수행된 연구임 (NRF-2019S1A5A7069036).
This work was supported by the Ministry of Education of the Republic of Korea and the National Research Foundation of Korea (NRF-2019S1A5A7069036).

한국연구재단
학술명저번역총서

황정견시집주 13

黃庭堅詩集注

Anotations of Hwang Jeong-gyeon's Poems

황정견 저

박종훈 · 박민정 · 이관성 역

일러두기

1. 본 번역은 『黃庭堅詩集注』(전5책)(北京 : 中華書局, 2007)를 저본으로 삼았다.
2. 위 저본에 있는 '교감기'는 해당 구절의 원문에 각주로 붙였고 **[교감기]**라고 표시해 두어, 번역자가 붙인 각주와 구별했다.
3. 서명과 작품명이 동시에 나올 때는 '『 』'로 모았고, 작품명만 나올 때는 '「 」'로 처리했다.
4. 번역문과 원문 중에 나오는 소자(小字)는 '【 】'로 표시해 묶어 두었다.
5. 번역문과 원문 중에 나오는 '○'는 저본에 있는 것을 그대로 옮겨온 것으로, 주석 부분에 추가로 주석을 붙인 부분이다.
6. 번역문에는 1차 인용, 2차 인용, 3차 인용까지 된 경우가 있는데, 모두 큰따옴표("")로 처리했다.

1. 황정견은 누구인가?

황정견黃庭堅, 1045~1105은 북송北宋의 대표 시인으로, 자는 노직魯直, 호는 산곡山谷 또는 부옹涪翁이며 홍주洪州 분녕分寧, 지금의 장시江西성 슈수이修水 사람이다. 소식蘇軾, 1036~1101의 문하생 중 가장 핵심적인 인물로, 장뢰張耒·조보지晁補之·진관秦觀 등과 함께 '소문사학사蘇門四學士'로 불린다. 어릴 때부터 총명했던 황정견은 23세에 진사에 급제하여 국사편수관까지 역임했으나 이후 여러 지방관과 유배지를 전전하는 등 벼슬길이 순탄치 않았다. 두보杜甫, 712~770를 존경했고 소식의 시학詩學을 계승했으며, 소식과 함께 소·황蘇·黃으로 불린다.

중국시가의 최고 전성기라 할 수 있는 당대唐代를 뒤이어 등장한 북송의 시인들에게는 당시에서 벗어난 송시만의 특징을 만들어 내야 하는 일종의 숙명이 있었다. 이러한 숙명은 북송 초 서곤체에 의해 시도되었으며 북송 중기에 이르러 비로소 송시다운 시가 시대를 풍미하기에 이르렀다. 황정견이 그 중심에 있었으며 그를 중심으로 진사도陳師道 등 25명의 시인이 황정견의 문학을 계승하며 하나의 유파로 활동했다. 이들을 일컬어 '강서시파江西詩派'라 했는데, 이 명칭은 남송 여본중呂本中, 1084~1145의 『강서시사종파도江西詩社宗派圖』에서 비롯되었다. 25인 모두 강서江西 출신은 아니지만, 여본중은 유파의 시조인 황정견이 강서

출신이라는 점에서 강서시파로 붙인 것이다. 시파의 성원들은 모두 두보를 배웠기에 송대 방회方回, 1227~1305는 두보와 황정견, 진사도, 진여의陳與義를 강서시파의 일조삼종一朝三宗이라 칭하였다.

　여본중이『강서종파시집江西宗派詩集』115권을 편찬했으며, 뒤이어 증굉曾紘, 1022~1068이『강서속종파시江西續宗派詩』2권을 편찬했다. 송대 시단에 있어서 황정견의 영향력은 남송南宋에까지도 미쳤는데, 우무尤袤, 양만리楊萬里, 범성대范成大, 육유陸游, 소덕조蕭德藻 같은 남송의 대가들도 모두 그 풍조에 영향을 받았다. 황정견강서시파의 시풍詩風은 송대 뿐만 아니라 원대元代 및 조선의 시단에도 적지 않은 영향을 미쳤다.

2. 북송의 시대 배경과 문학풍조

　송나라는 개국開國 왕조인 태조부터 인종조仁宗朝를 거치면서 만당晩唐·오대五代의 장기간 혼란했던 국면이 어느 정도 정리되어 나라가 안정되고 백성들의 생활환경 또한 비교적 안정을 찾게 되었다. 전대前代의 가혹했던 정세가 완화됨에 따라 농업이 급속도로 발달하였고 안정된 농업의 경제적 기초 위에서 상공업이 번창하고 번화한 도시가 등장하는 등 사회 전반에 걸쳐 전대에 비해 상당한 풍요를 구가하게 되었다. 이처럼 사회 전체가 안정되고 발전함에 따라 일반 백성들은 점차 단조로운 것보다는 복잡하고 화려한 것을 추구하게 되었다. 시대적·사회적 환경은 곧 문학 출현의 배경이고, 문학은 사회생활이 반영된 예술이라고 할 만큼 불가분의 관계에 있다. 유협劉勰이 "문학의 변천은 사회 정황에 따르다文變染乎世情, 興廢繫乎時序"고 한 것처럼, 사회의 각종 요인은 문학적 현상을 결정하기 때문에 이러한 요소의 변화는 필연적으로 문학 풍조의 변혁을 동반한다. 송초 시체詩體의 변천은 이러한 사실을 보여주는 객관적인 증거이다. 특히 송대에는 일찍부터 학문이 중시되었다. 이는 주로 군주들의 독서열과 학문 제창으로 하나의 사회적 풍조로 자리잡게 되어 송대의 중문중학重文重學적 분위기가 마련되었다.

중국 시가의 전성기라 할 수 있는 당대唐代가 마무리되고 뒤이어 등장한 북송 초는 중국시가발전사 측면에서 보면 일종의 '답습의 시기'이면서 '개혁의 시기'였다고 할 수 있다. 이 시기 시단에서는 백체白體, 만당체晚唐體, 서곤체西崑體 등 세 시풍이 크게 유행했다. 이중 개국 초 성세기상盛世氣象 및 시대 분위기와 사람들이 추구하던 심미취향에 매우 적합했던 서곤체가 시간상 가장 늦게, 가장 긴 기간 동안 성행했고 결과적으로 이러한 시대적 문학적 요구는 황정견 시를 통해 꽃을 피우며 북송 시단 및 송대 시단을 대표하게 되었다.

3. 황정견 시의 특징과 시사적 위상

황정견은 시를 지을 때 힘써 시의 표현을 다지고 시법을 엄격히 지켜 한 마디 한 글자도 가벼이 쓰지 않았다. 황정견은 수많은 대가들을 본받으려고 했지만, 그중에서도 두보杜甫를 가장 존중했다. 황정견은 두보 시의 예술적인 성취나 사회시社會詩 같은 내용 측면에서의 계승보다는, 엄정한 시율과 교묘巧妙한 표현 등 시의 형식적 측면을 본받으려 했다. 『창랑시화滄浪詩話』·『시인옥설詩人玉屑』·『허언주시화許彦周詩話』·『후산시화后山詩話』·『왕직방시화王直方詩話』·『초계어은총화苕溪漁隱叢話』 등에 보이는 황정견 시론의 요점을 정리하면 대략 다음과 같다.

첫째, 시의 조구법造句法으로서의 환골법換骨法과 탈태법奪胎法이다. 이에 대해 황정견은 "시의 의미는 무궁한데 사람의 재주는 한계가 있다. 한계가 있는 재주로 무궁한 의미를 좇으려고 하니, 비록 도잠과 두보라고 하더라도 공교롭기 어렵다. 원시의 의미를 바꾸지 않고 그 시어를 짓는 것을 환골법이라고 하고, 원시의 의미를 본떠서 형용하는 것을 탈태법이라고 한다[詩意無窮, 而人才有限. 以有限之才, 追無窮之意, 雖淵明少陵, 不得工也. 不易其意而造其語, 謂之換骨法. 規摹其意而形容之, 謂之奪胎法]"라고 한 바 있다『시인옥설(詩人玉屑)』에 보인다. 이로 보건대, 황정견이 언급한 환골법은 의경을 유사하게 하면서 어휘만 조금 바꾼 것을 일컫고, 탈태법은 의경을 변형하여 사용하는 방법이라고 할 수 있다.

예를 들면, 당대唐代 유우석劉禹錫의 "멀리 동정호의 수면을 바라보니, 흰 은쟁반 속에 하나의 푸른 고동 있는 듯[遙望洞庭湖水面, 白銀盤里一靑螺]"를 근거로 황정견이 "아쉬워라, 호수의 수면에 가지 못해, 은빛 물결 속에서 푸른 산을 보지 못한 것[可惜不當湖水面, 銀山堆裏看靑山]"이라 읊은 것은 환골법이고 백거이白居易의 "사람의 한평생 밤이 절반이고, 한 해의 봄철은 많지 않다오[百年夜分半, 一歲春無多]"라 한 것을 기반으로 황정견이 "한평생 절반은 밤으로 나눠 흘러가고, 한 해에도 많지 않노니 봄 잠시 오네[百年中去夜分半, 一歲無多春再來]"라고 읊은 것은 탈태법이다. 황정견이 환골법과 탈태법을 활용한 작품에 대해서는 『시인옥설詩人玉屑』에서 언급한 바 있다.

둘째, 요체拗體의 추구이다. 요체란 근체시의 평측平仄 격식을 반드시 엄정하게 따르지는 않은 것을 말한다. 이를테면, 평성이 들어가야 할 자리에 측성을 두거나 측성의 위치에 평성을 두어 율격적 참신성을 획득하는 방식으로 두보와 한유韓愈도 추구했던 것이다. 황정견은 더욱 특이한 표현을 추구하기 위해 시율에 어긋나는 기자奇字를 자주 사용하면서 강서시파 특징 중 하나가 되었다. 이와 관련하여, 송대 위경지魏慶之가 찬술한 『시인옥설詩人玉屑』에 '촉구환운법促句換韻法'과 '환자대구법換字對句法' 등을 소개하면서, "기세를 떨쳐 평범하지 않으려는 의도에서 비롯되었다. 이전에는 이러한 체제로 시를 지은 사람은 없었는데, 오직 황정견이 그것을 바꾸었다[欲其氣挺然不群, 前此未有人作此體 , 獨魯直變之]"라는 평어가 보인다.

셋째, 진부한 표현이나 속된 말을 배척하고 특이한 말과 기이한 표현을 추구했다. 구체적으로는 술어를 중심으로 평이한 글자를 기이하게 단련鍛鍊시켰고 조자助字의 사용에 힘을 특히 기울였으며, 매우 궁벽하고 어려운 글자를 사용했고 기이한 풍격을 형성하기 위해 전대前代 시에서 잘 쓰지 않던 비속非俗한 표현을 시어로 구사하여 참신한 의경을 만들어내곤 했다. 이와 관련해 황정견은 "차라리 음률이 조화롭지 않을지언정 구句를 약하게 만들지 말아야 하며, 차라리 글자 구사가 공교롭지 않을지언정 시어를 속되게 만들어서는 안 된다[寧律不諧, 而不使句弱. 寧用字不工, 不使語俗]"라고 했으며『시인옥설(詩人玉屑)』, 황정견의 시구 중에는 "다른 사람을 따라 계획을 세우는 것은 결국 사람에게 뒤지게 된다[隨人作計終後時]"라는 구절과 "문장에게 가장 피해야 할 것은 다른 사람을 따라 짓는 것이다[文章最忌隨人後]"라는 구절도 있다.

또한 엄우嚴尤는『창랑시화滄浪詩話』에서 "소식과 황정견에 이르러 비로소 자신의 기법에서 나온 것을 시로 여기며, 당대 시인들의 시풍에서 벗어난 것이다. 황정견은 공교로운 말을 쓰는 것이 더욱 심해졌고, 그 후로 시를 짓는 자리에서 황정견의 시풍이 성행했는데 세상에서는 '강서종파'라 불렀다[至東坡山谷始自出己法以爲詩, 唐人之風變矣. 山谷用工尤深刻, 其後法席盛行, 海內稱爲江西宗派]"라고 했다. 송대 허의許顗의『허언주시화許彦周詩話』에 "시를 지을 때 평이하고 비루한 기운을 제거하지 않으면 매우 잘못된 작품이 된다. 객이 묻기를 "어떻게 하면 그런 것을 제거할 수 있습니까"라 하였다. 이에 내가 "당의 의산 이상은의 시와 본조 황정견의 시를 숙독하여 깊이 생각하면 제거할 수 있다"라고 대답했다作詩淺易鄙陋之氣不除, 大可惡. 客問, 何從去之. 僕曰, 熟讀唐李義山詩與本朝黃魯直詩而深思之, 則去也"라는 구절이 보인다. 이밖에 『후산시화后山詩話』이나 『왕직방시화王直方詩話』및 『초계어은총화苕溪漁隱叢話』등에도 황정견이 시어 사용에 있어서의 기이한 측면에 대한 언급이 보인다.

넷째, 전고典故의 정밀한 사용을 추구했다. 이는 황정견 시론의 "한 글자도 유래가 없는 것은 없다[無一字無來處]"와 연관된다. 강서시파는 독서를 중시했는데, 이것은 구법의 차원에서 전대 시의 장점을 수용하기 위한 것이지만, 이는 전고의 교묘巧妙한 활용이라는 결과로 표현되기도 했다. 그러면서 전인의 전고를 그대로 답습하지 않고 자신의 의도에 맞게 변용했다.

이와 같은 황정견의 환골탈태법과 요체와 기이한 표현 및 전고의 활용이라는 창작법에 대해 부정적 평가도 적지 않다. 『예원치원』에서는 "시격이 소식과 황정견으로부터 변했다고 한 논의는 옳다. 황정견의 뜻은 소식이 불만스러워 곧바로 능가하려 했는데도 소식보다 못하다. 어째서인가? 교묘하게 하려고 하면 할수록 졸렬해지고 새롭게 하려고 하면 할수록 진부해지며, 가까워지려고 하면 할수록 멀어지기 때문이다[詩格變自蘇黃, 固也. 黃意不滿蘇, 直欲凌其上, 然故不如蘇也. 何者. 愈巧愈拙, 愈新愈陳, 愈近愈遠]", "노직 황정견은 소승이 되기에는 부족하고 다만 외도일 따름이며, 이미 방생 가운데 빠져 있었다[魯直不足小乘, 直是外道耳, 已墮傍生趣中]", "노직 황정견은 생경生硬한 기법을 구사했는데 어떤 경우는 졸렬하고 어떤 경우는 공교로우니, 두보의 가행체에서 본받았다[魯直用生拗句法, 或拙或巧, 從老杜歌行中來]"라고 평가했다. 이러한 부정적 평가는 황정견 시의 파급력에 대한 반증이기도 하다. 황정견을 중심으로 한 강서시파가 당대當代는 물론 후대 및 조선의 문인들에도 적지 않은 영향을 미쳤다.

한국 한시는 중종中宗 연간에 큰 성과를 이루어 이행李荇, 1478~1534, 박상朴祥, 1474~1530, 신광한申光漢, 1484~1555, 김정金淨, 1486~1521, 정사룡鄭士龍, 1491~1570, 박은朴誾, 1479~1504 등의 시인을 배출했고 선조宣祖 연간에는 이를 이어 노수신盧守愼, 1515~1590, 황정욱黃廷彧, 1532~1607, 최경창崔慶昌, 1539~1583, 백광훈白光勳, 1537~1582, 이달李達, 1539~1612 등 걸출한 시인을 배출했다. 이때 우리 한시의 흐름은 고려 이래 지속되어 온 소식을 위주로 한 송시풍宋詩風의 연장선상에 있다가, 황정견과 진사도를 배우게 되었으며, 다시 변해 당시唐詩를 배우게 되었다. 이에 따라 이 시기 시인은 송시를 모범으로 삼는 부류와 당시를 모범으로 삼는 경우로 대별된다. 또한 송시를 모범으로 삼는 경우도 다시 소식을 배우고자 했던 인물과 황정견이나 진사도를 배우고자 했던 인물로 나눌 수 있다. 그만큼 황정견의 영향력이 컸다는 것을 알 수 있다.

황정견과 진사도를 배웠다고 언급되는 시인으로는 박은, 이행, 박상, 정사룡, 노수신, 황정욱 등을 들 수 있다. 이들은 각기 한 시대를 대표하는 시인으로, 우리 한시사韓詩史에서 심도 있게 다루어지고 있다. 이들 시인을 '해동강서시파海東江西詩派'라고 규정하고 있는데, 그 이유는 황정견과 진사도로 대표되는 '강서시파'의 영향력 아래에서 찾아볼 수 있다.

이인로李仁老, 1152~1220는 『보한집補閑集』에서 "소식과 황정견의 문집을 읽는 것이 좋은 시를 짓는 방법이다"라고 했으니, 고려 중기에 황정견의 문집이 유통되고 있었음을 확인할 수 있다. 이후 공민왕恭愍王 때에는 『산곡시집주山谷詩集註』가 간행되었고 조선조에는 황정견을 중심으로 한 강서시파 시인의 작품을 뽑은 시선집이나 문집이 여러 차례 간행되었다. 안평대군安平大君도 황정견 등을 포함한 『팔가시선八家詩選』을 엮었고 황정견 시를 가려 뽑아 『산곡정수山谷精粹』를 엮은 바 있다. 성종成宗 때에도 한 차례 황정견 시집을 간행했고 성종의 명으로 언해諺解를 시도했지만 실행되지는 못했다. 이후 유호인俞好仁, 1445~1494이 『황산곡집黃山谷集』을 발간하였고 중종에서 명종 연간에 황정견의 문집이 인간印刊되었다. 황정견 시문집에 대한 잇닿은 간행은 고려와 조선의 시인들이 지속적으로 강서시파를 배우고자 했다는 당대當代 시단의 흐름을 반영한 것이다.

고려시대부터 조선 초기까지 강서시파의 영향을 확인할 수 있는 시인으로 이인로李仁老, 임춘林椿, ?~?, 이담李湛, ?~?, 이색李穡, 1328~1396, 신숙주申叔舟, 1417~1475, 성삼문成三問, 1418~1456, 조수趙須, ?~?, 김종직金宗直,

1431~1492, 홍귀달洪貴達, 1438~1504, 권오복權五福, 1467~1498, 김극성金克成, 1474~1540, 조신曺伸,1454~1529 등 셀 수 없을 정도이다. 이러한 흐름은 두보의 시를 배우고자 한 것으로 파악되는데, 앞서 보았듯이 황정견이 두시杜詩를 가장 잘 배웠다고 칭송되고 있었기에, 황정견을 통해 두보의 시에 접근해 보려는 노력도 깔려있었다고 할 수 있다. 정사룡도 이달에게 두시를 가르쳤고 노수신은 그의 시가 두시의 법도를 얻은 것으로 평가되고 있으며, 황정욱도 두보의 시를 엿보고 있다는 지적을 받고 있다. 그 밖에 박은, 이행, 박상의 시가 두시의 숙독에서 나온 것을 작품의 도처에서 확인할 수 있다. 이러한 경향으로 볼 때, 두보의 시를 배우는 한 일환으로 강서시파의 핵심인 황정견에 관심을 기울인 것으로 보인다. 이 밖에도 조선 초 화려한 대각臺閣의 시풍에 대한 반발도 강서시파의 작품을 배우고자 하는 한 배경으로 작용했다.

지속적인 강서시파 관련 서적의 수입과 인간印刊을 바탕으로 강서시파에 대한 학습이 고려에서부터 조선 초까지 지속되었고 이를 배경으로 강서시파를 배우고자하는 움직임이 성종 연간에 집중적으로 나타났으며, 한시사에게 거론되는 주요 시인들이 등장하게 되었다. 이러한 연장선상에서 소위 '해동강서시파'가 출현하게 된다.

해동강서시파는 강서시파의 영향을 받고 이에 따라 유사한 시풍을 견지했던 일군의 시인을 지칭하는 개념이다. 이 점에서 해동강서시파는 강서시파의 시풍이나 창작방법론을 대거 수용하고 이에서 한 걸음 더 나아가 자신만의 변용을 꾀한 시인들이라 평가할 수 있다. 황정견을 위주로 한 강서시파를 배웠다고 언급되는 해동강서시파의 시인으로는 박은, 이행, 박상, 정사룡, 노수신, 황정욱 등을 들 수 있다. 이들 시인들이 강서시파의 배웠다는 구체적인 기록도 남아 있다.

해동강서시파의 시가 중국 강서시파의 작법을 수용했다는 것은 단순히 자구를 모방하는 차원의 것이 아니라, 시를 쓰는 법을 배워 우리의 정서와 실정에 맞는 시를 쓰기 위해 노력한 것이다. 결국 해동강서시파의 작품에 대한 올바른 접근은 강서시파에 대한 접근에서부터 비롯되어야 한다. 시작법을 어떻게 수용하고 있는지, 또 어떠한 변용이 이루어진 것인지에 대한 입체적인 접근이 있어야만 해동강서시파에 대한 올바른 평가를 내릴 수 있다. 그 출발점이 바로 해동강서시파에 지대한 영향을 미쳤던 황정견 문집에 대한 완역이다.

4. 『황정견시집주黃庭堅詩集注』는?

『황정견시집주』는 북경北京 중화서국中華書局에서 2007년에 출간한 책이다. 전5책으로 『산곡시집주山谷詩集注』 권1~20, 『산곡외집시주山谷外集詩注』 권1~17, 『산곡별집시주山谷別集詩注』 상·하, 『산곡시외집보山谷詩外集補』 권1~4, 『산곡시별집보山谷集別集補』 권1로 구성되어 있다.

『산곡시집주』 권1~20은 송宋 임연任淵이, 『산곡외집시주』 권1~17

은 송宋 사용史容이, 『산곡별집시주』 상·하는 송宋 사계온史季溫이 각각 주석을 붙여놓은 것이다. 『산곡시외집보』 권1~4와 『산곡시별집보』 권1은 청淸 사계곤謝啓崑이 엮은 것이다.

『황정견시집주』의 체계와 구성을 정리하면 다음 표와 같다.

책	권	비고
제1책	집주(集注) 권1~9	임연(任淵) 주(注)
제2책	집주(集注) 권10~20	임연(任淵) 주(注)
제3책	외집시주(外集詩注) 권1~8	사용(史容) 주(注)
제4책	외집시주(外集詩注) 권9~17	사용(史容) 주(注)
제5책	별집시주(別集詩注) 上·下	사계온(史季溫) 주(注)
	외보유(外補遺) 권1~4	사계곤(謝啓崑) 주(注)
	별집보(別集補)	

각 권에 수록된 시작품 수를 일람하면 다음 표와 같다.

권수	수록 작품 수	권수	수록 작품 수
山谷詩集注卷第一	22제(題) 30수(首)	山谷外集詩注卷第三	23제(題) 61수(首)
山谷詩集注卷第二	14제(題) 18수(首)	山谷外集詩注卷第四	18제(題) 31수(首)
山谷詩集注卷第三	19제(題) 30수(首)	山谷外集詩注卷第五	13제(題) 43수(首)
山谷詩集注卷第四	8제(題) 30수(首)	山谷外集詩注卷第六	20제(題) 25수(首)
山谷詩集注卷第五	9제(題) 29수(首)	山谷外集詩注卷第七	27제(題) 31수(首)
山谷詩集注卷第六	28제(題) 29수(首)	山谷外集詩注卷第八	27제(題) 40수(首)
山谷詩集注卷第七	25제(題) 40수(首)	山谷外集詩注卷第九	35제(題) 39수(首)
山谷詩集注卷第八	21제(題) 28수(首)	山谷外集詩注卷第十	30제(題) 33수(首)
山谷詩集注卷第九	28제(題) 44수(首)	山谷外集詩注卷第十一	29제(題) 45수(首)
山谷詩集注卷第十	17제(題) 23수(首)	山谷外集詩注卷第十二	28제(題) 50수(首)
山谷詩集注卷第十一	23제(題) 47수(首)	山谷外集詩注卷第十三	34제(題) 48수(首)
山谷詩集注卷第十二	28제(題) 50수(首)	山谷外集詩注卷第十四	23제(題) 46수(首)
山谷詩集注卷第十三	27제(題) 41수(首)	山谷外集詩注卷第十五	34제(題) 40수(首)

권 수	수록 작품 수	권 수	수록 작품 수
山谷詩集注卷第十四	14제(題) 43수(首)	山谷外集詩注卷第十六	35제(題) 47수(首)
山谷詩集注卷第十五	29제(題) 54수(首)	山谷外集詩注卷第十七	27제(題) 44수(首)
山谷詩集注卷第十六	18제(題) 42수(首)	山谷別集詩注卷上	36제(題) 37수(首)
山谷詩集注卷第十七	25제(題) 29수(首)	山谷別集詩注卷下	25제(題) 46수(首)
山谷詩集注卷第十八	17제(題) 27수(首)	山谷詩外集補卷第一	50제(題) 58수(首)
山谷詩集注卷第十九	28제(題) 45수(首)	山谷詩外集補卷第二	70제(題) 93수(首)
山谷詩集注卷第二十	19제(題) 27수(首)	山谷詩外集補卷第三	91제(題) 138수(首)
山谷外集詩注卷第一	24제(題) 29수(首)	山谷詩外集補卷第四	95제(題) 128수(首)
山谷外集詩注卷第二	22제(題) 30수(首)	山谷詩別集補	25제(題) 28수(首)
		총 1,260제(題) 1,916수(首)	

『황정견시집주』에는 총 1,260제題 1,916수首의 시작품이 수록되어 있다. 이 거질의 서적에 임연任淵·사용史容·사계온史季溫·사계곤謝啓崑이 주석을 부기했는데, 이를 통해서도 황정견의 박학다식함을 재삼 확인할 수도 있다.

임연·사용·사계온·사계곤은 주석에서 시구의 전체적인 표현이나 단어 및 고사와 관련해 『시경』·『논어』·『장자』·『초사』·『문선』·『한서』·『사기』·『이아』·『좌전』·『세설신어』·『본초강목』·『회남자』·『포박자』·『국어』·『서경잡기』·『전국책』·『법언』·『옥대신영』·『풍토기』·『초학기』·『한시외전』·『모시정의』·『원각경』·『노자』·『명황잡록』·『이원』·『진서』·『제민요술』·『오초춘추』·『신서』·『이문집』·『촉지』·『통전』·『남사』·『전등록』·『초목소』·『당본초』·『왕자년습유기』·『도경본초』·『유마경』·『춘추고이우』·『초일경』·『전심법요』·『여씨춘추』·『부자』·『수훤록』·『박물지』·『당서』·『신어』·『적곡자』·『순자』·『삼보결록』·『담원』·『한서음의』·『공자가어』·『당척언』·『극담록』·『유양잡조』·『운서』·『묘법연화경』·『지도론』·『육도삼략』·『금강경』·『양양기』·『관자』·『보적경』 등의 용례를 들어 자세하게 구절의 의미를 부연 설명했다. 또한 두보를 필두로 ·도잠·소식·한유·백거이·유종원·이백·유몽득·소무·이하·좌사·안연년·송옥·장적·맹교·유신·왕안석·구양수·반악·전기·하손·송기·범중엄·혜강·예형·왕직방·사령운·권덕여·사마상여·매요신·유우석·노동·구준·조하·강엄·장졸 등의 작품에 보이는 구절을 주석으로 부연하여 작품의 전례前例와 전체적인 의미를 상세하게 서술했다. 이밖에도 여타의 시화집에 보이는 황정견의 작품과 관련된 시화를 주석으로 부기하여, 작품의 창작배경이나 자신의 상황 및 의미를 자세하게 설명한 있다.

이처럼 『황정견시집주』 전5책은 황정견 작품의 구절 및 시어詩語 하나하나가 갖는 전례와 창작배경 그리고 구절의 의미 및 전체적인 의미를 상세하게 주석을 통해 소개해 주어, 황정견 작품의 세밀한 이해를 돕고 있다.

5. 향후 연구 전망

황정견과 강서시파에 대한 연구는 지금까지 꾸준히 진행되어 왔다. 그러나 아직까지 황정견 시작품에 대한 전체적인 번역이 이루어지지 않았기에, 구체적인 실상의 일면만을 위주로 하거나 혹은 피상적으로 연구가 진행되었다는 점에서 아쉬움이 남는다. 이에 상세한 주석을 통해 작품에 대한 이해를 돕는『황정견시집주』에 대한 완역은, 부족하나마 후학들에게 실질적으로 황정견 시를 이해하기 위한 토대 내지는 발판의 역할 정도는 할 수 있을 것으로 판단되며, 이를 계기로 유관 연구가 활발하게 진행되기를 기대하는 바이다.

첫째, 중국 문학 연구의 측면에서도 황정견을 중심으로 한 강서시파에 대한 연구가 활발하게 진행 될 것으로 기대한다. 강서시파 시론의 핵심이라고 할 수 있는 시의 조구법造句法으로서의 환골법換骨法과 탈태법奪胎法, 요체拗體의 추구, 진부한 표현이나 속된 말을 배척하고 특이한 말과 기이한 표현을 추구, 전고의 정밀한 사용 등에 대한 실제적인 접근이 이루어질 수 있는 계기가 될 것이며, 이로 인해 황정견뿐만 아니라 강서시파, 그리고 강서시파의 영향을 받았던 원대 시인에 대한 연구가 활발하게 진행 될 것이다.

둘째, 조선 문단에 대한 연구도 활발해질 것으로 기대한다. 고려 이후 지속적인 강서시파 관련 서적의 수입과 인간印刊을 바탕으로 강서시파에 대한 학습이 고려에서부터 조선 초까지 지속되었고 이를 배경으로 강서시파를 배우고자하는 움직임이 성종 연간에 집중적으로 나타났으며, 한시사에게 거론되는 주요 시인들이 등장하게 되었다. 이러한 연장선상에서 소위 '해동강서시파'가 출현했다.

해동강서시파로 지목된 박은朴誾, 이행李荇, 박상朴祥, 정사룡鄭士龍, 노수신盧守愼, 황정욱黃廷彧 등 이외에도 이인로李仁老, 임춘林椿, 이담李湛, 이색李穡, 신숙주申叔舟, 성삼문成三問, 조수趙須, 김종직金宗直, 홍귀달洪貴達, 권오복權五福, 김극성金克成, 조신曺伸 등도 모두 황정견이 주축이 된 강서시파의 영향 하에 있다는 연구 성과도 보고된 바 있다.

이로 보건대, 『황정견시집주』 전5권의 완역은 강서시파의 영향을 받았던, 소위 해동강서시파의 실체를 밝히는데 적지 않은 도움이 될 것으로 보인다. 또한 어떠한 부분에서 적극적으로 수용하려고 했는지, 그 목적이 무엇이었는지에 대한 연구의 초석이 될 것이다. 더불어, 강서시파의 영향 하에서 해동강서시파는 어떠한 변용을 통해, 각 개인의 특장을 살려 나갔는지에 대한 연구도 활발하게 진행될 것이다. 시인 개개인에 대한 접근을 통해, 해동강서시파의 특장을 밝히는데 있어 출발점이 될 것으로 기대한다.

황정견시집의 완역은 황정견 시작품과 중국 강서시파의 실체를 밝힐 수 있는 계기가 될 것이며, 동시에 지속적인 관심을 쏟았던 조선의

해동강서시파의 영향 관계 및 변용에 대한 연구가 본격적으로 진행될
수 있는 초석이 되리라 기대한다.

　　대저 시로써 세상에 이름을 날린 자는 한 글자 한 구절을 반드시 달로 분기로 단련하여 일찍이 함부로 드러내지 않고서 반드시 심사숙고한 바가 있다. 옛날 중산中山 의 유우석劉禹錫이 일찍이 말하기를 '시에 벽자僻字를 사용할 때는 반드시 근거한 바가 있어야 한다'라고 했다. 공考功 송지문宋之問의 「도중한식塗中寒食」에서 "말 위에서 한식을 맞으니, 봄이 와도 당락을 보지 못하네[馬上逢寒食, 春來不見餳]"라고 하였다. 일찍이 '당餳'이란 글자가 벽자임을 의아하게 생각하였는데, 이윽고 『모시毛詩』의 고주詁注를 읽고 나서 이에 육경 가운데 오직 이 주에서 이 '당餳'자에 대한 설명이 있는 것을 알게 되었다. 경문공景文公 송기宋祁 또한 이르기를 "몽득夢得 유우석이 일찍이 「구일九日」이란 시를 지으면서 '고糕'자를 쓰려고 하였는데 생각해보니 육경에 이 글자가 없어서 결국 쓰지 못하였다"라고 했다. 그러므로 경문공 송기의 「구일식고九日食糕」에서 "유랑은 기꺼이 '고糕'자를 쓰지 않았으니, 세상 당대의 호걸을 헛되이 저버렸어라[劉郎不肯題糕字, 虛負人間一世豪]"라고 했다. 이처럼 전배들의 글자 사용은 엄밀하였으니 이 시주詩注를 짓게 된 까닭이다.

　　본조 산곡山谷 노인의 시는 『이소離騷』와 『시경·이아雅』의 변체變體를 다하였으며 후산後山 진사도陳師道가 그 뒤를 이어 더욱 그 결정을 맺었다. 그러므로 두 사람의 시는 한 구절 한 글자가 고인古人 예닐곱 명을 합쳐 놓은 것과 같다. 대개 그 학문은 유儒, 불佛, 노老, 장莊의 깊은 이치를 통달하였으며, 아래로 의서醫術, 복서卜筮, 백가百家의 학설에 이르기까지 그 정수를 모두 캐어내어 시로 발하지 않음이 없다.

처음 산곡이 우리 고을에 와서 암곡 사이를 소요할 때 나는 경전經典을 배웠다. 한가한 날에는 인하여 두 사람의 시를 가지고 조금씩 주를 달았는데, 과문하여 그 깊은 의미를 자세히 파악하기 어려운 것이 한스러웠다. 일단 집에 보관하고서 훗날 나와 기호가 같은 군자를 기다려 서로 그 의미를 넓혀 나갔으면 한다.

정화政和 신묘년辛卯年, 1111 중양절重陽節에 쓰다.

大凡以詩名世者, 一字一句, 必月鍛季鍊, 未嘗輕發, 必有所考. 昔中山劉禹錫嘗云, 詩用僻字, 須要有來去處. 宋考功詩云, 馬上逢寒食, 春來不見餳. 嘗疑此字僻, 因讀毛詩有餳注, 乃知六經中唯此注有此餳字, 而宋景文公亦云, 夢得嘗作九日詩, 欲用餻字. 思六經中無此字, 不復爲. 故景文九日食餻詩云, 劉郎不肯題餻字, 虛負人間一世豪. 前輩用字嚴密如此, 此詩注之所以作也. 本朝山谷老人之詩, 盡極騷雅之變, 後山從其游, 將寒冰焉. 故二家之詩, 一句一字有歷古人六七作者. 蓋其學該通乎儒釋老莊之奧, 下至於醫卜百家之説, 莫不盡摘其英華, 以發之於詩. 始山谷來吾鄕, 徜徉於巖谷之間, 余得以執經焉. 暇日因取二家之詩, 略注其一二. 第恨寡陋, 弗詳其祕. 姑藏於家, 以待後之君子有同好者, 相與廣之. 政和辛卯重陽日書.[1]

1　[교감기] 근래 사람 모회신(冒懷辛)이 상단의 문자를 고정(考訂)하면서 "이 편의 서문은 광서(光緒) 26년(1900)에 의녕(義寧) 진씨(陳氏)가 복각(復刻)한『산곡시집주(山谷詩集注)』의 권 머리에 실려 있다. 원문(原文)과 파양(鄱陽) 허윤(許尹)의 서문은 함께 이어져 허윤 서문의 제1단락이 되어버렸다. 현재는 내용에

육경六經은 도道를 실어서 후세에 전해주는 것인데, 『시경』은 예의禮義에 멈추니 도가 존재하는 바이다. 『주시周詩』 305편 가운데 그 뜻은 남아 있지만 그 가사가 없어진 것은 6편이다. 크게는 천지와 해와 별의 변화에서부터 작게는 충조초목蟲鳥草木의 변화까지, 엄한 군신과 부자, 분별이 있는 부부와 남녀, 온순한 형제, 무리의 붕우, 기뻐도 더러움에 이르지 않고 원망하여도 어지러움에 이르지 않으며 간하여도 고자질에 이르지 않고 화를 내어도 사람을 끊지 않으니, 이것이 『시경』의 대략이다. 옛날 청묘淸廟에 올라 노래하며 제후들과 회맹할 때, 계자季子가 본 것과 정인鄭人이 노래한 것, 사대부들이 서로 상대할 때 이것을 제쳐두고 서로 마음을 통할 것이 없다. 공자孔子가 "이 시를 지은 자는 그 도를 아는구나"라고 했으며, 또한 "시를 배우지 말았으면 말을 할 수 없다"라고 했으니, 대개 세상에서 시를 사용하는 것이 이와 같다.周나라가 쇠하여 관원이 제 임무를 못하고 학교가 폐하여 대아大雅가 지어지지 못한 지 오래되었다. 한나라 이후로 시도詩道가 침체되고 무너져서 진晉, 송宋, 제齊, 양에 이르러서는 음란한 소리가 극심해졌다. 조식, 유정劉楨, 심전기沈佺期, 사령운謝靈運의 시는 공교롭지 않은 것은 아니지만 화려한 비단에 아름답게 장식한 것 같아 귀공자에게 베풀 수는 있지만 백성들에게 쓸 수는 없다. 연명淵明 도잠陶潛과 소주蘇州 위응

근거하여 이것이 임연(任淵)이 손수 쓴 서문임을 확정하고서 인하여 허윤의 서문에서 뽑아내어 기록한다"라고 하였으니 이 말을 『후산시주보전(後山詩注補箋)·부록(附錄)』과 참고하여 볼 것이다.

물위韋應物의 시는 적막하고 고고枯槁하여 마치 깊은 계수나무 아래 난초 떨기 같아 산림에는 어울리지만 조정에 놓을 수는 없다. 태백太白 이백李白과 마힐摩詰 왕유王維의 시는 어지러운 구름이 허공에 펼쳐지고 차가운 달이 물에 비친 것 같아 비록 천만으로 변화하지만 사물에 미치는 곳은 또한 적었다. 맹교孟郊와 가도賈島의 시는 산한酸寒하고 험루儉陋하여 새우와 조개를 한 번 먹으면 곧 마치니 비록 하루 종일 씹어도 배가 부르지 않는 것과 같다. 다만 두보杜甫의 시는 고금을 드나들어 천하에 두루 퍼져 충의忠義의 기氣가 성대하니 이를 능가하는 후대의 작자는 없다.

송宋나라가 일어나고 이백 년이 흘러 문장의 성대함은 삼대三代를 뒤좇을만한데, 시로 세상에 이름을 날린 자로 예장豫章의 노직魯直 황정견黃庭堅이 있으며 그 후로는 황정견을 배웠으나 그에 약간 미치지 못한 자로 후산後山 무기無己 진사도陳師道가 있다. 두 공의 시는 모두 노두老杜에서 근본 하였으나 그를 직접적으로 따라 하진 않았다. 용사用事는 대단히 치밀한데다 유가와 불가를 두루 섭렵하였으며, 우초虞初의 패관소설稗官小說과 『준영雋永』·『홍보鴻寶』 등의 책에다가 일상생활의 수렵까지 모두 망라하였다. 후대의 학자들이 이 시의 비밀을 보지 못하여 이따금 알기 어려움에 어려움을 느낀다. 삼강三江의 군자 임연任淵은 군서群書에 박학하고 옛사람을 거슬러 올라가 벗하였는데, 한가한 날에 드디어 두 사람의 시에 주해를 내었으며 또한 시를 지은 본의의 시말에 대해 깊이 따져 학자들에게 알려주었다. 그러나 세상의 전주箋注와 같지 않고 다만 출처만을 드러내었을 뿐이다. 이윽고 완성되자 나에게 주면서 그 서문을 지어달라고 하였다.

내가 일찍이 두 시인의 시흥詩興이 고원高遠함에 의탁하여 읽어도 무슨 의미인지 알 수 없는 것을 걱정하였다. 임연 군의 풀이를 얻고서 여러 날에 걸쳐 음미해 보니 마치 꿈에서 깬 것 같고 술에 취했다가 깬 것 같으며, 앉은뱅이가 일어서게 된 것과 같으니 어찌 통쾌하지 않으랴. 비록 그러나 그림을 논하는 자는 형체는 비슷하게 할 수는 있지만 그림을 그려낸 심정을 포착하여 말로 표현하기 어렵고, 거문고 소리를 들은 자는 몇 번째 줄인 줄은 알지만 그 음은 설명하기 어렵다. 천하의 이치 가운데 형명도수形名度數에 관련된 것은 전할 수 있지만, 형명도수를 넘어서는 것은 전할 수 없다. 옛날 후산 진사도가 소장少章 진구秦覯에게 답하기를 "나의 시는 예장豫章의 시이다. 그러나 내가 예장에게 들은 것은 그 자상한 것을 말하고 싶지만, 예장이 나에게 말해주지 않았고 나 또한 그대를 위해 말하고 싶어도 못한다"라고 했다. 오호라, 후산의 말은 아마도 이를 가리킬 것이다. 지금 자연子淵 임연이 이미 두 공에게서 얻은 것을 글로 드러내었다. 정미하여 오묘한 이치는 옛말에 이른바 '맛 너머의 맛'이란 것에 해당한다. 비록 황정견과 진사도가 다시 태어난다 해도 서로 전할 수 없으니, 자연이 어찌 말해줄 수 있으랴. 학자들은 마땅히 스스로 얻는 것이 옳을 것이다.

자연子淵의 이름은 연淵으로 일찍이 문예류시유사文藝類試有司로써 사천四川의 제일이 되었다. 대개 금일의 국중의 선비이며 천하의 선비이다.

소흥紹興 을해년乙亥年, 1155 12월 파양鄱陽 허윤許尹은 삼가 서문을 쓰다.

六經所以載道而之後世,[2] 而詩者, 止乎禮義, 道之所存也. 周詩三百五篇, 有其義而亡其辭者, 六篇而已. 大而天地日星之變, 小而蟲鳥草木之化, 嚴而君臣父子, 別而夫婦男女, 順而兄弟, 羣而朋友, 喜不至瀆, 怨不至亂, 諫不至訐, 怒不至絶, 此詩之大略也. 古者登歌淸廟, 會盟諸侯, 季子之所觀, 鄭人之所賦, 與夫士大夫交接之際, 未有舍此而能達者. 孔子曰, 爲此詩者, 其知道乎! 又曰, 不學詩, 無以言. 蓋詩之用於世如此.

周衰, 官失學廢, 大雅不作久矣. 由漢以來, 詩道浸微陵夷, 至於晉宋齊梁之間, 哇淫甚矣. 曹劉沈謝之詩, 非不工也, 如刻繪染穀, 可施之貴介公子, 而不可用之黎庶. 陶淵明韋蘇州之詩, 寂寞枯槁, 如叢蘭幽桂, 可宜於山林, 而不可置於朝廷之上. 李太白王摩詰之詩, 如亂雲敷空, 寒月照水, 雖千變萬化, 而及物之功亦少. 孟郊賈島之詩, 酸寒儉陋, 如蝦蟆蜆蛤, 一啖便了, 雖咀嚼終日, 而不能飽人. 唯杜少陵之詩, 出入今古, 衣被天下, 藹然有忠義之氣, 後之作者, 未有加焉.

宋興二百年, 文章之盛, 追還三代. 而以詩名世者, 豫章黃庭堅魯直, 其後學黃而不至者, 後山陳師道無已. 二公之詩皆本於老杜而不爲者也. 其用事深密, 雜以儒佛. 虞初稗官之說, 雋永鴻寶之書, 牢籠漁獵, 取諸左右. 後生晩學, 此祕未觀者, 往往苦其難知. 三江任君子淵, 博極羣書, 尙友古人. 暇日遂以二家詩爲之注解, 且爲原本立意始末, 以曉學者. 非若世之箋訓, 但能標題出處而已也. 旣成, 以授僕, 欲以言冠其首.

予嘗患二家詩興寄高遠, 讀之有不可曉者. 得君之解, 玩味累日, 如夢而寤,

---

2 [교감기] '而'는 전본에는 '傳'으로 되어 있는데, 의미가 더 분명하다.

如醉而醒, 如瘁人之獲起也, 豈不快哉. 雖然論畫者可以形似, 而捧心者難言, 聞絃者可以數知, 而至音者難說. 天下之理涉於形名度數者可傳也, 其出於刑名度數之表者, 不可得而傳也. 昔後山答秦少章云, 僕之詩, 豫章之詩也. 然僕所聞於豫章, 願言其詳, 豫章不以語僕, 僕亦不能爲足下道也. 嗚乎, 後山之言, 殆謂是耶, 今子淵既以所得於二公者筆之乎. 若乃精微要妙, 如古所謂味外味者, 雖使黃陳復生, 不能以相授, 子淵相得而言乎. 學者宜自得之可也.

子淵名淵, 嘗以文藝類試有司, 爲四川第一, 蓋今日之國士天下士也.

紹興乙亥冬十二月, 鄱陽許尹謹叙.

황정견시집주 전체 차례

산곡시외집보권제일山谷詩外集補卷第一

1. 유수
流水

세 편으로 편마다 네 구이다. 희녕 원년 섭현에 부임하여 지었다.

三章章四句, 熙年元年赴葉縣作.

一溪之水	한 시냇물을
可涉而航	건너거나 배를 띄울 수 있네.
人不我直	타인이 나에게 값을 치르지 않아도
我猶力行	나는 오히려 힘써 가네.

一溪之水	한 시냇물을
不杠而涉	다리 없이 건너네.
濡首中流	중류에서 머리를 적시니
汝嗟何及	아! 너를 어찌 건지랴.

湯湯流水	거침없이 흐르는 물
可以休兮	쉴 수 있구나.

嗟行之人　　　　　아! 지나는 사람이여

則濯足兮　　　　　곧 발을 씻누나.

2. 호랑이가 남산에서 울부짖다
虎號南山

두 편 8구이며 한 편은 10구이다.

二章章八句一章十句.

호랑이가 남산에서 우니 백성들이 아전을 원망한다.

虎號南山, 民怨吏也.

虎號南山	호랑이가 남산에서 울부짖으니
北風雨雪	북풍에 눈이 날리네.
百夫莫爲	많은 사내는 아무것도 못하고
其下流血	피눈물만 흘리누나.
相彼暴政	저 폭정을 보건대
幾何不虎	어찌 호랑이 같지 않으랴.
父子相戒	부자가 서로 경계하며
是將食汝	이들이 장차 너를 잡아먹으리라고 하네.
伊彼大吏	저 높은 관리여
易我鰥寡	우리 홀아비, 과부를 우습게 여기누나.
矧彼小吏	더구나 저 낮은 관리는

取桎梏以舞	질고를 가지고 다니면서 춤을 추네.
念昔先民	생각건대 옛날 선민은
求民之瘼	백성의 아픔을 구원하였는데,
今其病之	지금 그들은 못살게 굴어
言置于壑	골짜기에 버려두는구나.
出民于水	물에서 백성을 건진 것은
惟夏伯禹	오직 하나라 임금 우라.
今俾我民	지금은 우리 백성들로 하여금
昏墊平土[1]	평평한 땅에서 혼란스럽게 하누나.
豈弟君子	한아한 군자여
伊我父母	저는 우리의 부모로다.
不念赤子	어리석은 백성을 생각하지 않으랴
今我何怙	지금 우리는 무엇을 의지하랴.
嗚呼旻天	오호라! 하늘이여
如此罪何苦	이와 같은 죄를 어찌 고달프게 하는가.

---

1   [교감기] '昏'은 원래 '是'로 되어 있었는데, 지금 고본을 따른다.

3. 국화를 따다
采菊

세 편으로 편마다 여덟 구이다.
三章章八句.

채국은 군자를 아파한 것이다. 군자가 장차 큰일을 하려하는데 고독하여 도움이 없어서 마음 아파한 것이다.
采菊傷君子也. 君子將有爲, 獨立而無伙助, 是故傷之.

南山有菊	남산에 국화가 있으니
于采其英	그 꽃을 따누나.
誰從汝往	누가 너를 따라 갈 것인가
視我惸惸	근심하는 나를 보아라.
伊時之人	저 그 사람을
誰適與比[2]	누가 가서 좇을 것인가.
不與我謀	나를 위해 도모하지 않는다면
不如其已	그만두는 것만 못하리.
薄言采之	조금 뜯나니

---

2   [교감기] '與'는 고본에는 '有'로 되어 있다.

遵彼山曲	저 산굽이를 따라서.
汝來遲遲	너 천천히 와서
去我何速	나를 떠남이 어찌 그리 빠른가.
伊時之人	저 그 사람을
誰適與同	누가 가서 함께할 것인가.
不與我好	나와 잘 지내지 않으니
殆其覯凶	거의 흉함을 만나게 될 것이라.
江漢滔滔	강한이 도도하게 흐르니
有楫有杭	노가 있고 배가 있네.
誰以濟此	누가 이것으로 건너랴
中流且風	중류에 바람이 부누나.
嗟爾君子	아! 너 군자여
時處時黙	이에 처하여 이에 묵묵하구나.
微雲反覆	연한 구름이 모양을 바꾸니
無傷爾足	너의 발을 다치지 말라.

4. 날이 선선하기 시작하니 동학에게 보이다
新涼示同學

치평 3년에 지었다.

治平三年作.

西風先自無消息	아무 소식 없을 때 서풍이 먼저
忽上靑林報秋色	문득 푸른 숲으로 올라 가을 경치를 알리누나.
天高月明露泥泥	하늘은 높고 달은 밝으며 이슬은 흠뻑
團扇已從蛛網織	부채는 이미 거미가 줄을 쳤구나.
蛩螿何苦不自聊	귀뚜라미는 무엇이 괴로워
	스스로 즐기지 못하고
入我夜牀鳴唧唧	나의 밤 침상에 들어와
	쓰르륵쓰르륵 울어대는가.
似言冰雪催授衣	눈얼음에 빨리 옷을 달라 재촉하는 것 같으니
今者不樂君髮白	지금 그대 머리가 새어 즐겁지 않아라.
春深花落病在牀	봄이 깊어 꽃은 지는데
	병들어 침상에 누워 있고
永夏過眼等虛擲	긴 여름 눈에 보이는 것
	헛되이 버려진 것과 같네.
卷簾昨暮得新涼	어젯밤 주렴 걷으니 선선한 기운 들어와

空堂呼燈照几席	빈 당에 등불 불러 궤석을 밝혔어라.
豈無熟書試一讀	어찌 익숙한 책이라도 한 번 읽지 않으랴
欲似平生不相識	평소 알지 못한 듯 하리라.
今日明日相尋來	오늘과 내일이 나를 찾아오니
百年靑天過鳥翼	백년은 푸른 하늘에 새가 지나가는 듯하여라.
夜闌歎息仰屋梁	밤이 깊어 탄식하며 들보를 바라보다가
廢棄寢膳思無益	잠자고 먹는 것 그만두고
	생각해도 별 도움이 없어라.
吾徒奈何縱嫚遊³	내 다만 어찌 부질없이 노닐기만 하랴
君不見	그대는 보지 못하였나
禹重寸陰輕尺璧	우가 촌음을 아끼고⁴
	척벽을 가벼이 여긴 것을.

---

3 [교감기] '嫚'은 고본에는 '慢'으로 되어 있다.
4 우가 촌음을 아끼고 : 진(晉)나라의 도간(陶侃)이 항상 사람들에게 "대우는 성인
   인데도 촌음을 아꼈으니, 보통 사람들의 경우에는 응당 분음을 아껴야 할 것이다
   [大禹聖者, 乃惜寸陰, 至於衆人, 當惜分陰]"라고 한 말이 있다. 『진서·도간열전
   (陶侃列傳)』에 보인다.

5. 산가에서 묵으며 맹호연의 시체를 본떠 짓다

宿山家效孟浩然

원풍 6년 태화에서 지었다.

元豐六年太和作.

秋陽沈山西	가을 햇빛이 산의 서쪽에 잠겨
委照藩落下	울타리 아래를 비추누나.
霧連雲氣平	안개는 구름과 이어져 평평하더니
濛濛翳中野	뭉개뭉개 가운데 들판을 가리누나.
空村晩無人	빈 마을에 저물녘 사람도 없고
一二小蝸舍	한둘 작은 달팽이 집.
老翁止客宿	노옹이 손으로 와서 묵으니
喬木縻我馬	교목에 나의 말을 묶어 두노라.
松爐依稀煙	소나무 화로에 하늘하늘 연기가 피어오르고
槁竹照淸夜	마른 대나무는 맑은 밤을 비추네.
幽泉抱除鳴	그윽한 시내는 섬돌을 안고 우니
生涯渺瀟灑	생애는 한없이 소쇄하구나.
翁家炊黃粱	산옹의 집에서 황량을 익히고
殺雞延食罷	닭은 잡아 나를 불러 식사를 마쳤네.[5]

---

5   산옹의 (…중략…) 마쳤네:『논어·미자(微子)』에 "삼태기를 멘 장인(丈人)이 공

問余所從誰	나에게 묻기를 누구를 따르며
庸詎學丘也	어찌하여 공자를 배웠느냐고 하네.
投身解世紛	어지러운 세상에 투신하여
恥問老農稼	늙은 농부에게 묻기를 부끄러워하였네.
予生久遭回	나의 생 오랫동안 머뭇거리다가
百累未一謝	백 가지 허물에 한 가지도 끊지 못하였도다.
斑斑吾親髮	희끗희끗 우리 모친의 머리카락
弟妹逼婚嫁	아우와 누이는 혼인할 나이 닥쳤어라.
無以供甘旨	좋은 음식 바치지 못하니
何緣敢閒暇	어찌 감히 한가롭게 지내랴.
安得釋此懸	어찌하면 이런 근심 풀고서
相從老桑柘	오래된 뽕나무를 따러 갈까.

자의 제자 자로(子路)를 자기 집에 초청하여 닭을 잡고 기장밥을 지어 대접하였
다[殺鷄爲黍而食之]"라 하였다.

6. 병들어 게으르다
病懶

치평 4년에 지었다.

治平四年作.

病懶不喜出	병들어 게을러 기꺼이 밖에 나오지 않고서
收身臥書林	몸을 거둬 서재에 누워 있어라.
縱觀百家語[6]	백가의 말을 실컷 보아
浩渺半古今	아득한 고금의 반을 읽었네.
空蒙象外意	또렷하지 않은 상외의 의미는
高大且閟深	고대하면서도 또한 굉심하누나.
閒有居覆盆	한가롭게 거처하여 동이를 뒤집어쓴 듯하지만
豈能逃照臨	어찌 능히 밝게 비춤에서 벗어나랴.
一馬統萬物	일마는 만물을 통섭하고[7]
八還見眞心	팔환[8]에서 진심을 보누나.

---

6 [교감기] '語'는 고본에는 '治'로 되어 있다. 원교에서 "달리 '語'로 된 본도 있다" 라고 했다.

7 일마는 만물을 통섭하고 : 『장자·제물론』에서 "손가락을 가지고 손가락이 손가 락 아님을 밝히는 것은 손가락 아닌 것을 가지고 손가락이 손가락 아님을 밝히는 것만 못하고, 말을 가지고 말이 말 아님을 밝히는 것은 말이 아닌 것을 가지고 말이 말 아님을 밝히는 것만 못하다. 천지(天地)도 한 개의 손가락이고, 만물(萬物)도 한 마리의 말이다"라고 했다.

迺知善琴瑟　　　　　이에 알겠네, 금슬을 잘 연주하려면

先欲絶絃尋　　　　　우선 줄을 끊고 찾아야 함을.

8　팔환 : 불교에서 여덟 종류의 변화한 상(相)이 각자 그 근본으로 돌아가는 것을
　　이르는 말로, 즉 밝음은 해로 돌아가고, 어둠은 흑월(黑月)로 돌아가고, 통함은
　　창문으로 돌아가고, 가려 막힘은 담장으로 돌아가고, 인연의 분별로 돌아가고,
　　형상이 없는 것은 텅 빈 데로 돌아가고, 어둡고 막힘은 먼지로 돌아가고, 청명함
　　은 갬으로 돌아간다는 것이다.

7. 영탕문의 방에서 묵다
宿靈湯文室

원우 8년에 모친상을 당하여 거상하면서 짓다.

元祐八年丁母喪居家作.

臨池濯吾足	못에 가서 나의 발을 씻고
汲水濯吾纓	물을 길어 나의 갓끈을 빨았네.[9]
塵埃一謝去	먼지를 완전히 씻어내니
神與體俱淸	정신과 몸이 모두 깨끗하여라.
月明漸映[10]簷東出	달이 맑아 점점 비춰서 처마 동쪽으로 나오면
置枕東牀夜蕭瑟	동쪽 침상에 베개를 두니 밤이 소슬하구나.
更無俗物敗人意	게다가 흥치를 깨버리는 속세 사물은 없고
唯有淸風入吾室	다만 맑은 바람만 내 방으로 불어오누나.

---

9   못에 (…중략…) 빨았네 : 『초사』에서 "어부가 노를 두드리면서 떠나며 노래하기
    를 "창랑의 물이 맑으면 나의 갓끈을 빨고, 창랑의 물이 탁하면 나의 발을 닦을
    것이다""라고 했다.
10 [교감기] '映'은 달리 '隱'으로 된 본도 있다.

8. 장난삼아 여러 벗에게 주다
戱贈諸友

당시 조서가 내려왔다. 치평 3년에 지었다.

時詔下. 治平三年作.

駑駘無長塗	노둔한 말은 잘 달리지 못하여
一月始千里	한 달이라야 천 리를 간다네.
驊騮嘶淸風	화류마는 청풍에 내달려 우니
祇在一日耳	다만 하루면 충분하네.
詩酒廢書史	시주를 즐기고 시사를 폐한다고
諸友勿自疑	여러 벗들은 의심하지 말게나.
寧爲駑駘懶	어찌 노둔하여 게으르랴
當效驊騮嘶	마땅히 울어대는 화류마를 본받아야지.
疏水必有源	성긴 물도 반드시 근원이 있고
析薪必有理	잘린 땔나무도 나뭇결이 있다네.
不須明小辨	작은 변석을 밝힐 필요 없으니
所貴論大體	귀한 것은 대체를 논하는 것이라네.
生死命有制	생사는 명에 달렸으며
富貴天取裁	부귀는 하늘이 내려준다네.
儻能傾眞意	혹시 진심을 기울인다 해도

何有於我哉	어찌 나에 대해서 그렇게 하리오.
討論銷白日	토론으로 날을 보내니
聖知在黃卷	성인의 가르침은 황권에 있다네.
自此宜數來	이제부터 응당 자주 찾아와서
作詩情繾綣	시를 지어 곡진한 정을 펼쳐 보이시게.

9. 낮잠
午寢

무오년에 짓다.

戊申作.

내용방강가 살펴보건대, 희녕 원년 무신년에 선생의 나이 24살이었으니, 응당 "22년은 그르다"라고 이르지 않겠는가. 이는 대개 제목 아래 '무신'이란 말에 오류가 있어서이다. 자경의 『연보』에서 원래 무슨 해인지는 분명하게 말하지 않았다.

方綱按, 熙寧元年戊申, 先生年二十四, 不應云二十二年非也。此蓋題下「戊申」有誤. 子耕『譜』中元未的指在何年也.

讀書常厭煩	독서는 항상 염증이 나니
燕處意坐馳	한가롭게 거처하면 생각이 이로 인해 내달리누나.
動靜兩不適	동하거나 정하거나 둘 다 편치 않고
塵勞敗天倪	세속의 일은 하늘가에 있는 이를 힘들게 하네.
目昏生眵花	눈은 어두워 흑화가 생겨나고
耳瞶喧鼓鼙	귀는 웅웅거려 북을 치는 듯.
沈憂愁五神	깊은 근심은 오장五臟을 근심스럽게 하고

倦劇委四支	피곤이 심하여 사지가 나른하구나.
不聊終日堪	애오라지 하루도 견딜 수 없는데
况乃久遠期	더구나 오래 지속할 수 있으랴.
投書曲肱臥	책을 던져두고 팔을 베고 누워
天遊從所之	하늘에서 가고픈 대로 노니누나.
是身入華胥	이 몸이 화서[11]에 들어가니
髣髴勝初時	어릴 때와 방불하여 좋더라.
春蠶眠巨箔	봄 누에는 큰 잠박에서 자고
夏蜩化枯枝	여름 매미는 메마른 가지에서 변태하였어라.
今之隱几者	지금 안석에 기댄 자
豈有異子綦	아마도 남곽자기[12]와 다른 사람인가.
覺寐須臾間	잠깐 사이에 꿈에서 깨니
良亦休我疲	참으로 내 피곤함도 그쳤네.
迺知大覺夢	이에 대각몽임을 알았으니
盖此德之歸	대개 이 덕이 돌아갈 곳이라.
誰爲今日是	누가 오늘은 옳다고 하고
二十二年非	이십이 년은 그르다고 하는가.

---

11 화서 : 『열자·황제(黃帝)』에서 "황제(黃帝) 꿈속에서 화서씨(華胥氏)의 나라에서 노닐었는데, 배나 수레나 다리의 힘으로는 미칠 수 있는 곳이 아니었고 정신만이 노닐 수 있는 곳이었다. 그 나라에는 통솔하는 이가 없었으니 자연에 맡길 뿐이며, 그 백성들은 욕망이 없었으니 자연에 따를 뿐이었다"라고 했다.

12 남곽자기 : 『장자·제물편(齊物篇)』에서 "남곽자기(南郭子綦)가 안석에 기대앉아서 하늘을 우러러보고 탄식했다"라고 했다.

10. 서 씨의 고모 수안군의 수매정에 제하다

題徐氏姑壽安君壽梅亭

원풍 6년에 덕평에 부임하여 지었다.

元豐六年赴德平作

大雛銜枚來作亭	큰 새끼가 나뭇가지 물고 와 정자를 짓고
小雛銜實來種花	작은 새끼가 열매를 물고 와 꽃을 심었네.
兩雛反哺聲查查	두 새끼 반포하며 깍깍 우나니
慈烏髮白爾成家	머리칼 샌 어미 까마귀 그렇게 집을 이뤘어라.
梅梁丹青射寒日	매화 들보의 단청에 차가운 햇살 쏘아대고
梅英飛雪點親髮	매화꽃의 날리는 눈 어버이
	새 머리칼에 점점이 떨어지누나.
二雛同味如春酒	두 새끼 함께 맛보니 봄 술 인듯하고
壽親一笑宜長久	장수한 어미 새 한 번 웃으니
	오래 삶이 마땅하여라.
金玉滿堂空爾爲	금옥 같은 자제 당에 가득함은
	아무도 없이 바로 너희들이요
有親擧酒世上稀	어버이에게 술을 올리는 일
	세상에 드물어라.
生育劬勞安可報	나아 기른 고생은 어찌하면 갚을 것인가

折梅傾酒著斑衣　　　　매화 꺾어 술을 따르고 색동옷 입고 있구나.[13]

13　색동옷 잎고 있구나 : 『열녀전』에서 "노래자(老萊子)가 양친을 봉양하는데, 나이
　　가 일흔 살에도 어린아이 모습을 절로 즐기며 오색의 색동옷을 입었었다. 일찍이
　　물을 가지고 마루에 오르다가, 거짓으로 넘어져 땅에 누워 어린아이처럼 울기도
　　했었다"라고 했다.

11. 숙부의 대원가에 차운하다

次韻叔父臺源歌

치평 3년에 지었다.

治平三年作.

吾家叔度天與閑	우리 집 숙도[14]는 하늘처럼 한가롭더니
晚喜著書如漆園	만년에 칠원의 장자처럼 저서 즐기누나.
臺平舊基水發源	대는 옛터에 평평하고 물은 샘에서 솟아
但聞淙淙下林巒	다만 졸졸 숲으로 내려가는 소리 들리네.
一朝斬木見萬象	하루아침에 나무를 베어 만상이 보이니
吞若雲夢胷中寬	운몽택을 삼킨 듯 흉중이 드넓어졌어라.
漱滌泥沙出山骨	진흙과 모래를 걷어내니 산골이 드러나고
混沌鑿竅物狀完	혼돈의 구멍을 깎으니
	사물의 모습이 완연하여라.
茶甘酒美汲雙井	쌍정에서 물을 길으니 차는 달고 술은 맛있어
魚肥稻香派百泉	온갖 시내로 갈라 흐리니 물고기 살지고
	벼는 향기로워라.
暑風披襟著菡萏	더운 바람에 옷깃을 헤치니 연꽃이 드러나고

---

14 숙도 : 후한 황헌의 자는 숙도이다. "황헌은 드넓어 마치 천 이랑의 물결과 같다"
라고 했다.

夜月洗耳聽潺湲　　밤 달에 귀를 씻으니 잔잔한 물소리 들리누나.

時從甥姪置樽俎　　때로 조카들에게 술상을 보라하니

此地端正朝諸山　　이곳은 단정하게 여러 산에게

　　　　　　　　　조회하는 듯하네.

除書謗書兩不到　　제수하는 글 비방하는 글 모두 오지 않고

紫煙白雲深鎖關　　붉은 이내 흰 구름이 깊이 걸어 잠그고 있네.

鄉人訟爭請來決　　향인이 송사하며내가 와서

　　　　　　　　　결정해 주길 청하니

到門懷慚相與還　　문에 이르러 서로 오가는 게 부끄럽구나.

呼兒理琴蕩俗氣　　아이 불러 거문고 연주하여 속기를 씻어내니

果在巢由季孟間　　소부와 허유와 비슷한 지경에 있는 듯하누나.

12. 식서암

息暑巖15

水墨古畫山石屛	수묵으로 산석을 그린 옛 병풍 같은데
雷起龍蛇枯木藤	우레는 마른 등나무의 용과 뱀을 일으키누나.
石囊嵌空自宮室	움푹패인 돌 주머니는 절로 궁실 같고
六月卷簞來曲肱	유월에 주렴 걷고 와서 팔 배게 베었네.
松風琴瑟心可寫	솔바람에 거문고로 생각을 그려 내고
水寒瓜李嚼明冰	물이 시원하여 오이는
	투명한 얼음 깨물어 먹는 듯.
却登夏畦視耘耔	문득 여름 밭두둑 올라 김매는 것을 바라보니
聞道九衢塵作霧	들으니 구가에 먼지가 안개처럼 일어나고
烘顔炙背棲蒼蠅	얼굴과 등이 불을 쬔 듯 따갑고
	쇠파리 달려드네.
烏靴席帽如饋蒸	오화와 석모16가 삶은 음식 준 듯이

---

15 [교감기] 살펴보건대 황순의 『연보』에서 치평 3년에 편차하였다.

16 오화와 석모 : 오화(烏靴)'는 조정의 관원들이 신던 검은 가죽신을 말한다. 석모(席帽)'는 등석(藤席)으로 골격을 만들고 둘레에 천을 붙여서 늘어뜨려 햇빛을 차단하고 얼굴을 가릴 수 있도록 만든 모자이다. 송(宋)나라 이손(李巽)이 과거를 볼 때마다 낙방을 하자 고향 사람들이 "저 석모를 언제나 벗을 지 누가 알겠나[知席帽甚時得離身]"라며 비웃었는데, 뒤에 이손이 탁지 낭중(度支郎中)이 되어 그들에게 시를 지어 주기를 "마을의 친척들에게 알려 주노니, 지금 석모를 이미 벗었다오[爲報鄕閭親戚道, 如今席帽已離身]"라고 했다는 고사에서 유래하여 석모이신(席帽離身)이 과거 급제의 뜻으로 쓰이게 되었다.

흔하다고 하네.

歸嘗玉粒不敢飽　　돌아와 옥 낟알 맛보고

감히 배불리 먹지 못하고

高車駟馬何能乘　　네 마리 수레의 높은 수레 어찌 타리오.

13. 박산대[17]

博山臺

宮亭只説香爐峰	정자는 다만 향로봉의 정자를 일컫는데
此地今見博山臺	이곳에서 지금 박산대를 보누나.
紫煙孤起麗朝日	붉은 이내 아침 햇살 고울 때 외로이 피어나니
定是海山飛得來	참으로 해산에서 날아온 것이라네.
化工造物能神奇	조물주가 신기하게 사물을 만들었나니
不必驚世出草萊	반드시 풀밭에서 일어나
	세상을 놀라게 할 필요 없지.
千年隱淪被昭洗	천 년 동안 숨어 있다가
	밝게 드러나게 되었으니
博山我勸爾一杯	박산이여! 내 너에게 술 한 잔 권하노라.
先生髮白足力強	선생은 머리가 세어도 다리 힘은 강하니
遙思秋風醉幾回	가을바람 일면 얼마나 자주 취하실지
	멀리서 생각하네.
童兒數脩掃洒職	아이들이 자주 청소하나니
莫使石面霑塵埃	바위 면에 먼지가 묻게 하지 않누나.

---

17 [교감기] 살펴보건대 『연보』에서 치평 3년에 편차하였다.

14. 심양강 어귀에서 삼일 동안 바람에 막혀 있었다

潯陽江口阻風三日

원풍 3년 태화에서 벼슬을 바꿀 때 지었다.

元豊三年改官太和作.

枯桑最知天風高	시든 뽕나무에서 바람이 거센지 잘 아니
旅人更覺時序迫	나그네는 절기가 빨리 닥친 것을 아누나.
去年解官出北門	지난해 벼슬을 관두고 북문을 나섰는데
猶纜江船依賈客	오히려 강에 묶여 있던
	배의 상인에 의지하였네.
狙公七茅富貴天	저공은 일곱 개의 도토리로 부귀하였는데
喜四怒三俱可憐	네 개는 좋아하고 세 개는 화를 내니
	모두 불쌍하도다.[18]
湖口縣前教戰鼓	호구현의 앞에서 전고를 치게 하니
聲到潯陽渡頭船	소리가 심양의 나루터 배에까지 들리네.

---

18 저공은 (…중략…) 불쌍하도다 : 『장자』에서 "원숭이를 기르는 저공(狙公)이 원
숭이에게 도토리를 주면서 "아침에는 세 개씩 주고 저녁에는 네 개씩 주면, 만족
하겠느냐"라고 했다. 그러자 여러 원숭이가 일제히 일어나 화를 냈다. 그러자 다
시 저공이 "그러면 너희들에게 아침에 네 개씩 주고 저녁에 세 개씩 주면, 만족하
겠느냐"라고 말했다. 그러자 여러 원숭이가 모두 기뻐했다. 명분과 실제가 서로
어긋나지 않았는데도 원숭이로 하여금 기뻐하고 화를 내게 만들었으니, 또한 이
것으로 인한 것이다"라고 했다.

15. 백리 대부의 무덤을 지나다

過百里大夫[19]冢

희녕 4년 섭현에서 지었다. 무덤은 남양현에 있는데, 공이 등주로
가다가 이곳을 들렀다.

熙寧四年葉縣作. 冢在南陽縣界, 公王鄧州經此.

行客抱憂端[20]	지나는 나그네 근심을 지녔는데
况復思古人	더구나 다시 고인을 생각함에랴.
何年一丘土	언제 한 무덤의 흙이 되었나
不見石麒麟	석기린은 볼 수가 없구나.
斷碑略可讀	끊어진 비석 대략 읽을 수 있으니
大夫身霸秦	대부의 몸으로 진나라를 패자로 만들었어라.
虞公納垂棘	우공이 수극의 구슬을 받아
將軍西問津	장군이 서쪽에서 나루를 물었네.
安知五羊皮	어찌 알았으랴, 다섯 양의 가죽으로
自粥千金身	천금의 자신의 몸을 팔 줄을.[21]

---

19 백리 대부 : 우나라의 백리해(百里奚)로 나중에 진나라 목공을 섬겼다.
20 달리 "객이 지나다가 계절에 느낌이 일어[客行感時節]"로 되어 있는 본도 있다.
21 다섯 (…중략…) 줄을 : 백리해는 춘추시대 때 우(虞)나라 사람으로, 우공(虞公)
   을 섬겨 대부가 되었는데 우나라가 진(晉)나라에게 망하자 초(楚)나라로 달아났
   다가 그곳 사람에게 잡혀 소먹이는 일을 하고 있었다. 진(秦)나라 목공(穆公)이
   그가 어질다는 소문을 듣고는 암양 다섯 마리의 가죽을 몸값으로 주고 신하로

末俗工媒孽	말속은 모함에 뛰어나고
浮言妬道眞	근거 없는 말은 참된 도를 지닌 이를 시기하네.
幸逢孟軻賞	다행히도 맹가의 칭송을 받았으니
不愧微子魂	미자의 혼백에 부끄럽지 않아라.

【주석】

不愧微子魂 : 살펴보건대 『여씨동몽문』에서 "어떤 사람이 노직의 "도리 핀 봄바람 속에 한 잔 술 마셨는데, 십 년 강호 유람하다가 비 내리는 밤 등불에 앉았네"[22]라는 구절을 칭송하여 대단히 아름답다고 하였다. 노직은 이 구절을 오히려 억지로 쌓아서 만든 것이라고 하면서, 모름지기 "바위를 내가 매우 좋아하여, 소뿔로 비비지 못하게 하였네. 소가 뿔로 비비는 건 괜찮지만, 소가 내 대밭을 뭉개버리는구나"[23]라는 시구와 같아야 지극하다고 할 수 있다고 하였다. 그러나 「백리대부총」이나 「쾌각시」 같은 것은 이미 성취한 작품이다.

按呂氏童蒙訓云, 或稱魯直桃李春風一杯酒, 江湖夜雨十年燈, 以爲極至. 魯直自以此猶砌合, 須石吾甚愛之, 勿遣牛礪角. 牛礪角尚可, 牛鬪殘我竹, 此乃可言至耳. 然如百里大夫冢與快閣詩, 已自見成就處也.

삼았다. 진 목공이 오패(五霸)의 한 사람이 된 것은 백리해가 보필한 힘이 컸다. 오고대부(五羖大夫)라고도 한다.

22 「기황기복(寄黃幾復)」에 보이는 구절이다.

23 「제죽석목우(題竹石牧牛)」에 보이는 구절이다.

16. 포성 도중에 그리운 백씨에게 부치다

蒲城道中寄懷伯氏[24]

北征無百里	북쪽으로 백 리도 못 가서
日力不暇給	하루 힘이 다 빠졌네.
山重鳥影盡	산은 겹겹, 새 그림자도 없고
露下月華濕	이슬 내려 달빛도 젖었네.
寒憶共被眠	날이 추워 함께 이불 덮고 자던 때 생각나서
屢成回馬立	자주 말머리 돌려 서 있누나.
豈如同巢鳥	어찌 둥지의 새와 같으랴
莫夜得安集	밤에 편안히 모여들지 못하는구나.

---

24 [교감기] 살펴보건대 『연보』에서 희녕 4년에 섭현에서 지은 것으로 편차하였다.

17. 뱃사공

舟子

서문을 함께 실었다. 희녕 4년에 섭현에서 지었다.

幷序. 熙寧四年葉縣作.

내가 대량에서 여 땅을 지날 때 짐꾼을 구했다. 뱃사공이 품팔이에 응하여 이틀을 간 뒤에 짐을 내려놓고 떠나가려 하면서 "나는 평소 배를 잘 모니, 짐을 메고 가는 일은 즐겁지 않다. 어깨가 저리고 땀이 나 더러워지니 어찌 오래 감당하겠는가. 그만두고 원래 나로 돌아가겠다"라고 하였다. 이에 그를 보내면서 시를 지었다.

予自大梁過汝, 求荷擔者. 有舟子來應傭,[25] 行二日, 釋負謝去曰, 吾雅善操舟, 甚不樂荷負之役, 槙肩而汗垢, 豈所久堪. 歸且返故吾矣.[26] 因遣之而作詩.

黃須客子居水濱	노란 수염의 나그네 물가에 거처하는데
水行水宿忘冬春	물길로 가고 물에서 묵으며
	겨울과 봄을 잊었네.
莽渺三江五湖外	아득한 삼강과 오호 너머에
短船無地不知津	작은 배 뭍이 보이지 않아 나루를 찾지 못하네.

---

25   [교감기] '舟'는 원래 '州'로 되어 있었는데 고본에 의거하여 교정하였다.
26   [교감기] '故吾'는 고본과 건륭본에는 '吾故'로 되어 있다.

弓彎夜月射鳴雁　활을 당긴 듯한 밤 달은 울며 가는
　　　　　　　　기러기 비추고

舷繫曉風歌采蘋[27]　배를 대고 새벽바람에 「채빈」을 노래하노라.

時望青旗沽白酒　때로 주막의 청기를 보고 막걸리를 사서

醉煮白魚羹紫蓴　취하여 백어를 구우고
　　　　　　　　붉은 순채로 국을 끓이네.

平生未識州縣路　평생 주현의 길을 알지 못하고서

鷗鳥蒹葭成四鄰　갈매기, 새, 갈대로 네 이웃을 삼았어라.

市人誘我利三倍　상인이 나를 세 배의 이익으로 꾀니

輟棹一出幾危身　노를 접고 한 번 나와 몸이 위태로울 뻔했
　　　　　　　　네.

古來有道處漁釣　예부터 도를 지닌 이들은
　　　　　　　　물고기 낚고 살았으니

豈與荷擔爲傭臣　어찌 짐꾼으로 고용하랴.

欲論舊業誰知者　옛날 업을 논하고자 하나 뉘가 알랴

滿地車輪來往塵　길에 가득한 수레는 먼지 속을 오가누나.

言歸明月滄波上　밝은 달 비추는 창파 위로 돌아가

依舊操舟妙若神　예전처럼 배를 귀신처럼 신묘하게 몰리라.

---

27 [교감기] '蘋'은 본래 '蘋'으로 되어 있다. 살펴보건대 두 글자는 통용하니, 이후로
　　다시 나오면 교감하지 않는다.

18. 어진 이를 생각하다

思賢28

서문을 함께 싣다.

幷序.

「사현」은 양문공의 유적에 감회가 일어서 지었다. 공은 장종章宗을 직필로 섬겼기에 오래 조정에 머물 수 없었다. 조서를 내려 공에게 모씨의 책문을 짓게 하였는데, 공은 듣지 않아 마침내 진팽년 공에게 명하였다. 명이 내려오는 날에 온 집안이 양적으로 도망갔다. 지금 지나가는 길이 옛날 공이 살던 읍으로 이어지는데, 무덤의 나무가 한 아름이 되었다. 공의 풍열을 상상하여 보는 것 같기에 이 시를 지었다.

思賢, 感楊文公遺事也. 公事章聖以直筆, 不得久居中. 詔欲命公作某氏冊文, 公不聽, 卒以命陳公彭年. 命下之日, 全家逃歸陽翟. 今者道出故邑, 冢木合抱, 想見風烈, 故作是詩.

楊家事業絶當時	양씨 집안의 업적은 당시에 뛰어났으니
百家疏通問不疑	백가를 관통하여 물어보면 막힘이 없어라.
高文大冊書鴻烈	고문 대책으로 『홍렬, 회남자』을 짓고
潤色論思禁林傑	논사를 윤색함은 궁궐에서 뛰어났네.

28 [교감기] 살펴보건대 『연보』에서 희녕 4년에 섭현에서 지은 것으로 편차하였다.

堂堂司直社稷臣　　당당한 사직으로 사직의 신하였으니

諫有用否不辱身　　간하여 시행되거나 않거나

　　　　　　　　　간에 자신을 욕되게 하지 않았네.

勁氣坐中掩虎口　　굳센 기는 좌중의 호랑이 입을 닫게 만들고

忠言天上嬰龍鱗　　충언은 천상의 용린을 붙잡누나.

忍能持祿保卒歲　　어찌 녹봉을 쥐고서 죽을 때까지 있으랴

歸去求田問四鄰　　돌아가 밭을 사기 위해 사방 이웃에게 묻누나.

今時此事久索漠　　현재 성묘하는 일은 오랫동안 쓸쓸하였으니

吾恐九原公可作　　내 구원에서 공이 다시 살아날까 두렵구나.

我來回首行路難　　내 와서 행로의 어려움에 고개 돌리니

城郭參差夕照間　　성곽은 저녁 석양에 삐뚤하네.

風急飢烏噪喬木　　바람 거세 굶주린 까마귀 교목에서 울어대고

孤墳牢落具茨山　　구자산의 외로운 무덤은 쓸쓸하여라.

19. 만위

漫尉

서문을 함께 싣다. 희녕 3년에 섭현에서 지었다.

幷序. 熙寧三年葉縣作.

내가 만수[29]의 글을 읽고서 그가 세상의 부림을 따르지 않고 인성과 물리가 근본에 이른 것을 좋아하였다. 인하여 「만위」 한 편을 지어 무양위 배중모에게 편지 삼아 보내고 겸하여 학희맹, 호심부에게 주었다. 두 동년이 나를 위해 서로 화답하고서 그 내용을 넓혀 후대 사람으로 하여금 호화롭게 사는 것이 후회하는 원인이 됨을 알게 하였다. 그러나 나를 인정하고 나를 허물하는 것은 모두 이 시에 있다.

庭堅讀漫叟文, 愛其不從於役, 而人性物理, 翕然詣於根理. 因戲作漫尉一篇, 簡舞陽尉裴仲謨, 兼寄贈郝希孟, 胡深夫. 二同年爲我相與和而張之, 尚使來者知居厚爲寡悔之府. 然知我罪我, 皆在此詩.

豫章黃魯直	예장의 황노직은
旣拙又狂癡	이미 졸렬한데다가 또한 미치광이라네.
往在江湖南	예전 강호의 남쪽에 있을 때
漁樵乃其師	어부와 초동이 바로 스승이었지.

---

29 만수 : 당나라 원결(元結)이 지은 시문집이다.

腰斧入白雲	허리에 도끼 차고 흰구름 속으로 들어가
揮車棹淸溪	수레 물리치고 청계에 배를 띄웠네.
虎豹不亂行	호랑이도 어지럽게 걷지 않고[30]
鷗鳥相與嬉	갈매기와 서로 즐거워하였네.
遇人不崖異	사람을 만나면 모나지 않았고
順物無瑕疵	사물에 순응하여 허물이 없어라.
不知愛故厭	원래 싫어하는 것 좋아할 줄 모르고
不悔爲人欺	사람들에게 속임 당한 것도 후회하지 않누나.
晨朝常漫出	이른 아침에 항상 어슬렁 나와서
莫夜亦漫歸	늦은 저녁에 또한 어슬렁 돌아가네.
漫尉葉公城	섭공 성의 어슬렁거리는 현위는
漫撫病餘黎	아픔 많은 백성을 어슬렁 어루만지네.
不纂非己事[31]	자신의 일이 아니면 관심 두지 않고
不趨非吾時	자신의 때가 아니면 달려가지 않아라.
人罵狂癡拙	사람들은 미치광이 졸렬하다고 비난하는데
魯直更喜之	노직은 또다시 웃고 마누나.
或請陳漫尉	어떤 이가 어슬렁거리는 현위를 모셔다가
壽尉蒲萄巵	포도주로 현위를 축수하라 청하네.

---

30 어지럽게 걷지 않고 : 『장자』에서 "공자가 대택에 들어갔는데, 짐승들 속에 들어
가면 짐승들 무리가 놀라 어지러워지지 않고 새들 속에 들어가면 새들 행렬이
놀라 어지러워지지 않는다"라고 했다.
31 [교감기] '纂'은 원래 '篡'으로 되어 있었는데, 고본에 의거하여 고쳤다.

酒行激懦氣	술이 오가자 나약한 기가 격해져서
攘袂起誚規³²	소매를 떨치며 충고를 떨치고 일어나누나.
君子守一官	군자가 낮은 벼슬을 지킨다고
烏肯苟簡爲	어찌 기꺼이 구차히 간략하랴.
奈何如秋葭	어찌 가을 갈대와 같아서
信狂風離披	광풍에 따라 흔들거리리오.
漫行恐汙德	어슬렁 가니 덕을 더럽힐까 두렵고
漫止將敗機	어슬렁 그치니 장차 기미를 그르치네.
漫黙買猜謗	어슬렁 침묵하니 시기를 부르고
漫言來訛譏	어슬렁 말하니 비난이 이르네.
漫尉謝答客	어슬렁 현위는 감사로 객에게 답하니
願客深長思	원하는 객이 깊이 오래 생각하누나.
漫行無軌躅	어슬렁 가니 똑바로 가지 않고
漫止無羈靮	어슬렁 그치니 재갈을 잡아당기지 않아라.
漫黙怨者寡	어슬렁 침묵하니 원망하는 자가 적고
漫言知者希	어슬렁 말하니 아는 이가 드무네.
吾生漫叟後	나는 만수의 뒤에 태어나
不券與之齊	그 게으름 그와 같지 못하네.
於戲獨如子	오호라! 오직 그대 같은 사람이
因使目爲眉	눈의 눈썹 같아 완전하게 하네.

---

32   [교감기] '誚規'는 건륭본에는 '哨規'로 되어 있으며, 고본에는 '哨窺'로 되어 있다.

強顔不計返	뻔뻔한 얼굴로 돌아올 생각 없는 이는
乾坤一醯鷄	천지가 한 마리 초파리 같고,
崑崙視糟埒	곤륜산이 술지기미나 개미둑 같아
旣化不自知	이미 변화하여도 스스로는 알지 못하네.
悔吝雖萬塗	후회할 일이 비록 만 가지라도
直道甚坦夷	곧은 도는 매우 평탄하여라.
覆轍索孤竹	수레를 엎어놓고 고죽국[33]을 찾으며
奔車求仲尼	수레를 내달려 중니를 찾누나.
以旌招虞人	정으로 우인을 부르니
賤者不肯尸	천한 자는 기꺼이 맡으려 하지 않네.
玉潤安可涸	옥윤이 어찌 마를 것이며
日光安可緇	햇빛이 어찌 검어지랴.
斯言出繫表	이 말이 언표로 드러내는 것을 뛰어넘었으니
當以罔象窺	응당 망상[34]이 엿볼 것이라.
賦分有自然	분수를 받음이 절로 그러하니
那用時世移	어찌 시대가 다르다고 변하랴.
吾漫誠難改	내 어슬렁거림은 참으로 바꾸기 어려우니
盡醉不敢辭	흠뻑 취하기를 감히 사양하지 않노라.

---

33 고죽국 : 백이, 숙제를 말한다.
34 망상 : 전설 속의 수괴(水怪)이다. 『장자』 「달생(達生)」에서 "물에는 망상이 있다[水有罔象]"라고 했다.

20. 밭을 감독하다
按田

서문을 함께 싣다. 희녕 4년에 섭현에서 지었다.

幷序 熙寧四年葉縣作.

내가 단국 조사도와 함께 조서를 받들어 마안산 동권하의 논을 감독하였다. 관의 장정이 잘못 인도하였는데, 길을 잘못 들어 못에 머물렀다. 산이 깊어 위험한 길을 지나 얼음이 두껍게 언 진창길을 지났는데, 긴 나무로 말을 끼워 간신히 건너갔다. 50리를 가자 마침내 말을 탈 수가 없게 되었으니 행차가 강에 막히고 호랑이 발자국이 나타났다. 오가는 까마귀와 새들이 가시나무 떨기에서 모여 울어대었다. 하루종일 이런 길을 드나들며 비로소 하상에 도착하였다. 근처 산의 농민들이 세금을 바치겠다고 고하였는데, 그들은 모두 빈수를 집으로 여기며 살고 있는데, 거주하는 옆에 새로 밭을 내어서 과일나무를 심고 뽕과 대추나무가 줄지어 서 있었다. 산에서부터 동서쪽은 모두 논을 만들 수가 없다. 권하의 근원은 사두산에서 흘러나와 세 곳으로 갈라져 흘러간다. 그 하나는 대부분 남쪽으로 흘러 나와 조금 꺾어서 동쪽 무양으로 흘러 들어간다. 다른 하나는 약간의 물이 서쪽으로 흘러가다 방향을 바꿔 북쪽 석당하로 흘러 들어간다. 나머지 하나가 바로 권하로, 산에서 흘러나와 동으로 흘러가다 끝내는 두 물과 합하여 여하로 들어간다. 여하는 지금의 조하이다. 우리 두 사람이 이윽고 강가에 다다라 세금을 내려는 자들의 상황을 알게 되었는데, 나만 유독 감회가 일었다. 예전에 고기를 먹는 부유한 자들이 강호 때문에 근심하여 서쪽 변경에 군대를 오래 주둔하였는데, 내가 알거나 알지 못하건 간에 사대부들이 다투어 말하기를 "손오의 반란군이 장수를 죽여서 오랑캐가 중국을 우습게 보는 마음을 열어 주었다"라고 하였으니, 오늘날의 부귀한 자들이 이와 비슷하다. 근래 조정의 의논은 백성의 일에 대한 것이 많은데, 서북의 보리밭을 변화시켜 동남의 논과 같이 만들려고 하니, 양리가 팔을 들고 일어나고 고을에서는 믿을 만한 신하를 부르며 현에서는 사관이 그 일을 맡으러 일어났다. 대저 흙의 성질은 선왕도 바꾸지 못했던 것인데, 일체 불문에 부쳐두고서 이전 모에 김을 매다가 물을 대어 새 논을 만드니, 논은 아득하게 펼쳐지고 언덕은 모두 평평하게 되었다. 군자들에게 법으로 위협하고 소인들은 매질로 독하게 다스렸는데, 그 일을 하면 이에 성공이 있었고 성공이 있으면 상을 내렸다. 농사짓는 자들이 의논하기를 "예전에 관리들이 인끈을 가지고 서로 주고받으면서 눈앞에서 구차하게 행동하였는데, 두터운 이익을 푸른 이내 들판 풀 사이에 버려두니, 어 어찌 가소롭지 않은가"라고 했다. 내가 보건대, 아마도 시비가 아직 정해지지 않은 것 같다. 조정의 뜻을 보면 애초에 반드시 성공한 것을 귀하게 여기지 않는 것 않는데, 명령을 받든 자들이 반드시 성공하려고 하여 결과적으로 실패하였다. 속담에 "일이 세 사람을 거치면 문득 그 진실을 알기 어렵다"고 하였으며, 『시경』에서 "두루 묻고 도모한다"라고 하였으니, 대개 이를 가리킨다. 지금 묻고 도모하는 자들이 상황이 참담하다고 고하지 않으니 충신하지 않아서인가? 대저 사람의 말을 듣는 도리는 반드시 실행한 일로써 살펴야 하니, 백성의 예전 습속을 빼앗아서 일찍이 없던 일로서 강요하면 그 이익이 어디에 있단 말인가. 세금을 거둔 자는 실제 상을 받고 힘써 농사짓는 자는 실제 손해를 받는데, 군현에서 거짓 문서를 올리고 조정에서 거짓 명성을 거둬들이니, 명목으로는 백성을 이롭게 한다고 하지만 그 실상은 해를 끼치는 것이다. 의논하는 자들이 "백성들에게 이롭게 할 뜻이 있는가? 나는 잘 모르겠다. 백성들에게 공이 있는가? 지금 이미 이와 같다"라 한다. 내가 이윽고 이런 말을 하니 사도가 자주 탄식하였다. 이날 간 곳이 매우 멀어 돌아올 수 없어서 마침내 물가의 민가에서 묵었다. 북풍이 불고 풀은 누런데 황폐한 집에서 달과 별을 보면서, 조오와 함께 술을 주고받았는데, 문득 매우 취하여 힘든 길을 걸어온 노고를 잊어버렸다. 시로써 엮어서 억지로 사도에게 화답하게 하였다.

余與晁端國思道, 奉檄按馬鞍山東港河稻田陂. 官丁誤引, 道左次水澤, 山深徑危, 泥潦堅冰, 長鞁挾馬, 僅可以度. 行五十里, 遂不容馬, 步沮洳, 虎迹新, 往來烏鳥, 叢噪荆榛, 盡日出入, 乃至河上. 近山之農, 告以獻利者, 皆以爲瀨水爲舍, 居旁治新田, 果蓏有畦, 桑棗成行, 自山之東西, 皆不可爲陂, 港河源出四頭山, 支分爲三. 其一盡南出, 少折而東, 入舞陽. 其一稍西流, 又折而北, 入石塘河. 其一港河也, 出山而東流, 卒與二水合而入汝河. 汝河, 今漕河也. 吾二人旣臨河, 具知獻利者之狀, 而余獨有感焉. 頃歲, 肉食者以羌胡爲憂, 師老西鄙, 而士大夫知與不知, 爭道孫吳覆軍殺將, 開虜之輕量中國心, 而富貴者, 今且比肩.[35] 近者朝言多在民事, 欲化西北之麥隴, 皆爲東南之稻田. 良吏攘臂起, 郡有召信臣, 縣有史起矣. 夫土性者, 自先王所不能齊, 而一切不問, 嫗夫故苗, 灌爲新田, 茫茫水陂, 丘壟平盡, 其君子威以法刑, 其小人毒以鞭朴. 有擧斯有功, 有功斯有賞. 作者之議曰, 前日吏持印相授, 以媮眼前, 而厚利棄於蒼煙野草之間, 是豈不可笑? 以余觀之, 恐是非特未定也. 觀朝廷之意, 初不貴必成,[36] 奉承者要必有功, 遂失之耳. 語曰, 事傳三人, 輒失其眞. 詩曰, 周爰咨謀, 盖使指也. 今也咨謀者不慘怛以告者, 未忠信歟? 夫聽言之道, 必以事觀之, 奪民之故習而強以所未嘗, 其利安在? 興利者受實賞, 力田者受實弊,[37] 郡縣行空文, 朝廷收虛名, 名爲利民, 其實害之. 議者謂之有意於民乎? 吾不知也. 以爲有功於民乎? 今旣若是矣. 予旣有是言, 思道屢歎而已. 是日所至已遠, 不能歸, 遂宿水濱民家. 北風黃草, 破屋見星月, 與晁五引酒相酌, 忽然已醉, 不知跋涉之勞也. 綴以詩, 強思道和之.

河冰積崢嶸	강의 얼음은 우뚝하게 쌓이고
山雪晴索寞	산의 눈은 개어 쓸쓸하네.
幽齋怯寒威	외진 집은 매서운 추위가 겁나는데

---

35 [교감기] '且'는 고본과 건륭본에는 '日'로 되어 있다.
36 [교감기] '貴'는 고본에는 '責'으로 되어 있다.
37 [교감기] '力田'은 고본에는 '有田'으로 되어 있다.

況復出城郭	게다가 다시 성곽에서 나옴에랴.
馬爲蝟毛縮	말은 고슴도치처럼 털이 곤두서고
人歎狐裘薄	사람은 여우 갖옷 얇아 탄식하네.
淤泥虎跡交	진창길에 호랑이 발자국 뒤섞여 있고
叢社烏聲樂	가시나무 떨기에 까마귀 즐겁게 지저귀누나.
橋經野燒斷	다리는 밥 짓는 연기 끊긴 들판으로 이어지고
崖値天風落	벼랑은 하늘의 바람 떨어지는 곳에 서 있네.
洩雲迷鴻濛	구름 피어나 아득하여 헤매는데
戴石瘦犖皅	바위를 인 얼룩덜룩한 산에 힘이 드누나.
攀緣若登天	더위잡으니 하늘을 오른 듯
扶服如入橐	기어가니 주머니 속으로 들어가는 듯.
窮幽至河麋	외진 곳 다 지나 강가에 이르니
落日更槃礴	지는 해에 다시 발을 펴고 앉았네.
新民數十家	수십 가구의 새 백성
飄寓初棲託	떠돌다가 비로소 이곳에 깃들었어라.
壯産無惰農	열심히 일하느라 게으른 농부 없고
荒榛盡開鑿	거친 개암나무 모두 개간하였네.
臨流遣官丁	강가에서 관의 장정 보내어
悉使呼老弱	늙은이, 어린이까지 모두 불러 모았네.
恩言諭官意	관가의 은혜로운 조서 알려주면서
鄣水陂可作	물을 막아 논으로 만들 수 있다 하였어라.

春秧百頃秔	봄에는 백 마지기에 벼를 심고
秋報千倉穫	가을에는 천 창고에 수확할 수 있다네.
棹頭笑應儂[38]	머리 가로젓고 웃으며 나에게 응하는데
吾麥自不惡	우리 보리 절로 나쁘지 않다 하누나.
麥苗不爲稻	보리 싹은 벼가 될 수 없으니
誠恐非民瘼	참으로 백성들의 병폐가 아닐까 걱정이로다.
不知肉食者	잘 모르겠어라. 고기 먹는 이들은
何必苦改作	하필이면 괴롭게 바꾸려고 하는 지.
我行疲鞍馬	내 행차 말안장에서 힘이 들어
且用休羈絡	장차 사람 얽어매는 끈을 놔두노라.
艱難相顧歎	어려움에 서로 돌아보며 탄식하고
共道折腰錯	허리 숙여 절을 올리네.
勢窮不得已	상황이 궁하여 부득이하니
來自取束縛	와서 스스로 묶어 달라 하누나.
月明夜蕭蕭	달이 밝은 밤이 쓸쓸하여
解衣寬帶索	옷을 벗고 허리띠 줄을 느슨하게 하네.
臥看雲行天	누워 하늘 지나는 구름을 보니
北斗掛屋角	북두가 집 모퉁이에 걸렸어라.
析薪爨酒鼎	땔감 잘라 술과 안주 마련하여
興至且相酌	흥이 이르니 서로 대작하누나.

---

38 [교감기] '棹'는 원래 '掉'로 되어 있었는데, 건륭본에 의거하여 고쳤다.

21. 석성으로 돌아가는 소 태축을 전송하다

送蘇太祝歸石城39

蘇侯恃才頗跌宕	소후가 재주 믿고 자못 질탕하여
常欲立談取將相	항상 입담으로 장상을 취하려고 하였네.
風期家世非一朝	집안 대대로 교유하여 하루아침이 아니니
於我今爲丈人行	나에게 지금 어른 항렬이 되누나.
偶然把酒葉公城	우연히 섭공의 성에서 술잔을 잡으니
胷懷披盡能謔浪	흉금이 열어놓고 희학을 하는구나.
畫燭如椽吐白虹	화촉은 서까래 만하여 흰 무지개 토하고
花枝圍坐紅相向	꽃가지는 자리를 둘러싸
	붉은색 서로 향하누나.
夜如何其不忍起	밤에 어찌 차마 일어나리오
風吹日照離筵上40	이별 잔치 자리에 바람 불고 해 비추누나.
醉中一笑揮萬金	취중에 한 번 웃으며 만금을 휘두르는데
眼前快意誠爲當	눈앞에 통쾌하니 참으로 마땅하여라.
僕夫結束底死催	종놈이 사람 죽일 듯 단단하게 묶는데
馬翻玉勒嘶歸鞅	말은 옥굴레 뒤채며 돌아갈 길에 울어대네.
南驅面有千里塵	남으로 내달리는 얼굴에 천 리의 먼지가 끼고

---

39 [교감기] 살펴보건대 『연보』에서 희녕 4년 섭현에서 지은 것으로 편차하였다.
40 [교감기] '風吹'는 고본에는 '旭窗'으로 되어 있다.

道遠回首幾惆悵　　길은 멀어 고개 돌리면서 얼마나 탄식할까.

漢陽津上游女多　　한양 나루터에 노는 여인 많으니

何日石城蕩兩槳　　언제나 석성에서 술잔을 비우랴.

莫倚盧家有莫愁　　노가의 막수[41]에 기대지 말라

便成翻手辜前賞　　문득 손을 뒤집는 사이에

　　　　　　　　　이전 명성 저버릴 테니.

41　노가의 막수 : 『악부(樂府)』에 실린 양무제(梁武帝)의 「하중지수가(河中之水歌)」
　　에서 "하수(河水)는 동쪽으로 흐르는데, 낙양(洛陽) 소녀의 이름 막수(莫愁)였
　　네"라고 했다. 『당서·악지』에서 "막수악은 석성악에서 나왔다. 석성에 여자가
　　살았는데 이름이 막수로 노래를 잘 불렀다"라고 했다.

22. 계장에게 보내다

42

園中看筍已成竹	정원에서 죽순을 보니 이미 대가 되고
墻下種槐還得陰	계단 아래 심은 화나무 벌써 그늘을 이뤘네.
出門望君車馬絶	문을 나서 그대 바라보아도 거마는 끊기고
臨水問信鯉魚沈	물가에서 소식 묻나니 잉어는 잠겨 있누나.
贈君以匠石斸泥之利器	그대에게 장석이 진흙 잘라낸
	날카로운 도끼[43]와
淵明無絃之素琴	도연명의 무현금을 주노라.
此書到日可歸來	이 편지 이를 때면 돌아왔으려나
思子妙質爲知音	내 지음인 뛰어난 자질의 그대를 그리노라.

42　[교감기] 살펴보건대 『연보』에서 희녕 4년 섭현에서 지은 것으로 편차하였다.

43　장석이 (…중략…) 도끼 : 『장자』에서 "장자가 장례식에 참석하려고 혜자의 묘 앞
　　을 지나가다가 따르는 제자를 돌아보고 말했다. "영 땅 사람 중에 자기 코끝에다
　　백토를 파리 날개만큼 얇게 바르고 장석(匠石)에게 그것을 깎아 내게 하자 장석
　　이 도끼를 바람 소리가 날 정도로 휘둘러 백토를 깎았는데 백토는 다 깎여졌지만
　　코는 다치지 않았고 영 땅 사람도 똑바로 서서 모습을 잃어버리지 않았다. 송나
　　라 원군이 그 이야기를 듣고 장석을 불러 "어디 시험 삼아 내게도 해 보여 주게"
　　하니까 장석은 "제가 이전에는 그렇게 할 수 있었지만 지금은 그 기술의 근원이
　　되는 상대가 죽은 지 오래되었습니다" 하더니만 지금 나도 혜시가 죽은 뒤로 장
　　석처럼 상대가 없어져서 더불어 이야기할 사람이 없어졌다""라고 했다.

23. 진공익에게 주다

贈陳公益44

서문을 함께 싣다.

幷序.

섭성에서 벼슬하다 보니, 오래 노닐면서 허물이 적은 선비로 진공익 같은 이가 없었다. 말은 권형에 맞았고 행동은 승묵에 응하였으니, 진심으로 그 사람됨을 좋아하였다. 증자가 "눈은 마음이 겉으로 드러난 것이요, 말은 행동의 지표이다"라 했는데, 공익은 눈동자가 청수하고 말이 적으면서도 이치가 넉넉하니, 그 행동을 이에 알 수 있다. 내가 일찍이 푸른 연기 피어오르는 적막한 깊은 골짜기에 오직 공익과 동행 하였다. 그러므로 이 시를 서문을 잇는다.

官於葉城之下, 士之久遊而寡過者, 無若陳公益. 言中權衡, 行應繩墨, 中心誠樂其爲人. 曾子曰, 目者心之浮也, 言者行之指也. 公益眸子睟淸, 言寡而理贍, 其行於是乎可攷. 予嘗有窮谷蒼煙寂寞之約, 唯公益共之, 故系之以詩.

陳子善學問	진자는 학문을 잘하여
正色鉏其驕	바른 낯빛으로 교만함을 없앴네.
束身居言前	몸을 검속하여 말을 앞세우지 않았고

析理在意標	이치를 분석하여 생각 너머에 있어라.
心隨出處樂	마음은 출처에 따라 즐거웠으며
性與寂寞超	성품은 고요하여 초월하였어라.
安安而雅雅	편안함을 편안하게 여기고
	우아함을 우아하게 여겨
不以行險徼	험난과 요행을 행하지 않았네.
王良馭驥子	왕량이 준마를 몰아
冉弱六轡調	힘 들이지 않고 여섯 말을 조종하였네.
自吾與之遊	나와 함께 노닐면서
忘味如聞韶	소악을 들은 듯 즐거움에 맛을 잃었어라.
志道斯近神	도에 뜻을 두니 이에 정신은 그에 가깝고
莊生說承蜩	장자에서 매미 잡는 노인을 말한 것과 같네.
顧恐陳子止	돌아보건대 진자가 그칠까 두려우니
誰能中道要	누가 능히 중도에서 붙잡을까.
我求一飯飽	나는 한 그릇 배부름을 구하니
黃綬強折腰	노란 인끈에 억지로 절을 하네.
取舍不由己	취사를 내 맘대로 하지 못하니
悲哉馬銜鑣	슬프도다, 말이 재갈을 물음이여.
長嘯天地間	천지간에 길게 읊조리나니
搔首獨無聊	머리 긁적이며 홀로 무료하구나.
雅約靑山雲	청산의 구름에 좋은 약속하였으니

伊人與逍遙	그 사람과 노닐 것이라.
有如渝此盟	이 맹세 저버린다면
白日尙昭昭	밝은 해가 여전히 지켜보리라.
平時多英豪	평소에 영웅호걸 많은데
楚楚在本朝	본조에 뛰어난 인물 나왔어라.
吾徒固長物	우리 무리 훌륭하지 않으니
分當老簞瓢	분수는 응당 단표에서 늙어가는 것.

24. 장차 섭현으로 돌아가려 할 때 먼저 명복과 계상에게 부치다
將歸葉先寄明復季常

희녕 3년에 섭현에서 지었다.

熙寧三年葉縣作.

初日照屋山	떠오르는 해가 집과 산을 비추는데
好鳥呀簷角	어여쁜 새는 처마 모퉁이에서 울어대누나.
卷簾吏却掃	주렴 걷고서 아전이 문득 청소하고
齋舍寒蕭索	재사는 추워 쌀쌀하여라.
呼兒篘春醪	아이 불러 봄 술 걸러오게 하여
期與夫子酌	그대와 대작하려 하네.
簡書驅我出	편지 보내 나보고 나가라 재촉하니
衝雪凍兩脚	눈을 맞고 가니 두 발이 얼었어라.
莫行星輝輝	별이 빛나는 밤에 걷고
曉起雞喔喔	닭이 우는 새벽에 일어나네.
靑煙過空村	푸른 연기의 빈 마을 지나는데
商旅無遠橐	멀리 장사하러 가는 상인 없구나.
豈不欲少留	어찌 조금 머물고 싶지 않으랴만
王事苦敦薄	왕의 일이라 대단히 급박하구나.
平生白眼人	평소 백안시하던 사람

今日折腰諾	오늘은 허리를 굽혀 허락받네.
可憐五斗米	가련하다 오두미가
奪我一溪樂	나의 자그마한 시내의
	즐거움 앗아가누나.[45]
公等何逍遙	공들은 어찌 소요하면서
睥睨寄講學	강학하는 이를 낮게 보면서도 편지 보내는가.
談犀振淸風	먼지를 털면서도 맑은 바람 일으키고
棊局落秋雹	바둑 두니 가을날 천둥이 떨어지네.
雲陰愁濛鴻	구름 그늘에 아득하여 근심에 젖고
山路險犖确	산길은 바위길이라 위험하네.
愼無告歸軒	삼가 돌아가는 수레에 고하지 말라
使我數日惡	내 며칠간 좋지 않다고.
羸驂逆歸心	파리한 말은 돌아갈 마음 거스르니
旋寧蹶霜濼	곧 차라리 서리에 미끄러져 버리네.
悲嘶惜障泥	슬픈 울음 진창에 막혀 애석하고
短箠冷難捉	짧은 채찍 차가워 휘두르기 어려워라.
南征喜氣動	남쪽으로 가면 생기가 일어나 기쁘니

---

45 오두미가 (…중략…) 앗아가누나 : 『진서·도잠전』에서 "도잠이 팽택령이 되었다. 본래 간결하게 행동하고 자존심이 높아서 사사로이 상관을 섬기지 않았다. 군에서 독우를 보내 현에 이르자 아전이 아뢰기를 "응당 대를 차고 뵈어야 합니다"라고 하자, 도잠은 한탄하며 "나는 오두미 때문에 허리를 굽혀 향리의 소인을 쩔쩔매며 섬길 수 없다"라고 하고는 인끈을 풀어버리고 현을 떠났다"라고 했다.

迎面蛛絲落	얼굴 들어보니 거미가 줄을 치누나.[46]
買網鱠金橙	그물 사서 금색 도마에 회를 뜨고
歸償炊黍約	돌아와 기장밥 내온다는 약속을 보누나.[47]

【주석】

歸償炊黍約 : 분녕본에서 "살펴보건대 황순의 주에서 "공이 비록 현위가 되었으나 조서가 시도 때도 없이 내려왔으니, 포성의 도망간 도적을 교위로써 독책을 받은 종류와 같다"라 하였다. 이 시는 비록 「장귀섭기명복계상」이라고 했으나, 그러나 "편지로 나보고 가라고 재촉하니, 눈길을 가니 두 발이 얼었네"라는 구절이 있으니, 반드시 교위로써 나갔다가 돌아온 것이 분명하다"라고 했다.

分寧本云, 按蕾注, 公雖作尉, 而沿檄不時, 如蒲城佚盜, 以校見督之類, 此詩雖題『將歸葉寄明復季常』, 然有「簡書催我去,衝雪凍兩脚」之句, 必是因校出而歸無疑.

---

46 거미가 줄을 치누나 : 『서경잡기』에서 "거미가 줄을 치면 온갖 일이 잘된다"라고 했다.
47 돌아와 (…중략…) 보누나 : 『후한서·범식열전』에서 범식과 장소는 태학에서 함께 공부하며 우정이 매우 두터웠다. 두 사람이 이별할 때 범식이 장소에게 "2년 뒤 돌아올 때 그대의 집에 들르겠다"라고 하였다. 꼭 2년째가 되는 날인 9월 15일에 장소가 닭을 잡고 기장밥을 짓고 범식을 기다리자 그 부모가 웃으며 "산양은 여기서 천 리나 멀리 떨어진 곳인데, 그가 어찌 꼭 올 수 있겠느냐"라고 하였다. 이에 장소가 "범식은 신의 있는 선비이니, 약속 기한을 어기지 않을 것입니다"라 하였는데, 그 말이 채 끝나기도 전에 범식이 당도하였다 한다.

25. 송중모를 전송하다

送張仲謀[48]

竹雞相呼泥滑滑[49]	자고새는 진흙이 미끄러운 곳에서 서로 부르고[50]
夜雨連明溪漲闊	밤비가 아침까지 이어져 시냇물이 불었어라.
門前馬作遠行嘶	문 앞의 말은 먼길 가려 울어대니
迺是張侯來訪別	바로 장후가 찾아왔다가 떠나는 것이라.
入門下馬未暖席	문에 들어와 말에서 내려 자리가 따뜻하기도 전에
猛如秋鷹欲飛掣[51]	가을 매처럼 사납게 날아가려 하누나.
黃花可浮惜別杯	노란 국화를 석별주에 띄우고
官沽苦酸不堪設[52]	관에서 사온 쓴 술은 올리지 않네.
張侯少年氣高秀	장후는 소년으로 기운이 높고 빼어나니
太華孤峯帶冰雪	태화의 오롯한 봉우리에

---

48 [교감기] 살펴보건대 『연보』에서 희녕 4년 섭현에서 지은 것으로 편차하였다.
49 [교감기] '相'은 고본의 원교에서 "달리 '爭'으로 된 본도 있다"라고 했다.
50 자고새는 (…중략…) 부르고 : 매요신의 「금언사수(禽言四首)」 중의 한 작품인 「죽계(竹雞)」에서 "미끄러운 진흙탕 길, 대나무 우거진 언덕 오르기 힘드네. 빗소리 쓸쓸한데, 말 위의 남자여"라고 했다. 울음소리가 원활(圓滑)하다 하여 '니활활(泥滑滑)'이라 명명된 새로, 자고새와 비슷한 죽계(竹雞)의 울음소리를 형용한 말이라 한다.
51 [교감기] '鷹'은 고본의 원교에서 "달리 '準'으로 된 본도 있다"라고 했다.
52 [교감기] '堪'은 고본에는 '可'로 되어 있다.

빙설이 쌓인 듯하여라.

袖中日日有新詩　　소매에서는 나날이 새로운 시가 나오니

正與秋蟲同一律　　참으로 가을벌레와 같은 음률이어라.

吏曹不能弄以事　　이조에서 일로써 희롱하지 못하니

太尉家兒盡英愁　　태위 집안 자제들은 모두 영웅이어라.

窮愁寂寞雙鳧縣　　깊은 시름에 쌍부현은 쓸쓸한데

唯子可輸肝膽說　　오직 그대만 간담을 터놓고

　　　　　　　　　이야기 나눌 수 있네.

遊君宮室如芝蘭　　그대 집에서 노니니 지란과 같아

於我弟兄比瓜葛⁵³　　나에게는 과갈⁵³ 같은 형제로다.

相親更覺相去難⁵⁴　　서로 친하니 이별하기 어려움을

　　　　　　　　　더 잘 알겠으나

挽斷衫袖不忍訣⁵⁵　　소매를 떨치고 일어나지만

　　　　　　　　　차마 이별하지 못하네.

緬懷君家方盛時　　돌이켜보니 그대 집안이 성대할 때

酒翁屢把連城節　　부친은 자주 연성의 부절을 잡았어라.

北使初隨富毫州　　북쪽의 사신이 부호의 고을에

53　과갈 : 『진서·왕열전(王悅傳)』에서 "왕열은 왕도(王導)의 아들이다. 왕도와 왕
　　열이 함께 바둑을 두었는데 왕도가 수를 무르려고 했다.(왕열이 물려주지 않자)
　　왕도가 웃으며 "서로 사이가 과갈(瓜葛)인데, 어찌 이렇게까지 하느냐"라 했다"
　　라고 했다. 인척이란 의미이다.
54　달리 "從來未覺歲時久"로 된 본도 있다.
55　달리 "言別奈何腸胃熱"로 된 본도 있다.

	처음 따라왔을 때
萬死弗顧探虎穴⁵⁶	만 번 죽어도 호랑이 굴을 탐색하는데
	주저하지 않았네.
煌煌忠槩獎王命	빛나는 충절로 왕명을 도우니
汝等于今仕朝列	그대들 지금 조정에서 벼슬하네.
稍開塞上秋草黃⁵⁷	가을 풀 누런 변새를 개척하여
蟑螂怒臂當車轍	사마귀 성낸 팔로 수레바퀴를 막아서네.
將軍西擁十萬師	장군이 서쪽으로 십만의 군사를 동원하니
謀士各伸三寸舌	모사가 각자 세치의 혀를 놀리누나.
胡不還家讀父書	어찌 집으로 돌아가
	부친의 책을 읽지 않으랴
上疏論兵款天闕	상소하여 병법 논하면서 궁궐을 두드리네.
燕然山石可磨鐫	연연산의 바위에 새길 수 있으니
誰能禦子勒勳代	누가 그대 공훈 새기는 것을 금하랴.
功業未成且自愛	공업이 완성되지 않았으니 우선 자중하고
早寄書來慰飢渴	일찍 편지를 보내주어
	소식 기다리는 나를 위로해주시라.

---

56 [교감기] '弗'은 고본에는 '不'로 되어 있다.
57 [교감기] '開'는 고본에는 '聞'으로 되어 있다.

26. 「군자는 하늘의 운행을 본받는다」[58]는 시에 상정하여 짓다
擬君子法天運

희녕 4년에 섭현에서 지었다.

熙寧四年葉縣作.

君子法天運	군자는 하늘의 운행을 본받고
不言行四時	사시의 운행에 대해서는 말하지 않누나.
提提無近功	차분히 펼쳐져 비교할 공이 없는데
成歲乃可知	한 해 이룸을 이에 알지라.
明窺秋毫端	가을 짐승 터럭의 끝을 밝게 살피며
耳察穴蟻爭	개미굴의 싸움도 귀로 들을 수 있네.
羣材極爲力	뭇 재목 대단히 힘을 쏟아
陰拱收視聽	아름의 그늘은 보고 듣는 것을 거두네.
三辰從昏明	해, 달, 별은 어둡고 밝음을 따르고
萬物安性命	만물은 목숨을 편안히 여기누나.
因時有更張	때에 맞춰 경장이 있으니
斟酌如斗柄	북두자루처럼 잘 따져보네.
細人趨眼前	소인은 눈앞의 상황을 좇나니
翻手覆手間	손을 엎었다 뒤집었다 하며 변하누나.[59]

---

58 한유가 지은 시의 제목이다.

狂風吹長林	거센 바람이 긴 숲에 불어오니
何枝鳥能安	어떤 가지인들 새가 편안히 깃들랴.
須臾誠快意	짧은 사이에 참으로 통쾌하니
狼籍不可言	그 낭자함을 말로 표현할 수 없네.

---

59 소인은 (…중략…) 변하누나 : 두보의 「빈교행(貧交行)」에서 "손을 펴면 구름이
요 뒤집으면 비인가, 가벼운 세상 사귐 말해 무엇하리"라고 했다.

27. 상가행. 4수

傷歌行. 四首[60]

희녕 4년 섭현에서 지었다.

熙寧四年葉縣作.

첫 번째 수其一

草木搖落天沈陰	초목이 지고 하늘이 매우 어두운데
蟋蟀爲我商聲吟	귀뚜라미 나를 위해 슬픈 소리로 우누나.
高明從來畏鬼瞰	고명은 원래 귀신이 엿봄을 두려워하여
貧賤不能全孝心	빈천에 효심을 온전히 하지 못하였네.
蚤知義利有輕重	의리는 경중이 있음을 일찍 알았으니
積羽何翅一鈞金	깃털 쌓으면 한 덩어리 금만 못하랴.
莫悲歸妹無錦繡	시집가는 누이여 비단이 없다고 슬퍼마라
但願教兒和瑟琴	다만 아이 가르치며 금슬좋게 살기 바라네.

두 번째 수其二

孟氏至誠通竹笋	맹씨의 지성은 죽순과 통하였고

---

60 [교감기] 살펴보건대 『연보』에서 희녕 4년 섭현에서 지은 것으로 편차하였다.

姜詩純孝感淵魚	강의 시는 순효하여
	못의 물고기에 감응하였네.
古人常欲養志意	고인은 항상 부모의 뜻을 받들려고 하였으니
君子不唯全髮膚	군자는 다만 신체발부만
	온전히 한 것 아니어라.
有妹言歸奉箕箒	누이는 시집가 부엌 일 맡으니
仰誰出力助葭莩	누구 우러러보며 힘을 내어 친척을 도울까.
等閒親鬢貧中白	가난함 속에 부모 머리 세어감을
	등한하였으니
自悔從來色養疎	이전부터 따뜻한 낯빛으로
	봉양함이 드물어 후회하노라.

세 번째 수其三

諸妹欲歸囊褚單	여러 누이 시집가려 홑 솜옷 담는데
値我薄宦多艱難	내 낮은 벼슬이라 어려움이 많아라.
爲吏受賕恐得罪	관리 되어 뇌물 받으면 죄를 지을까 두렵고
啜菽飮水終無懽	콩잎 먹고 물 마시며 끝내 즐겁지 않구나.
永懷遂休一夜夢	오래 간직한 건 하룻밤 꿈처럼 쉬어 보는 것
誰與少緩百憂端	누구와 함께하여 온갖 근심을 조금 늦춰볼까.
古人擇壻求過寡	옛사람 사위 고를 때 허물 적은 이 구하니

取婦豈爲謀飢寒   아내 취함에 어찌 굶주리고

추움 면하길 도모할까.

네 번째 수其四

伯夷不食周武粟   백이는 주 무왕의 곡식 먹지 않고

程嬰可託趙氏孤   정영은 조 씨의 고아를 맡았어라.[61]

死者復生欲無愧   죽은 이가 다시 살아와도

부끄러움 없고자 하니

受遺歸妹況在予   유복자 키운 시집간 누이

더구나 나한테 있음에랴.

經營百事失本意   여러 일 경영하며 본래 뜻을 잃지 않으니

跬步尋常畏簡書   평소 짧은 순간에도 조서 내릴까 두려워라.

人間若有不稅地   세상에 만약 세금 내지 않는 곳 있다면

判盡筋力終年鋤   온 힘을 다하여 해를 마치도록 농사지으리라.

---

61 정영은 (…중략…) 맡았어라:『사기·조세가(趙世家)』에서 "정영(程嬰)과 저구
  (杵臼)가 조고(趙孤)를 숨기고서 다른 사람의 어린 자식을 등에 업고 화려한 강
  보로 옷을 입혔다"라고 했다.

28. 「행행중행행」을 지어 이지의에게 주다

行行重行行贈別李之儀

원풍 3년에 관직을 옮겨 태화에서 지었다. 단숙의 이름은 지의로 무호에 거처하였다.

元豐三年改官太和作 端叔名之儀, 寓居蕪湖.

行行重行行	가고 가며 또 가고 가니
我有千里適	나는 천 리를 가누나.
親交愛此別	친한 벗은 이 이별 안타까워하니
勸我善眠食	나에게 잘 먹고 자라고 권하네.
惟君好懷抱	다만 그대는 흉금이 뛰어나니
高義動顔色	높은 의리는 안색에 드러나누나.
贈子靑琅玕	그대에게 푸른 낭간을 주니
結以永弗諼	지니고서 오래 잊지 마시게.
拭目仰盛德	눈을 부비고 성대한 덕을 우러러보니
洗心承妙言	마음을 씻고 오묘한 말을 받드노라.
子道甚易行	그대의 도는 매우 행하기 쉬우니
易行乃難忘	행하기 쉬워 이에 잊기 어렵네.
虛名織女星	직녀성의 헛된 명성은
不能成文章	무늬를 이룰 수 없어라.

微君好古學	그대가 옛 학문 좋아하지 않았다면
尙誰發予狂	외려 누가 나의 광망함을 일으켰을까.
事親見不足	부모 섬김에 부족하다 여기고
擇友知無方	벗을 가림에 제한을 두지 않았네.
大聖急先務	대성은 먼저 할 일을 급히 여기는데
君其愛頹光	그대는 무너진 빛을 사랑하누나.
外將周物情	밖으로는 물정을 두루 살피고
中不敦己道	안으로는 자신의 도가 완전하다 여기지 않네.
以客從主人	객으로 주인을 따를 때
辨之苦不早	가리기를 일찍 못해 괴롭구나.
行身居言前	말하기 전에 행동하고
悟理在意表	이치는 생각 너머에서 깨우치누나.
苟能領斯會	참으로 능히 이런 지경을 이해한다면
大自足諸小	크게 되어 절로 여러 자잘한 것은 충분하리라.
勿念一朝患	문득 하루아침의 근심 생각하고
勿忘終身憂	문득 종신의 근심을 잊누나.
忠誠照屋漏	진실된 마음은 방구석에서도 빛나니
萬物將自求	만물을 장차 스스로 구할 것이라.
此道不予欺	이 도는 나를 속이지 않으니
實吾聞之丘	실로 나는 공자에게서 들었노라.
羣居行小慧	군거에 작은 지혜 행하고

宴笑奉樽俎　　　　연회에 웃으며 술상을 받드네.

益友來在門　　　　익우가 와서 문에 있어도

疎拙不見取　　　　소졸한 이들 취하지 않구나.

誰不聞此風　　　　누가 이런 풍조 듣지 못하였나

去君鴻鵠擧　　　　그대 떠나니 기러기도 날아오르네.

29. 봄 생각

春思

희녕 4년에 섭현에서 지었다.

熙寧四年葉縣作.

花柳事權輿	화류 구경하러 권여를 타고 나서니
東風剛作惡	동풍이 심술을 부려 사납게 부네.
啓明動鐘皷	해가 뜨니 종과 북 울리는데
睡著初不覺	졸음에 처음에는 알지 못하였네.
簡書催秣馬	조서 내려와 재촉하여 말을 먹이니
行路如徇鐸	가는 길을 순찰을 도는 듯하여라.
看雲野思亂	구름을 보니 들판 생각이 어지럽고
遇雨春衫薄	비를 만나니 봄옷이 엷어라.
今日非昨日	오늘은 어제가 아니라
過眼若飛雹	눈에 보이는 건 우박이 날리는 듯.
光陰行晼晩	세월은 한가롭게 흐르는데
吾事益落莫	나의 일은 더욱 쓸쓸하도다.
閒尋西城道	한가로워 서성의 길을 찾아 나서
倚杖俯虛落	지팡이 짚고서 마을을 굽어보네.
村翁逢寒食	촌옹은 한식을 만나고

士女飛綵索	사녀는 채색 연을 날리누나.
平生感節物	평소 계절 변화에 느낌 이는데
始悟身是客	비로소 내가 나그네일 줄 깨닫네.
搔首念江南	머리 긁적이며 강남을 생각하다가
挐船趁鸂鶒	배를 이끌어 비오리를 좇누나.
夷猶揮釣車	천천히 낚싯배를 몰아
淸波擧霜鯽	맑은 물결에서 서리 같은 생선 잡아 올리네.
黃塵化人衣	누런 먼지가 옷에 내려앉으니
此計誠已錯	이 계획 참으로 어긋났어라.
百年政如此	백 년이 정히 이와 같으니
豈更待經歷	어찌 다시 경력을 기다리랴.

30. 공익의 「춘사」에 장난스레 답하다. 2수

戲答公益春思. 二首[62]

첫 번째 수 其一

能狂直須狂	능히 광하면 다만 모름지기 광해야 하니
會意自不惡	마음에 깨달으면 절로 나쁘지 않아라.
蚤知筋力衰	기력이 쇠한 줄 일찍 알았으니
此事屬先覺	이 일은 선각자에게 맡기노라.
公詩應鍾律	공의 시는 종의 음률에 응하니
豈異趙人鐸	어찌 조나라 사람의 목탁과 다르랴.
我爲折腰吏	나는 허리를 굽히는 관리가 되어
王役政敦薄	왕의 일은 참으로 박함을 두터이 하노라.
文移亂似麻	문서는 삼처럼 어지럽고
期會急如雹	약속한 날짜는 우박처럼 급하네.
賦斂及逋逃	세금을 거두고 도망친 이 잡아
十九被木索	열에 아홉은 형벌을 받았네.
公思當此時	공의 감흥은 이러한 때를 당하여
淸興何由作	청흥이 어찌 일어나는가.
前日東山歸	전날 동산으로 돌아갈 때
花如萎莎落	꽃이 마른 향부자처럼 떨어졌어라.

---

62 [교감기] 살펴보건대 『연보』에서 희녕 4년 섭현에서 지은 것으로 편차하였다.

徑欲共公狂	빨리 그대와 함께 광하여
知命知此樂	명을 알고 이 즐거움 알려 했네.
公家胡蜀葵	그대 집의 호촉규는
雖晚尙隱約	비록 늦었지만 오히려 숨어 피었네.
晴明好天氣	청명이라 날씨 좋아
蹔對亦愜適	잠시 마주하니 마음 상쾌하여라.
粧恨朱粉輕	화장은 붉은 분 엷어 아쉽고
舞憐衫袖窄	춤은 소매가 좁아 어여쁘네.
衣襦相補紉	옷은 서로 깁고
天吳亂鸂鶒	물은 비오리로 어지럽네.
草茅多奇士	초가에 기이한 선비 많고
蓬蓽有秀色	쑥대에도 아름다운 모습 있어라.
西施逐人眼	서시는 사람의 눈을 좇아
稱心最爲得	마음에 들면 흡족하였네.
食魚誠可口	생선이면 다 입에 맞는데
何苦必魴鯽	무엇이 괴로워 반드시 방어만 먹으랴.
淸狂力能否	청광은 힘으로 할 수 없으니
人生天地客	사람은 천지의 나그네로다.
不者尙能來	부정하거든 오히려 와서
南窻理塵迹	남쪽 창에 먼지를 닦으시게.
草玄續周書[63]	『태현경』을 초하여 『주역』을 잇고

揲策定漢歷	산가지 헤아리며 한나라 달력 정하누나.
有意許見臨	찾아오실 의향이 있다면
爲公酤一石	그대 위해 한 석 술을 마련하리.

두 번째 수 其二

昔人有眞意	옛사람은 참된 뜻을 지녀
政在無美惡	정사도 기리거나 미워할 것이 없네.
微言見端緖	은미한 말은 단서로 보이고
垂手延後覺	손을 늘어뜨리며 후각자를 맞아들이네.
大聲久輟響	훌륭한 소리는 오래 전에 들리지 않으니
誰繼夫子鐸	누가 공자의 목탁을 이을 것인가.
長笑二南間	이남에서 크게 웃으며
斯道公不薄	사도를 공은 가벼이 여기지 않네.
性懷如珮環	본성은 옥을 찬 듯하고
詩筆若隕雹	시필은 우박이 떨어지는 듯.
前篇戲調公	전편에서 그대를 희롱하였는데
深井下短索	깊은 우물에 짧은 두레박인 듯.
子雲最淸靜	자운은 대단히 청정하였어도

---

63 [교감기] '草玄'은 원래 '草元'으로 되어 있었으니, 기휘하여 글자를 고친 것이다.
    지금 고본을 따른다.

亦動解嘲作	또한 「해조」[64]를 지었네.
光塵貴和同	빛은 녹여 먼지처럼 되는 게 귀하지만
玉石尙磊落	옥석은 커야 대접을 받네.
衆人開眼眠	뭇 사람이 졸린 눈을 뜨는데
公獨寤此樂	공은 홀로 자는 즐거움 지녔네.
昔在西宮遊	옛날 서궁에서 노닐 때
初非朝夕約	처음에 조석의 약속 하지 않았어라.
邂逅二三子	두세 벗을 만나니
蛾眉能勸客	눈썹으로 객에게 권하네.
坐嫌席間疎	자리에 좌석이 멀어서 아쉽고
酒恨盞底窄	술은 잔 바닥이 얕아 한스러워라.
驪駒我先返	망아지는 나보다 먼저 돌아오고
看朱已成碧	붉은색은 이미 푸르게 되었네.
況聞公等醉	더구나 그대들이 취하여
歌舞恣所索	하고픈 대로 멋대로 가무를 즐긴다고 들었네.
舞餘必纏頭	춤추고 나면 반드시 전두하고
歌罷皆擧白	노래 다하면 모두 막걸리 들었다네.
淸狂稍稍出	청광이 조금씩 발하여

---

64 해조 : 양웅이 『태현경(太玄經)』을 짓자, 당시 사람들이 태현(太玄)을 표방하면
서도 도가 깊지 못하여 여전히 희다는 뜻으로 현상백(玄尙白)이라고 조롱하였
다. 이에 양웅이 『해조(解嘲)』를 지어 스스로 변호하였다. 『한서·양웅전(揚雄
傳)』에 보인다.

應節自不錯	계절에 따라 절로 어기지 않았네.
譬如觀俳優	비유하면 광대를 보는 것 같아
誰能不一噱	뉘 능히 한 번 크게 웃지 않으랴.
何爲苦解紛	어찌하면 어지러움 푸는 게 괴로워
迺似自立敵	이에 스스로 적을 세우는가.
人生忽遠行	사람 태어나 문득 멀리 떠나왔는데
車馬無歸迹	거마 돌아간 흔적 없어라.
黃粱一炊頃	황량이 한 번 익을 무렵
夢盡百年歷	꿈이 백 년이 지나버렸네.[65]
棄置勿重陳	버림받은 것 거듭 말하지 말라
虛心待三益	마음 비우고 이로운 벗 기다리게.

---

65 황량이 (…중략…) 지나버렸네 : 『이문집(異聞集)』에서 "도사인 여옹(呂翁)이 한
단(邯鄲) 길가의 여관에서 묵었다. 소년인 노생(盧生)이 빈곤을 한탄했는데, 말
을 마치자 졸음이 몰려왔다. 당시 주인은 황량 밥을 짓고 있었는데, 여옹이 품속
을 뒤적이다가 베개를 꺼내어 노생에게 주었다. 베개의 양 끝에는 구멍이 있었
다. 노생은 꿈속에서 구멍을 통해 어떤 집에 들어가서 50년을 부귀를 누리다가
늙고 병들어 죽었다. 기지개를 켜고 잠에서 깨어나 둘러보니 여옹이 곁에 있었으
며 주인이 짓던 황량 밥은 아직 익지 않았다"라고 했다.

31. 뭇사람이 광대를 보다
衆人觀俳優[66]

衆人觀俳優	뭇 사람이 광대를 보는데
誠有可笑時	참으로 웃을 만한 때로다.
侏儒笑人後	난쟁이들은 남들보다 뒤에 웃는데
所笑動未知	웃는 까닭 걸핏하면 모르누나.
非桀是堯舜	걸이 아니면 바로 요순이니
諸生同一詞	제생이 같은 소리로 외친다네.
不能解其會	그 뜻을 이해하지 못하니
何笑侏儒爲	어찌 난쟁이가 그렇다고 웃으랴.
桓公方讀書	환공이 바야흐로 책을 읽을 때
輪扁釋斧鑿	윤편이 도끼로 바퀴 깎았네.
借問作書人	묻노니, 책을 저술한 사람
已歸蒿里宅	이미 저승으로 돌아갔으니,
至精固不傳	지극한 정수는 참으로 전하지 않아
所說乃糟粕	말한 것은 바로 조박이라네.
使道如懷珍	도로 하여금 보배 품는 듯하여
分我贍人貧	가난한 나에게 나눠주어 넉넉하게 하였어라.
人將遺朋友	사람이 그것으로 붕우에게 주려하는데

66　[교감기] 살펴보건대『연보』에서 희녕 4년 섭현에서 지은 것으로 편차하였다.

誰不獻君親	누가 군친에게 바치지 않으랴.
喁喁來噍食	하소연하며 와서 먹고
泯泯去游魂	보이지 않게 떠나버린 혼이라.
昭穆才弟兄	소와 목의 형제이며
愚智已子孫	바보나 지자나 이미 자손이라.
愚游智者籠	바보는 지자의 그물에서 노닐고
智受萬物役	지자는 만물의 부림을 받누나.
奔奔相後先	분분하게 서로 앞서거니 뒤서거니
成則自爲德	성취하면 곧 스스로 덕으로 삼네.
勞神不知疲	정신을 힘들게 하며 힘든 줄 모르면서도
求所不能知	구할 바를 알지 못하누나.
深心著文字	마음을 침잠하여 글을 짓고
有如鳥粘䵻	새가 그물에 걸린 듯하여라.
敗新爲故袴	새 옷을 해지게 하여 헌 바지처럼 만드니
何獨鄭人妻	어찌 다만 정나라 아내뿐이랴.
鵠卵待啄菢[67]	고니의 알은 쪼아 나오기를 기다리니
自憐非荆雞	절로 형계가 아님을 불쌍히 여기누나.[68]
誰能起千載	누가 천년 뒤에 일어나서

---

67 [교감기] '菢'는 원래 '抱'로 되어 있었는데, 고본에 의거하여 바로잡았다.
68 고니의 (…중략…) 여기누나 : 『장자·경사초』에서 "월나라 닭은 고니의 알을 품을 수가 없고 노나라 닭만이 가능하다"라고 했다.

化此故紙癡　　　　이 옛날 책 바보를 변화시킬까.

32. 임공점의 「감매화십오운」에 차운하다

次韻任公漸感梅花十五韻[69]

花信風來自伊洛	이락에서 화신풍이 불어오니
稍稍花光上林薄[70]	조금씩 꽃빛이 숲에 오르네.
經年病骨怯輕寒	여러 해 병든 몸 가벼운 추위도 두려워
裁就春衫不勝著	봄옷을 만들어 자주 입누나.
纍纍牆底卧虛樽	중첩된 담장 아래 빈 술동이 누워 있는데
醉鄉何處尋城郭	취향 어느 곳에서 성곽을 찾을까.
小軒假寐遊華胥	작은 난간에 선잠 들어 화서국에서 노니는데
萬籟無聲燈寂寞	만뢰는 소리 없어 등잔불만 고요하구나.
落梅新詩入吾手	낙매의 새로운 시가 내 손에 들어오니
驚起詩魔如發愕	깜짝 놀라듯 시마를 놀라게 하여라.
高文逸氣天馬趨	고상한 글 빼어난 기는 천마가 뛰듯
尾端尚許靑蠅託	꼬리에 쇠파리가 붙는 걸 외려 허락하네.
坐恐勾芒棄我歸	앉으니 구망이 나를 버리고 돌아갈까 두렵고
看花不及空紫萼	꽃을 보니 붉은 꽃술 떨어짐에 미치지 못하네.
生前常苦不自閒	생전에 한가롭지 못해 항상 괴로웠는데
芻豢縻人受羈絡	맛난 음식 사람을 붙잡아 얽어매누나.

---

69 [교감기] 살펴보건대 『연보』에는 이 시를 수록하지 않았다.
70 [교감기] '稍稍'는 고본에는 '梢梢'로 되어 있다.

我嗟卒歲敝鞍韀	나는 해 다하도록 안장이 해지며 돌아다녀 탄식이 이는데
風敗衣裾塵滿囊	바람이 옷을 망가뜨리고 먼지가 전대에 가득하네.
輕裘緩帶多公暇	가벼운 갖옷 느슨한 허리띠에 공무 여가 많은데
公獨奈何猶不樂	공은 유독 어찌하여 즐겁지 않는가.
公言少年豈易知	공은 '소년이 어찌 쉬 알랴'라 하는데
鳳屏翠幔愁蕭索	봉황 병풍 푸른 휘장 근심에 쓸쓸하누나.
蚤從琪樹折春飈	일찍이 기수가 봄바람에 부러지니
每見新詩淚雙落	매번 새 시를 보매 눈물이 흐르네.
勸公且共飲此酒	그대 이 술을 함께 마셔보세
酒令雖嚴莫嗔虐	주령이 비록 엄해도 성내지 마시고.
時飜舞袖間淸歌	때로 춤추는 소매 뒤집고 간간이 맑은 노래 부르며
日薦南蓴羹北酪	날마다 남쪽 순채국 북쪽 타락을 올리네.
花開莫問醜與姸	꽃이 피니 추하니 고우니 따지지 말고
隨分眼前罄杯酌	분수 따라 눈앞의 술잔 비우네.
不須憔悴減腰圍	모름지기 초췌하여 허리가 줄어든
也學東陽沈侯約	또한 동양위 심약을 배우지 마시라.[71]

71 　초췌하여 (…중략…) 마시라 : 심약(沈約)이 동양 태수(東陽太守)로 나가서 힘들

게 신경을 쓰는 바람에 허리띠가 자꾸 줄어들고 팔뚝이 반으로 가늘어졌던 고사
가 있다.

33. 왕회지가 보내준 시에 답하다

答王晦之見寄72

臨西風	서풍에 임하니
動商歌	슬픈 노래 일어나네.
故人別來少書信	벗이 이별한 뒤로 서신이 적으니
爲問故人今若何	묻노니, 벗은 지금 어떠하신가.
白雲濛濛迷少室	흰구름이 뭉실뭉실 소실산을 가리고
明月耿耿照秋河	밝은 달은 환하여 가을 황하에 빛나네.
可憐此月幾回缺	가련하다 이 달은 몇 번이나 이지러졌는가
空城每見傷離別	빈 성에서 매번 아픈 이별을 보누나.
郵筒朝解得君詩	역말 통을 아침에 열어보고 그대 시를 얻어
讀罷涼飈奪炎熱	읽기를 마치니 서늘한 바람이
	열기를 앗아가누나.
嗟乎晦之遣詞	오호라! 그믐날 보내준 사여
長於猛健	대단히 용맹하고 웅건한데
故意淡而孤絶	짐짓 뜻은 담담하면서 고절하구나.
有如怒流雲山三峽泉	성난 물줄기의 운산 삼협의 시내
亂下龍山千里雪	어지러이 용산 천 리의 눈을 내려가는 듯.
大宛天馬嘶靑芻	대완의 천리마가 푸른 초원에서 우는데

72　[교감기] 살펴보건대 『연보』에서 희녕 4년 섭현에서 지은 것으로 편차하였다.

神俊照人絶世無	세상에 둘도 없이 뛰어난 인물이로다.
自言欲解羈銜去	스스로 말하기를 '굴레와 재갈을 벗고서
不能帖耳駕鹽車	귀를 늘어뜨리고서 소금 수레 멍에
	매지 않으리'라 하네.
朝登商山采三秀	아침에 상산에 올라 영지를 캐고[73]
暮上緱嶺追雙鳧	저녁에 후령에 올라 두 오리를 좇누나.[74]
紛紛黃口爭粟粒	분분한 노란 주둥이 놈들 음식을 다투는데
君用此策固未疎	그대 이런 계책 쓰니 참으로 우활하지 않구나.
但恐高才必爲一世用	다만 두렵기는 높은 재주 반드시 한 시대
	쓰임 되어야 하니
雖有潺湲不得釣	비록 잔잔한 시내 있어도 낚시 못하고
空曠不得鋤	텅 비어 버려 호미질 못하는 것.
西風酌酒遙勸君	서풍에 술을 따라 멀리서 그대에게 권하니
好去齊飛鸞鳳羣	난봉의 무리와 함께 날아가기 바라네.

---

73 아침에 (…중략…) 캐고 : 상산에 은거하여 지초를 캐 먹고 살았던 상산사호 고사를 말한다.

74 저녁에 (…중략…) 좇누나 : 『후한서·왕교전(王喬傳)』에서 "왕교가 섭현 령(葉縣令)이 되었는데, 신비로운 술재(術才)가 있었다. 매월 초하루와 보름이면, 항상 섭현으로부터 조정에 나갔다. 현종은 왕교가 자주 오는데도 그 수레와 가마와 보이지 않은 것을 괴이하게 여겨, 몰래 살펴보라고 명령을 내렸다. 그랬더니 "왕교가 올 때는 문득 두 마리의 물오리가 동남쪽에서 날아왔습니다"라 했다. 이에 들오리가 오는 것을 기다렸다가 그물을 들어 펼쳤더니 다만 한 짝의 신발이 있을 뿐이었다. 이에 상방을 불러 살펴보게 했더니, 그 신발은 상서성(尙書省)에 있을 적에 하사받은 것이었다"라고 했다.

窮山遠水酒是我輩事　　깊은 산 머나먼 강이 바로 우리들의 일인데

荷鋤把釣聽子入靑雲　　호미 매고 낚싯대 들고서 그대 청운에

　　　　　　　　　　　　들어갔단 소리 듣누나.

34. 연평에 있는 그리운 남육에게 부치다

寄懷藍六在延平

숭녕 2년 의주에 부임하여 지었다.

崇寧二年赴宜州作.

貧賤相知若吾友	빈천에 우리 벗이 나를 가장 잘 아니
取端於此能更求	여기에서 이름 듣고서 능히 다시 찾았네.
德性委蛇結綠佩	덕성은 한아하여 녹패를 찼고
文章璨爛珊瑚鉤	문장은 찬란하여 산호로 얽은 듯.
與君千里共明月	천 리에서 그대와 밝은 달 함께 보며
思子一日如一秋	그대 생각에 하루가 가을 한 철 같네.
願學延平兩龍劍	연평의 두 용검[75]을 배워서

---

75 연평의 두 용검 : 『진서·장화전』에서 "두성과 우성 사이에 항상 붉은 기운이 있었다. 장화가 예장의 뇌환을 맞이하여 물으니, 뇌환이 "보검의 정기가 위로 하늘에 비친 것이니 예장의 풍성에 있습니다"라 하였다. 곧바로 뇌환을 풍성현령으로 삼았다. 뇌환이 현에 도착하여 옥의 터를 파서 4길 정도 땅속으로 파들어 갔을 때 두 검이 나왔다. 둘 다 글씨가 쓰여 있었는데, 하나는 용천이요 다른 하나는 태아였다. 하나는 장화에게 보내고 하나는 자신이 찼다. 장화가 죽음을 당하자 검의 소재를 알 수가 없었다. 뇌환이 죽자 자화가 칼을 차고 가다가 연평진을 경유하게 되었는데, 칼이 문득 허리춤에서 뛰어 강물로 떨어졌다. 사람을 시켜 물속으로 잠수하여 찾게 하니, 다만 두 마리 용을 보았는데 각각 길이가 두어 길이나 되었다. 장화의 작은 아들 장위가 중태성의 자리가 갈라진 것을 보고 장화에게 자리에서 물러날 것을 권하였는데, 장화는 따르지 않았다가 일어나기 어렵게 되었다"라고 했다.

風波際會永同遊   풍파가 일어날 때 길이 함께 노닐었으면.

35. 초준명을 전송하다

送焦浚明

희녕 4년에 섭현에서 지었다.

熙寧四年葉縣作.

西瞻岷山兮東望峨眉	서쪽으로 민산을 보고 동으로 아미산을 보며
錦江清且漣漪	금강은 맑고도 물결이 이누나.
地靈山秀誕豪傑	지령에 산이 빼어나 호걸이 탄생하니
來入中州振羽儀	중주로 와서 나래를 떨치네.
相如傲萬物	사마상여는 만물을 오시하고
子雲窮一經	양자운은 한 경전을 궁구했네.
黃金賣賦聘私室	황금으로 부를 사서 자신의 집으로 가져가니
白頭大夫不公卿	백두의 대부요 공경이 아니어라.
窮閭卜四間	가난한 마을에 네 간 집을 지었지만
十步一豪英	열 걸음에 한 집은 영웅호걸이네.
竟無人識李仲元	끝내 이중원을 아는 사람이 없으며
不可屈致嚴君平	엄군평을 굽히게 할 수는 없네.
四君德音閉黃壤	네 군자의 덕음은 황천에 막혔는데
只今壟頭松栢聲	지금 무덤에 송백이 바람에 우누나.
我住葉公城	나는 섭공성에 사는데

常如井底坐	항상 우물 바닥에 앉아 있는 듯하네.
不謂焦夫子	뜻밖에도 초 선생이
聞風肯來過	소문 듣고 기꺼이 찾아왔어라.
焦子初見我	초 선생이 처음 나를 볼 때
如蘭生幽林	깊은 숲에 자라는 난초라 여겼네.
春風爲披拂	봄바람에 한들거리며
始得香滿襟	비로소 향기가 옷소매에 가득하였네.
中懷坦夷眉宇靜	흉금은 탄솔하고 눈은 고요하며
外慕淡薄天機深	밖은 담박하여 천기가 깊어라.
花開鳥啼晝寂寂	꽃이 피고 새가 울어 낮에도 고요한데
酒闌燭明夜沈沈	술자리 무르익어 촛불 밝히니 밤은 깊어가네.
人皆扶牽爛漫醉	사람들이 모두 얼싸안고 흥겹게 취했는데
子更把書求本心	그대 다시 책을 찾아 본심을 구하누나.
二年與燈火	이년을 함께 등불 아래서
琢子之玉鍊我金	그대 옥을 다듬고 나의 금을 정련하였네.
焦夫子	초 선생이여
我以陋邦無人把書策	내 비루한 고을에서 서책을 토론할 이 없더니
邂逅逢君得三益	그대 만나니 삼익지우를 얻었구나.
胡爲棄我忽遠行	어찌하여 나를 버리고 갑자기 멀리 떠나는가
手捧嘉陽從事檄	손에 가양의 종사 격문을 받들고서.
焦夫子	초 선생이여

君起爲我舞	그대 일어나 나를 위해 춤추니
我其爲君歌	내 그대 위하여 노래하노라.
君方跨馬涉遠道	그대 바야흐로 말을 타고 먼 길 나서니
湖外地少山川多	호외에는 평지는 적고 산천은 많다네.
霜秋搖落天日遠	가을 서리 떨어지고 하늘의 해는 멀며
西風翻翻水驚波	서풍은 거세게 불어 물결은 드높구나.
一筵談笑遂相失	전별연의 담소 마치고 드디어 헤어지는데
兩地離愁各奈何	두 곳의 이별의 근심 각각 어찌하랴.
焦夫子	초 선생이여
酒行君定起	술잔이 오가면 그대 참으로 일어날 것이라.
此盃須百分	이 술잔 모름지기 백 번 들어야 하니
少別遂萬里	잠깐 이별에 마침내 만 리 떨어지겠지.
歸尋所種樹	돌아가 곧바로 심은 나무가
應已數千尺	응당 수천 길이 되리라.
試照嘉陽水	가양의 물에 비춰보시라
君髮猶未白	그대 머리칼 아직 새지 않았으니,
古人不朽事	고인의 불후의 일을
所願更勉力	더욱 힘쓰시게나.
別後相逢豈在言	이별한 뒤 다시 만날 걸 어찌 말로 하랴
拭目看君進明德	그대 명덕에 나아간 것을 눈을 씻고 보리라.

36. 신채에서 남으로 돌아가는 객을 전별하다

新寨餞南歸客76

初更月蝕缺半璧	초경에 월식이라 반달이 이지러지고
三更北風雪平屋	삼경에 북풍 불어 평옥에 눈이 내리네.
夜寒置酒送歸客	밤에 추워 술상 차려 돌아가는 객을 보내나니
長歌燕鴈燈前落	긴 노래에 제비와 기러기 등잔 앞에 내려앉네.
故園無書已十月	고향 편지 없는 지 벌써 열 달
目極千里雲水隔	운수가 막힌 천 리 너머 아득히 바라보네.
客方有行乃未已	타향에서 떠돎이 그치지 않아
歸且經予江上宅	돌아갈 때 우리 강가 집을 지나리라.
比隣諸老應相問	이웃의 여러 노인에게 안부 물어봐 주시고
爲道於今不如昔	나도 지금 옛날 같지 않다고 말해 주시게.
新知翻手覆手間	다시 아노니, 인심 조석으로 변할 때
故人江南與江北	벗이 강남과 강북으로 멀어지누나.
有時日高天氣淸	때로 해가 높고 일기가 맑을 때면
炙背南軒把書策	남쪽 마루에서 등을 쬐며 서책을 보네.
可憐斯人巧言語	가련하다, 이 사람의 공교로운 언어
今已埋沒黃土陌	지금 이미 황토의 무덤에 묻혀 버렸구나.
乃知生前傾意氣	이에 알겠네, 생전에 의기를 기울여야지

76　[교감기] 살펴보건대 『연보』에서 희녕 4년 섭현에서 지은 것으로 편차하였다.

不用身後書竹帛	죽은 뒤에 죽백에 쓴 것은 의미 없음을.
往在江南最少年	지난번 강남에 아직 젊을 때
萬事過眼如鳥翼	온갖 일이 나는 새처럼 눈앞을 스쳐가네.
夜行南山看射虎	밤에 남산을 지나며 사호석을 보고서
失脚墜入崖底黑	발 헛디뎌 벼랑 아래 검은 구덩이에 떨어졌었지.
却攀荊棘上平田	가시나무 더위잡고 평평한 곳으로 올라왔는데
何曾悔念身可惜	어찌 몸을 조심하지 않았다고 후회하랴.
辭家上馬不反顧	집을 떠나 말을 타고 돌아보지 않으며
談笑據鞍似無敵	안장 위에서 담소하니 적이 없는 듯하였여라.
邇來多病足憂虞	이후로 병이 많아 근심하였는데
平地進寸退數尺	평지에서 조금 전진하고 많이 후퇴하였네.
意氣索然成老翁	의기가 사라진 노옹이 되었지만
所有鬢髮猶未白	머리칼은 아직 세지 않았어라.
閒居爲婦執薪爨	한가롭게 지내며 아내 위해 나무를 해오고
宿處野人爭臥席	야인처럼 묵으며 자리에 누웠네.
昔壯今衰殆不如	옛날엔 건장하고 지금 쇠하여 같지 않은데
吾恐未必不爲福	복이 되지 않는 것은 아니라 내 여기네.
寄聲諸老善自愛	여러 노인에게 잘 지내시라 안부 전해주시고
客行努力更強食	그대도 힘써 더욱 잘 드시게.

門前種柳今幾長   문 앞에 심은 버들은 지금 얼마나 자랐나

戒兒勿令打鸂鷘   아이들에게 비오리 잡지 말라 해주시게.

春晚歸來躑躅間[77]   철쭉 피는 늦봄에 돌아가시리니

爲公置酒臨江閣   그대 위해 강가 누각에서 술상을 차리누나.

77 [교감기] '春'은 고본에는 '무'로 되어 있다.

37. 새벽에 일어나 여수를 바라보며

曉起臨汝[78]

缺月欲崢嶸	이지러진 달이 가파르게 지려하니
鳴鷄有期信	우는 달이 때를 알리누나.
征人催夙駕	나그네 일찍 멍에를 재촉하는데
客夢未渠盡	객의 꿈은 다하지 않아라.
野荒多斷橋	황량한 들판에 끊어진 다리 많고
河凍無裂璺	황하 얼어 깨진 곳 없구나.
羸馬踏冰翻	파리한 말은 얼음 밟고 넘어지고
疑狐觸林遁	의심 많은 여우는 숲으로 달아나누나.
淸風蕩初日	청풍이 화창하게 부는 초하루 날
喬木囀幽韻	교목에 그윽한 운으로 새가 운다.
崧高忽在眼	높은 숭산이 홀연 눈앞에 있어
岌嶪臨數郡	높다랗게 여러 고을을 마주하누나.
玄雲默垂空	검은 구름은 허공에 고요히 드리우니
意有萬里潤	만 리에 윤택한 비를 내릴 듯하여라.
寒暗不成雨	추위에 어두운데 비는 내리지 않아
卷懷就膚寸	걱정하는 마음만 절박하구나.
觀象思古人	경치 보면서 고인을 생각하니

---

78 [교감기] 살펴보건대 『연보』에서 희녕 4년 섭현에서 지은 것으로 편차하였다.

動靜配天運	그 동정은 하늘 운행에 짝할만하여라.
物來斯一時	사물이 오는 것 한 때인데
無得乃至順	얻음이 없어야 지극히 순하게 되네.
凉暄但循環	계절은 다만 순환하는데
用捨誰喜慍	출처에 누가 즐거워하고 화를 내랴.
安得忘言者	어찌하면 거칠게 말하는 자를 얻어
與講齊物論	「제물론」79을 강론해 볼까.

---

79 제물론 : 『장자 · 제물편(齊物篇)』을 말한다.

38. 염구인에게 답하다

答閻求仁[80]

暮天攜手步河梁	저물녘 손을 잡고 하량을 걷고
把酒淹留斜日光	술을 잡고 머무르니 해가 저물어가네.
生當有別各異方	살아서는 각자 다른 지방에서 이별하였더니
古人嗟此樂難當	고인이 이런 즐거움 얻기 어려움을 탄식했네.
大梁嬉遊少年場	대량의 소년 마당에서 즐겁게 노니는데
春風花枝囀鸝黃	춘풍의 꽃가지에 노란 꾀꼬리 울어대누나.
節物謝徂歲渠央	절물은 갈마들어 한 해가 다 가는데
來自江南登君堂	강남에서 와서 그대의 집에 오르네.
秋氣欲動聞寒螿	가을 기운이 움직이려니
	차가운 쓰르라미 들리고
會幾何日今別長	지금 이별하면 언제나 다시 만나려나.
與子觀化言兩忘	그대와 함께 죽으면 서로 잊을 것이니
浩歌放船入莽蒼	배 띄워 호방한 노래는 아득한 허공으로
	사라지네.
綠藻刺眼紅蕖香[81]	푸른 부들 눈을 찌르고 붉은 연은 향기 풍기니
湖月夜飛衣袂涼	호수의 달은 밤에 날아 옷소매가 서늘하네.

80　[교감기] 살펴보건대 『연보』에서 희녕 4년 섭현에서 지은 것으로 편차하였다.
81　[교감기] '蕖'는 원래 '渠'로 되어 있었는데, 고본과 옹교(翁校)에 의거하여 고쳤다.

相從宴坐歌胡牀	서로 편안히 앉아 호상에서 노래하며
贈言錦繡邀報章	비단 같은 답장의 글을 받누나.
君心溫良志則剛	그대 마음은 온량하고 뜻은 강직하니
不能牛下學歌商	소 아래에서 상조 노래 배우지 않네.
欲謝世紛自翶翔	어지러운 세상을 사절하고
	절로 높이 날려 하는데
果行此策無乃良	이 계책 과감히 행하니 어질지 않은가.
昔人所學浩渺茫	옛날 사람이 배운 바는 드넓어 아득하니
海涵地負無抵當	바다가 안고 땅이 실은 것 중에
	그에 대적할 게 없어라.
棄捐及人其粃糠	그 쌀겨를 덜어서 사람에게 주니
帝王之功一毫芒	제왕의 공은 한 터럭이라네.
旣趨世故自暇遑82	이미 세상일 좇아 절로 허둥대고 있으니
何異臧穀俱亡羊	노비와 여종이 모두 양을 잃은 것과
	무엇이 다르랴.
以生隨之中道傷	살아서 따르다가 중도에 다치니
止吾已知終必亡	그칠 것을 내 이미 알아도 끝내는
	반드시 망하리라.
我亦聞之未能行	능히 행치 못하였다 나 또한 들었으니

---

82 [교감기] '遑'은 원래 '邊'으로 되어 있었는데, 전본의 원교에서 "달리 '강(疆)'으로 된 본도 있다"라고 했다. 지금 고본을 따라 '遑'으로 지었다.

慨今無策可伏藏	지금 엎드려 숨을 계책 없어 탄식하노라.
身隨衣食葉南陽	몸은 섭현의 남쪽에서 의식을 따르는데
脫身自當及康強	몸을 빼내면 절로 매우 건강하리라.
不待齒疎髮蒼浪	이가 빠지고 머리가 세기를 기다리지 않고
優游濠上如惠莊	혜시와 장자처럼 호상에서 노닐며[83]
論交莫逆與子相	그대와 서로 막역지우에 대해 논해보세.

---

83 혜시와 (…중략…) 노닐며 : 『장자』에서 "장자가 혜자와 함께 호수의 징검돌 근처
에서 노닐고 있었다. 장자가 "피라미가 한가롭게 헤엄치고 있소. 이게 바로 물고
기의 즐거움이란 거요"라고 하자, 혜자가 "당신은 물고기가 아니오. 어찌 물고기
의 즐거움을 안단 말이오"라 하였다. 장자가 다시 "당신은 내가 아니오. 어찌 물
고기의 즐거움을 알지 못한다는 걸 안단 말이오"라 하자, 혜자가 "나는 당신이
아니니까 물론 당신을 알지 못하오. 당신은 물론 물고기가 아니니까 당신이 물고
기의 즐거움을 알지 못한다는 게 확실하단 말이오"라 했다. 장자가 "이제 처음
질문으로 돌아가 말해 봅시다. 그대가 '어찌 당신이 물고기의 즐거움을 안단 말
이오"라고 했지만, 이미 그것은 내가 안다는 것을 알고서 내게 물은 것이오. 나는
호숫가에서 물고기의 즐거움을 알고 있소이다'"라고 했다.

39. 낙양으로 돌아가는 진계상을 전송하다

送陳季常歸洛[84]

人生俱行役	인생은 모두 행역이라
何能如聚鹿	어찌 능히 사슴과 모여 살랴.
浮楂在江湖	뗏목 띄워 강호에 있다가
邂逅一相觸	한 번 서로 만나누나.
天邊數年別	하늘가에서 수년을 이별하니
故人有陳叔	벗으로 진숙이 있어라.
誰云區區葉	누가 이르렀는가, 초라한 섭현에
車馬肯來辱	거마가 기꺼이 욕되게 올 것을.
淸樽聽夜語	맑은 술동이에 밤에 이야기를 나누니
常炧三四燭[85]	늘상 서너 촛불에 농이 떨어지누나.
劇談連古今	고금을 두루 극담하나니
天漢瀉崖谷	은하수가 골짜기에 쏟아지네.
高材歎加壯	높은 재주 더욱 굳셈에 탄식하니
所向動乖俗	지향은 걸핏하면 세속과 어그러지네.
我官塵土閒	내 벼슬은 진토에서 한가하니

---

84 [교감기] 살펴보건대 『연보』에서 희녕 4년 섭현에서 지은 것으로 편차하였다.
85 [교감기] '炧'는 원교에서 "달리 '燒'로 된 본도 있다"라고 했다. 고본의 원주에서 "음은 '謝'니 촛불이 타는 모양이다"라고 했다.

強折腰不曲	억지로 허리를 굽히나 따르지 않네.
飽飯逐人行	사람들을 따라서 배불리 먹는데
君來方拭目	그대 오니 바야흐로 눈을 씻고 바라보누나.
汝潁無奇士	여수, 영수에 뛰어난 선비가 없으니
僕夫催結束	마부는 여장을 재촉하누나.
嗟如秋牕暉[86]	아! 가을 창이 밝아오는데
來少去苦速	올 때는 적더니 갈 때는 매우 빠르네.
蚤吾接雍容	일찍이 나 옹용한 모습 마주하니
愛德心不足	덕을 좋아하매 그 마음 채우기 부족하네.
歲晚託懿親	세모에 훌륭한 친한 이에게 의탁하니
清義酒愈篤	청의는 이에 더욱 독실하여라.
落日送河梁	지는 해에 하량에서 전송하니
鳴蟬度喬木	우는 매미가 교목을 지나가네.
歲寒贈君何	날이 추우니 그대에게 무엇을 줄까
唯有南溪竹	다만 남계의 대만 있구나.

86　[교감기] '秋'는 고본에는 '愁'로 되어 있는데, 뜻이 '愁'보다 좋지 않다.

40. 비가 개어 석당을 지나다가 유숙하고서 공봉 대중에게 주다

雨晴過石塘留宿贈大中供奉[87]

長虹垂地若篆字	긴 무지개 땅에 드리우니 전자와 같고
晴岫挿天如畫屏	맑게 갠 산 하늘에 꽂혀 그림 병풍 같아라.
耕夫荷鋤解襏襫	농부는 호미 들고 도롱이를 벗으며
漁父日殺網投筌筎	어부는 그물 말리고 어망을 던지네.
子期聞笛正懷舊	종자기는 피리 듣고서 친구를 그리워하고
車胤當窓方聚螢	차윤은 창가에서 반딧불을 모으네.
獨卧蕭齋已無月	홀로 떳집에 누우니 이미 달도 없고
夜深猶聽讀書聲	깊은 밤에 오히려 글 읽는 소리 듣누나.

87　[교감기] 살펴보건대 『연보』에서 희녕 4년 섭현에서 지은 것으로 편차하였다.

41. 설낙도의 시에 차운하여 답하다

次韻答薛樂道[88]

薛侯筆如椽	설후의 붓은 서까래 같이[89]
峥嵘來索敵	당당하게 와서 적을 찾누나.
出門決一戰	문을 나서며 일전을 불사하니
莫見旗鼓迹	깃발과 북의 자취 볼 수 없네.
令嚴初不動	엄숙하여 처음에는 움직이지 않더니
帳下聞吹笛	휘장 아래서 젓대 소리 들었어라.
乍奔水上軍	갑자기 물 위로 군대를 내달려
拔幟入趙壁	깃발 뽑고서 조나라 성벽으로 들어갔네.
長驅劇崩摧	멀리 내달려 적을 극심하게 붕궤시키니
百萬俱辟易	백만의 모두 피해 달아나누나.
子於風雅間	그대 풍아 사이에
信矣強有力	참으로 대단히 힘이 굳세네.
天材如升斗	하늘이 낸 재주 대단히 큰데
吾恨付與窄	나는 재주 적어 한스러워라.
攬物能微吟	물건을 보면 능히 조용히 읊조리나니

---

88 [교감기] 살펴보건대 『연보』에서 희녕 4년 섭현에서 지은 것으로 편차하였다.
89 설후의 (…중략…) 같아 : 『진서·왕민전』에서 "꿈에서 어떤 사람이 서까래만한 큰 붓을 주었다"라고 했다.

假借少儲積	조금도 주저하지 않고 여유롭네.
山城坐井底	산성이라 우물 바닥의 개구리 같아
聞見更苦僻	식견이 대단히 좁아라.
子非知音耶	그대가 지음이 아닌가
何不指瑕謫	어찌 손가락으로 잘못을 지적하지 아니랴.

42. 진계장에게 장난삼아 주다

戲贈陳季張[90]

氣淸語不凡	기운은 맑고 말은 평범치 않으니
郭與陳季優	곽과 진계는 뛰어나구나
季子有美質	계자는 아름다운 자질이 있는데
明月懸高秋	밝은 달이 높은 가을에 걸린 듯.
詞談貫百家	글과 말은 제자백가를 꿰뚫고
炙轂出膏油	수레 기름통 태워 기름이 흘러나오는 듯.
放聲寄大塊	크게 소리 내어 대지에 부치고
肆情無去留	정회를 방탕하여 떠나거나 머무름이 없어라.
方圓付自爾	방원은 절로 그러함에 맡겨두고
規矩爲瘡疣	규구는 어그러졌네.
當其說荒唐	그가 황당한 것을 말하면
衆口莫能咻	여러 사람 입이 고요하구나.
書案鼠篆塵	책상에는 먼지에 쥐의 전서 그려지고
銜蔬滿牀頭	함소는 상위에 가득하구나.
居不省家舍[91]	거처할 때 집안을 돌보지 않으니
那問犬馬牛	어찌 개, 마, 소에 물으랴.

---

90 [교감기] 살펴보건대 『연보』에서 희녕 4년 섭현에서 지은 것으로 편차하였다.
91 [교감기] '不省'은 고본에는 '不肯'로 되어 있다.

吾嘗觀聖人	내 일찍이 성인을 보니
與世爲獻酬	세상과 수응하였지.
道通衆人行	도가 통하여 뭇 사람과 행하고
智欲萬物周	지는 만물과 두루 알려 하였네.
微言觀季子	은미하게 말하면서 계자를 보니
頗亦有意不	자못 뜻이 있는가.
季子捧腹笑	계자가 배를 움켜잡고 웃으니
吾豈搢紳囚	내 어찌 벼슬에 얽매이리오.
我將乘扶搖	내 장차 바람을 타고
南與大鵬遊	남쪽으로 대붕과 노닐리라.
相羊九萬里	상양 구만 리
厭則下滄洲	질리면 창주로 내려가리.
黃子失所答	황자가 답하지 못하고
如耕不能耰	밭을 갈지만 김매지 못한 듯하네.
井蛙延海鼈	우물의 개구리가 바다의 거북을 맞이하니
樂事擅一丘	즐거운 일 한 언덕에 많구나.
束牲盟伯夷	희생을 묶어 백이에게 맹세하니
固自取揶揄	참으로 스스로 야유를 취하네.
無心以觸物	무심하게 사물을 만지고
愛子如虛舟	빈 배처럼[92] 자식을 사랑하네.

---

92 빈 배처럼 : 『장자』에서 "마치 매이지 않은 배가 물 위에 둥둥 떠 있듯이, 공허하

維楫苟不存	만약 노가 없다면
傾覆當誰尤	엎어진 것은 응당 누굴 탓하리오.
尙思濟來者	그래도 건너오리라 생각하는 것은
非但自爲謀	다만 스스로를 도모할 뿐이 아니어서라네.

게 노니는 것이다"라고 했다. 이백의 「증최애공(贈崔崖公)」에서 "빈 배는 물욕에 얽매이지 않고, 조화 살피며 강가에서 노니네"라고 하였다.

43. 진 씨에게 시집 간 누이와 헤어지며 주다

寄別陳氏妹

西風吹天雲	서풍이 하늘의 구름에 부른데
頃刻異秦越	경각에 진과 월처럼 다르게 변하네.
叔子從天東	숙자가 하늘 동편에서 와서
忽與同姓別	문득 동기와 이별하네.
餞行在半塗	길은 떠나 반쯤 가서
一食三四噎	한 번 식사에 서너 번 목이 메네.
遙遙馬嘶斷	아득한 길 말도 울지 않고
芳草迷車轍	방초에 수레는 헤매는구나.
引襟滿眼淚	소매 당기니 눈 가득 눈물 흘리고
回首寸心折	머리 돌리니 촌심[93]이 아프구나.
母氏孝且慈	모친에게 효성스럽고 자상하여
愛養數毛髮	두어 머리칼 남은 노인 사랑으로 봉양하네.
諸兒恩至均	여러 아이에게 은혜 고르게 나눠주고
如指孰可齕	어떤 손가락을 깨물 수 있을까.
汝今始歸人	네가 지금 막 시집가는 사람

---

93 촌심 : 맹교의 「유자음(游子吟)」에서 "누가 한 치 풀의 마음을 가지고서, 삼춘의
    햇볕에 보답한다 말하랴"라고 했다. 부모의 끝없는 은혜를 만 분의 일이라도 갚
    을 수 없다는 말이다.

綿綿比瓜瓞	오이처럼 혼인으로 이어졌네.
中畦不灌漑	밭 가운데 물을 대지 않으면
芳意還銷歇	꽃망울이 도리어 시들어버리지.
黃鳥止桑楚	꾀꼬리는 뽕나무에서 울고
南山采薇蕨	남산에서는 고사리를 캐누나.
擇歸旣甚明	시집갈 곳 신중하게 골랐으니
寡取酒爲悅	과부가 되어도 즐거워하네.
我開賢女傳⁹⁴	내 어진 여인들 전기를 지었기에
須己爲汝說⁹⁵	모름지기 내가 너를 위해 말해주었네.
在宋有伯姬⁹⁶	송나라에 백희⁹⁶가 있어
潔身若冰雪	빙설처럼 몸이 깨끗하였네.
下堂失傅母	당에 내려와 보모를 잃고서
上堂就焚爇	당에 올라가 타는 불에 나아갔네.
吾嘗嘉惠康	내 일찍이 혜, 강을 아름답게 여겼는데
有婦皆明哲	부인으로 모두 명철하였네.

---

94 [교감기] '開'는 고본에는 '聞'으로 되어 있다.
95 [교감기] '己'는 고본에는 '已'로 되어 있다.
96 송나라에 백희 : 부인은 몸가짐을 조심해야 한다는 것. 백희는 춘추시대 노 선공
    (魯宣公)의 딸로 송 공공(宋共公)에게 시집간 지 10년 만에 과부가 되어 살던 중
    노 양공(魯襄公) 30년 송나라 궁에 불이 났는데 백희가 그 안에 있었다. 유사(有
    司)가 불길이 닥칠 것이니 피하라고 권했으나 백희는 "나는 들으니 부인은 밤에
    출입을 할 때 보모(保母)가 없이는 마루도 내려가지 않는다고 하였다" 하고는
    끝내 나오지 않고 불에 타 죽었다. 『춘추공양전(春秋公羊傳)·양공(襄公) 30년』
    조에 보인다.

戮力事耦耕	힘을 합쳐 농사를 지어
甘貧至同穴	가난을 달게 여기다가 함께 묻혔네.
彼於視三公	저 삼공에 비교하면
其猶吹一咉	그 오히려 칼자루에 한 번 부는[97] 정도에 불과하네.
雍容二南間	이남 사이에 두어도 옹용하니
此婦眞豪傑	이 부인 참으로 호걸이로다.
男兒何有哉	남자가 어찌 필요하랴.
今壯而善耊	지금 건장하여 노인에게 잘하는데.
逢時秉鈞軸	때를 만났으면 국정을 담당하고
邂逅把旄鉞	지우 받았으면 모월을 잡았을 텐데.
富貴多禍憂	부귀는 걸핏하면 재앙의 근심거리요
朋黨相媒蘗	붕당은 악의 싹이로다.
等之彀中遊	활시위 사정권에서 노니는 것과 같으니
巧者未如拙	공교로운 것은 졸렬함만 못하네.
勿以貧賤故	가난하다고 벗을 천시하지 말고
事人不盡節	사람 섬길 때 절개를 다하지 않으랴.
母儀尊聖善	어머니의 거동은 성인의 선함을 높이고

---

97 칼자루에 (…중략…) 부는 : 『장자·측양편』에서 "칼자루의 구멍을 불면 '피'하고 가느다란 소리가 날 뿐이다. 요순을 사람들이 칭찬하는 바이지만, 요순을 대진인 앞에서 말하는 것은 마치 피-하고 가느다란 소리를 내는 것과 같다"라고 하였다.

婦道尙曲折	부인의 도리는 곡절을 숭상하네.
葛生晚萋萋	칡은 늦게까지 치렁치렁 자라니
絺綌代裘褐	칡베옷은 갖옷을 대신하네.
女工旣有餘	여공은 이미 넉넉하니
枕簟淸煩喝	대자리에 더위는 시원하여라.
誰言淮蔡遠	뉘 말하는가, 회와 채가 멀어
曾不以日月	일찍이 날과 달로 갈 수 없다고.
跂予升高丘	나 높은 언덕에 올라 발돋움하며
佇望飛鳥滅	나는 새가 사라지는 곳을 우두커니 바라보네.
善懷詩所歌	시에서 노래한 것을 잘 간직하며
行矣勿惜別	가더라도 이별을 애석하게 생각지 말게.
皇皇太史筆	빛나는 태사의 붓으로
期汝書英烈	네가 영렬로 기록되길 기대하네.

44. 왕회지에게 장난삼아 주다

戱贈王晦之98

故人邇在登封居	벗이 근래에 봉해진 지위에 올랐는데
折腰從事意何如	허리 굽혀 종사하니 마음이 어떠한가.
月明曾聽吹笙否	달이 밝으면 일찍이 생황 소리 듣는가
我亦未見緱山鳧	나 또한 구산의 오리99는 보지 못하였네.
棲苴世上風波惡	풍파가 사나운 세상에서 조심하지만
情知不似田園樂	전원의 즐거움을 알지 못하는 듯하네.
未知嵩陽禪老之一言	잘 모르겠나니, 숭양 선노의 한 마디 말이
何似黃石仙翁之三略	황석공100의 삼략과 어찌 그리 비슷한 지를.

---

98 [교감기] 살펴보건대 『연보』에서 희녕 4년 섭현에서 지은 것으로 편차하였다.
99 구산의 오리 : 이 고사는 구산의 왕자교 고사와 섭현의 왕교의 고사를 합쳐 사용
하였다.
100 황석공(黃石公) : 진(秦)나라 말기의 선인(仙人)으로, 장량(張良)이 젊은 시절에
이교(圯橋)에서 어떤 노인을 만났는데, 그 노인이 신발을 다리 아래로 떨어뜨리
고는 장량에게 주워 오게 하였다. 장량이 신발을 주워다 주자 장량에게 병서 하
나를 주면서 말하기를 "이것을 읽으면 왕자(王者)의 스승이 될 것이다. 13년 후
에 네가 나를 제북(濟北)에서 만날 것인데, 곡성산(穀城山) 아래 누런 돌이 바로
나일 것이다"라고 했는데, 그 노인이 바로 황석공이었다. 『사기·유후세가(留侯
世家)』에 보인다.

45. 숭덕 죽묵가를 보다

觀崇德墨竹歌101

이모 숭덕군이 새 묵죽도를 주고서 노래를 지으라고 하였다.

姨母崇德君贈新墨竹圖, 且令作歌.

夜來北風元自小	밤이 오면 북풍이 원래 절로 자는데
何事吹折靑琅玕	무슨 일로 푸른 낭간에 불어 꺾는가.
數枝灑落高堂上	두어 가지 고당 위로 쇄락하더니
敗葉蕭蕭煙景寒	떨어진 잎 바스락바스락 이내 덮인
	경치 쌀쌀하여라.
迺是神工妙手欲自試	바로 이것이 신공의 오묘한 솜씨로
	그려보고픈 것이니
襲取天巧不作難	하늘의 솜씨를 훔쳐오기도 어렵지 않아라.
行看歎息手摩拂	지나가며 보면서 감탄하며 손으로 만져보는데
落勢夭矯墨未乾	아름답게 떨어지는 형세,
	먹이 마르지 않았어라.
往往塵晦碧紗籠	이따금 파란 사롱에 먼지가 덮여 있어
伊人或用姓名通	어떤 사람이 간혹 성명을 알려주기도 하네.
未必全收俊偉功	반드시 뛰어난 공을 온전히 거두지 못하니

---

101 [교감기] 살펴보건대 『연보』에서 희녕 4년 섭현에서 지은 것으로 편차하였다.

有能執事便白首	예술에 능하여 문득 백수가 되었구나.
不免身爲老畫工	늙은 화공됨을 면하지 못하였으니
豈如崇德君	어찌 숭덕군과 같아서
學有古人風	고인의 풍취를 지닐 수 있으랴.
揮毫李衛言神筆[102]	붓을 휘두르는 이위는 신필이라 다들 말하고
彈琴蔡琰方入室	거문고 연주하는 채염[103]이
	바야흐로 방에 드누나.
道韞九歲能論詩	사도온[104]은 9살에 능히 시를 지었고
龍女早年先悟佛	용녀는 어린 나이에 불도를 깨쳤네.
奕棊樵客腐柯還	바둑에 초동은 도끼자루 썩어서 돌아오고
吹笙仙子下緱山	생황 부는 선녀는 구산에 내려왔어라.
落筆不待施靑丹	붓을 대자 곧바로 단청이 칠해지누나.
更能遇物寫形似	과연 사물을 만나면 모습 비슷하게 그려낼까
尤知賞異老蒼節	더욱 알겠네, 뛰어난 경치는 오랜 대줄기와
獨與長松凌歲寒	다만 추운 날씨 능멸하는 장송임을.
世俗寧知眞與僞	세속이 어찌 참과 거짓을 알랴

---

102 [교감기] '言'은 고본에는 '讓'으로 되어 있다.
103 채염 : 채옹(蔡邕)의 딸이다. 채옹이 초미금을 만들어 연주하였는데, 그 딸인 채염이 어려서부터 음률에 밝아 아버지가 거문고를 타면 그 음률을 안 고사를 인용한 것이다. 『후한서·채옹열전(蔡邕列傳)』에 보인다.
104 사도온 : 중국 남북조시대 진(晉)나라의 여류 시인. 사혁(謝奕)의 딸이자, 사안(謝安)의 조카딸이며, 왕희지(王羲之)의 며느리. 총명하고 재능이 뛰어났으며, 눈 내리는 풍경을 버들개지가 바람에 날리는 광경으로 표현한 일로 유명하다.

揮霍紛紜鬼神事　　어지러이 빠르게 휘두르니 귀신의 일이로다.

黃塵汙眼輕白日　　누런 먼지가 눈을 가려 밝은 해가 뿌연데

卷軸無人得覘視　　축을 말아버리니 엿보는 사람이 없어라.

見我好吟愛畫勝他人　　내가 다른 사람보다 잘 읊조리고
　　　　　　　　　　그림을 좋아함을 보고서

直謂子美當前身　　다만 두자미의 전신이라 하였네.

贈圖索歌追故事　　옛일을 따라 그림을 주면서
　　　　　　　　　노래를 지으라 하니

才薄豈易終斯文　　재주가 얕아 어찌 쉬이 글을 마치랴.

所愛子猷發嘉興　　왕자유가 아름다운 흥 일으킴을 좋아하였으니

不可一日無此君　　하루라도 차군이 없어서는 안 되네.[105]

吾家書齋符靑璧　　우리 집 서재는 푸른 옥과 부합하니

手種蒼琅十數百　　손으로 푸른 대 수천 그루를 심었어라.

一官偶仕葉公城　　낮은 벼슬아치가 섭공성에서 우연히 벼슬하니

道遠莫致心慘戚　　길이 멀어 이를 수 없으니 마음은 서글프네.

我方得此興不孤　　내 바야흐로 이 흥을 얻어 외롭지 않으니

造次卷置隨琴書　　곧바로 말아서 거문고와 책 옆에 두네.

思歸才有故園夢　　돌아갈 생각에 막 고향 꿈을 꾸면

105　하루라도 (…중략…) 되네 : 『진서』에서 "왕휘지가 빈 집에 잠깐 거처할 때에도
　　대나무를 심게 하고서는 '어찌 하루라도 차군(此君)이 없어서야 되겠는가'라 했
　　다"라고 했다. 아래구의 푸른 옥과 마찬가지로 대나무를 가리킨다.

便可呼兒開此圖　　　문득 아이 불러 이 그림을 펼쳐 보네.

【주석】

揮毫李衛讓神筆 : 위부인은 상서랑 이충의 모친이다. 모친은 남편의 성으로 스스로 이위라고 칭하였다.

衛夫人, 尙書郞李充母, 母以夫姓, 自稱李衛.

46. 진 소현을 전송하다

送陳蕭縣106

欲留君以陳遵投轄之飮	비녀장 던지고 술 마시던 진준107처럼
	그대를 붙잡으려니
不如送君以陶令無絃之琴	무현금을 연주했던 도연명으로
	그대를 보냄만 못하네.
酒嫌別後風吹醒	술 마시면 이별 뒤에 바람이 불어 깰까
	혐의하고
琴爲無絃方見心	거문고는 무현이기에
	바야흐로 마음을 볼 수 있네.
去夏雨餘淸夜醉	지난여름 비 온 뒤 맑은 밤에 취하니
黃鸝不覺報春深	꾀꼬리는 봄이 깊어감 알리는 것을
	알지 못하겠어라.
花枝柳色競鮮好	꽃가지와 버들색이 고움을 다투니
酒是前日枯朽林	바로 전날 말라 시들었던 숲이네.
人生用捨四時可	인생은 출처는 사계절처럼 괜찮으며
壯士憔悴非獨今	장사의 초췌함은 다만 지금뿐만이 아니어라.

---

106 [교감기] 살펴보건대 『연보』에서 희녕 4년 섭현에서 지은 것으로 편차하였다.
107 비녀장 (…중략…) 진준 : 『한서·진준전(陳遵傳)』에서 "진준이 매번 큰 술자리를 베풀어서 빈객들이 집에 가득해지면, 곧 문을 잠그고 객의 수레 빗장을 우물 안에 던져 버렸다"라고 했다.

大夫黃綬領垂素　　대부의 노란 인끈을 드리우고

二十餘年走塵土　　이십여 년을 진토를 내달렸네.

盈車載書遣兒讀　　수레 가득 책을 싣고 아이에게 읽게 하니

不悔早爲文墨誤　　일찍이 문묵으로 잘못됨을 후회하지 않네.

治聲翕然先向東　　다스린 명성 자자하여 먼저 동으로 향하니

古蕭子國今萬戶　　옛날 소자국이 지금 만호가 되었네.

德性忠純吏不欺　　덕성이 충순하여 아전도 속이지 않고

閨門孝友民所慕　　규문은 효우하여 백성들이 존모하여라.

麥隴童兒憐雉乳　　보리밭 아이는 새끼 기르는 꿩을 아끼고

氷天窮子兼襦袴　　겨울철 가난한 이도 저고리와 바지

　　　　　　　　　잘 갖춰 입네.

愔愔琴意如溫風　　조화로운 거문고 소리 따뜻한 바람과 같으니

迺知不必徽絃具　　이에 기러기발과 현을

　　　　　　　　　갖출 필요 없음을 알겠네.

明月淸河佳可遊　　맑은 강의 밝은 달이 아름다워 노닐 수 있지만

官倉縻我不得去　　관창에서 얽매인 나는 떠날 수 없네.

白露爲霜水一篙　　흰 이슬이 서리가 된 때 강 위의 배 한 척

秋香蓮蕩浮輕舠　　가을에 연꽃의 향기 일렁일 때

　　　　　　　　　떠 있는 경쾌한 배.

此中亦有無絃意　　이 가운데 또한 무현의 뜻이 있으니

相憶樽前把蟹螯　　술동이 앞에서 게 다리 잡던 때 떠오르누나.

47. 벼슬에서 물러난 왕 전승의 소요정에서

致政王殿丞逍遙亭[108]

漆園著書五十二	칠원에서 쉰둘에 책을 지어
致意最在逍遙游	가장 심혈 들인 곳은 「소요유」라네.
後來作者逐音響	후대의 작자들이 그 음향을 좇으나
百一未必知莊周	백에 하나라도 장주를 알진 못하네.
幽人往往泥出處	유인은 이따금 출처를 모르고
俗士不可與莊語	속사는 장주와 이야기 나눌 수 없어라.
逍遙如何	소요는 어찌하는가
一蛇一龍	한 뱀과 한 용이라네.
以無爲當有[109]	무위로 있는 것에 해당하고
以守雌爲雄	암컷을 지키는 것으로 수컷을 삼네.
與物無對	사물과 상대함이 없으니
無內無外	안도 없고 밖도 없으며,
與民成功	백성과 공을 이루니
有物有對[110]	사물도 있고 상대함도 있네.
左肘生楊觀物化	왼쪽 팔뚝에 혹이 나니 물화를 보고

---

108 [교감기] 살펴보건대 『연보』에서 희녕 4년 섭현에서 지은 것으로 편차하였다.
109 [교감기] '當有'는 원래 '有當'으로 되어 있었는데, 고본에 의거하여 바로잡았다.
110 [교감기] '物'자는 원래 빠져 있었는데, 고본에 의거하여 보충하였다.

右臂爲雞卽時夜　　　　오른쪽 어깨가 닭이 되니 즉 밤이라.

果若乘氣有待游　　　　만약 기를 타서 노닒을 기다린다면

如何六氣無窮謝　　　　어떻게 육기[111]를 끝도 없이 사양하랴.

天之蒼蒼非正色　　　　하늘의 푸른색은 바른 색이 아니며

道眞微妙安可得　　　　참된 도는 미묘하니 어찌 얻을 수 있으랴.

利害叢中火甚多　　　　이해의 모듬 안에 불이 매우 거세니

此心寂寞誰能識　　　　이 마음 적막함을 누가 알아주랴.

文人春秋誠未高[112]　　문인들의 나이는 참으로 많지 않으니

視聽聰明齒牙牢　　　　눈과 귀는 밝고 치아는 튼튼하네.

所爲淳拙有深趣[113]　　행한 바 순졸은 깊은 운치가 있고

持置酷似巨山陶　　　　지니고 버림은 큰 산의 질그릇과 흡사하네.

平生剛直折不得　　　　평생 강직함을 꺾어지지 않으니

目送飛鴻向賓客　　　　눈으로 나는 기러기 보내며 빈객에게 가누나.

早束衣冠林底眠　　　　일찍 의관을 단속하고서 숲에서 조나니

非關暮年俗眼白[114]　　만년에 속인에 백안시 하는 것이 아니라.

種田百畝初爲酒　　　　밭 백 마지기 갈아 처음으로 술을 빚고

買地一區今有宅　　　　땅 한 지역을 사서 지금 집을 지었네.

111　육기(六氣) : 천지간의 여섯 가지 기운으로서, 음(陰)·양(陽)·풍(風)·우(雨)·
　　회(晦)·명(明)을 말한다.
112　[교감기] '文人'은 아마도 마땅히 '丈人'으로 지어야 한다.
113　[교감기] '趣'는 고본과 건륭본에는 '越'로 되어 있다.
114　[교감기] 전본에서 '眠'과 '眼'이 자리가 바꾸어 있는데, 지금 건륭본과 고본을 따
　　른다.

家人歲計不嬰心   부인은 한 해 수확 마음에 두지 않고

兩兒長不能措畫   두 아이 자랐으나 그림을 그릴 줄 모르네.

邇來信己不問天   근래 자신을 믿고 하늘에 묻지 않으며

萬事逍遙只眼前   만사를 다만 눈앞에서 소요하누나.

何必讀書始曉事   어찌 반드시 독서하여야 일을 알랴

此翁暗合莊生意   이 늙은이 장생의 뜻과 암합하여라.

48. 공석으로 올라가는 하군용을 전송하다

送何君庸上贛石

취중에 지었다. 당시는 원풍 5년이다. 군용은 태화의 주부이다.

醉中作. 時元豊五年. 君庸, 太和簿.

臘梅開盡欲凋年	납매가 다 피어 한 해가 지려 하니
痛飮千缸壁底眠[115]	천 항아리 통음하며 벽 아래서 자는구나.
江寒山瘦思親友	강은 춥고 산은 야위어 벗을 그리는데
歸守平生二頃田	평생 두 마지기 밭을 돌아가 지키누나.
西昌萬戶深篁竹	서창의 만호는 대숲이 깊은데
楚國無人知白玉	초국에는 거백옥을 알아줄 사람이 없네.
欲附絃歌慰寂寥	현가에 의지하여 쓸쓸함을 위로하고픈데
絃斷枯桐誰識曲	줄이 메마른 오동에서 끊어지니
	누가 곡을 알랴.
樽前顧曲客姓周	술동이 앞에서 곡을 돌아보니
	객의 이름은 주유요[116]
學問東山繼先流	학문은 동산에서 선배를 잇누나.

---

115 [교감기] '缸'은 고본과 건륭본에는 '江'으로 되어 있다.
116 술동이 (…중략…) 주유요 :『오지(吳志)·주유전』에서 "연주가 틀린 부분이 있으면 반드시 알았으며 알고 나면 반드시 그쪽을 돌아보았다"라고 하였다.

梅花惱人已落盡	사람 번뇌케 하던 매화는 이미 다 지니
眞成何遜醉揚州	참으로 하손이 양주에서 취할 것과 같네.[117]
我今頷底髭半白	내 지금 턱 아래 수염이 반은 새었는데
背世□□學春秋	어찌 세상에□□『춘추』를 배우랴.
此書百年鎖蛛網	이 책은 백 년 동안 거미줄이 쳐졌으니
亦謂歲晚逢何休[118]	또한 뒤늦게 하휴[119]를 만났다고 할 만하네.
荀侯畫謀取垂棘	순후가 계책을 세워 수극의 진주 얻을 때[120]
之奇貪賢無處適	궁지기[121]가 어진 이를 탐하나 갈 곳이 없어라.
大庾嶺頭煙雨中	대유령 꼭대기는 이내와 빗속에 있는데
萬峰挿天如劍直	만 봉우리가 하늘에 꽂혀 검처럼 곧구나.
苦懷行李冰繞須	고단한 여정에 얼음이 수염에 맺히고

---

117 하손이 (…중략…) 같네 : 두보의 「화배적등촉주동정송객봉조매상억견기(和裴
迪登蜀州東亭送客逢早梅相憶見寄)」에서 "동각의 관매에 시흥이 일어, 양주에 있
는 하손 같구나. 이 때 눈을 맞으며 나를 그리워해주는데, 손님을 보내고 꽃을
맞이하니 좀 편하신가"라고 했다.

118 [교감기] '逢'은 고본에는 '成'으로 되어 있다.

119 하휴 : 후한 말기의 학자로 자는 소공(邵公)이며 벼슬은 간의대부(諫議大夫)를
지냈다. 학문이 깊어 육경을 정밀히 연구하였으며 특히 『춘추공양전』을 깊이 연
구하고 『춘추공양전해고(春秋公羊傳解詁)』를 저술하였다.

120 진후가 (…중략…) 때 : 『춘추좌씨전·희공(僖公) 2년』에 보인다. 진(晉)나라 순식
(荀息)이 굴(屈)지역에서 생산된 말과 수극(垂棘)에서 생산된 벽옥(璧玉)을 우
(虞)나라에 주고서 길을 빌려 괵(虢)나라를 치자고 헌공(獻公)에게 건의하였다.

121 궁지기 : 춘추시대 진(晉)나라가 괵(虢)나라를 치겠다면서 우(虞)나라에 길을
빌려 달라고 청하자, 궁지기(宮之奇)가 순망치한(脣亡齒寒)의 비유를 들면서
"진나라에게 길을 열어 주면 안 되고 도적을 경시하면 안 된다[晉不可啓 寇不可
翫]"라고 충간한 고사가 전한다. 『춘추좌씨전(春秋左氏傳)·희공(僖公) 5년』 조
에 보인다.

野店酒旗可試沽　　주기의 들판 객점에서 술을 마시네.

只今人才不易得　　지금 인재는 쉽게 얻기 어려우니

儻逢滌器試相如[122]　혹시 깨끗한 그릇을 만나면

　　　　　　　　　사마상여인가 시험하네.

---

122 [교감기] '試'는 고본에는 '識'으로 되어 있다.

49. 그리운 봉의 조정부에게 보내다

寄懷趙正夫奉議

원풍 8년 덕평에서 지었다.

元豐八年德平作.

春皇撫宇宙	춘황이 우주를 어루만져
仁氣被園林	어진 기운이 원림을 덮누나.
草木懷元寵	초목은 원총을 품고
松柏抱常心	송백은 상심을 지녔네.
攬觀萬物表	만물 너머를 살펴보니
有覺詠時禽	깨달음이 있어 때의 새를 읊네.
一勸君沽酒	사온 술을 한 번 그대에게 권하니
一起子投簪	그대 일어나 비녀를 던져두네.
小人畏罪罟	소인은 그물을 두려워하니
澡雪奉官箴	정신을 깨끗이 씻어 관의 경계 받드네.
鷄鳴風雨晦	닭이 우는데 비바람에 날이 캄캄하고
鶴鳴澗谷陰	학이 우는데 계곡은 어둡네.
維此方寸寶	다만 이 방촌의 보물은
日月所照臨	해와 달처럼 환하게 비추네.
澤蒲漸綠弱	못의 부들은 점점 푸르름 시들고

山桃破紅深	산의 복숭아는 붉은 꽃잎 지누나.
永懷寂寞人	쓸쓸한 사람을 길이 그리워하나니
黃卷事幽尋	황권의 일은 그윽한 데서 찾누나.
虛窓馳野馬	빈 창에 아지랑이 내달리는데
宴坐醉古今	편안히 앉아 고금에 취하네.
鴛鴦求好匹	원앙은 좋은 짝을 찾고
笙磬和同音	생황, 경쇠는 같은 음으로 조화롭네.
何時聞笑語	언제나 정겹게 이야기를 나누며
淸夜對橫琴	맑은 밤에 빗긴 거문고 마주할까.

【주석】

淸夜對橫琴 : 분녕본에서 이르기를 "살펴보건대 황순의 주에 실려 있는 공이 제한 강본법첩에서 "원풍 8년 5월 무신일에 조정부가 이 책을 평원관사에서 꺼냈다"라고 했으며, 또한 『악부·목란시』의 뒤에 쓰기를 "원풍 을축 5월 무신일에 조정부의 평원감군 서재에 모여 식사를 하였다"라고 했으니, 두 시는 아마도 당시에 지어졌다"라고 했다. 또한 황순이 국사를 살펴보니, 원우 3년 시월 기축일에 소식이 말하기를 "어사 조정지가 원풍 말기에 덕주의 통판이 되었는데, 저작랑 황정견이 바야흐로 본주의 덕평진을 감독하고 있었다. 조정기는 제거관 양경분의 뜻에 부합하고자 하여서 본진에 시역법을 시행하려고 하였다. 그러나 황정견은 진이 작고 백성이 가난하여 가렴주구를 견딜 수 없으니

만약 시역법을 행하면 반드시 백성들이 별처럼 흩어질 것이니, 공문이 오가는 동안 사인들이 비웃을 것이라고 하였다"라고 하였다. 공이 훗날 선주의 재앙을 당한 것은 또한 여기에서 기인하였으니, 그러므로 인하여 그 내용을 갖춰 싣는다.

分寧本云, 按嘗注載公有題絳本法帖云, 元豊八年夏五月戊申, 趙正夫出此書于平原官舍. 又題樂府木蘭詩後云, 元豊乙丑五月戊申, 會食于趙正夫平原監郡西齋. 二詩蓋當時作. 又嘗按國史元祐三年十月己丑, 蘇軾言, 御使趙挺之在元豊末通判德州, 而著作黃庭堅方監本州德平鎭. 挺之希合提擧官楊景棻之意, 欲于本鎭行市易法, 而庭堅以爲鎭小民貧, 不堪誅求, 若行市易, 必致星散, 公文往來, 士人傳笑云云. 公他日宜州之禍, 亦基於此, 故因備載.

50. 4월 정묘일에 빗속에서 조정부에게 부치다

四月丁卯對雨寄趙正夫[123]

公家常忽務	관청은 항상 일이 바쁘니
退食用寢訛	물러나 식사하고 자는 게 어긋나네.
相思雖勞勤	비록 서로 많이 그리워하지만
書問不能多	편지를 많이 보낼 수 없네.
時雨光萬物	시우에 만물이 빛나더니
開雲見羲和	구름 걷히고 해를 보누나.
乾坤有美意	천지에 아름다운 뜻이 있어
畎澮未盈科	밭두둑에 넘치지 않네.
凱風吹南榮	온화한 바람이 남쪽 꽃에 불어오고
官槐綠婆娑	관의 홰나무는 푸른 잎이 흔들거리네.
鷾鴯將其匹	제비가 그 짝을 데리고
來巢自成家	둥지에 와서 스스로 집을 만드네.
於物無譏嫌	사물에 혐의가 없으니
人亦不誰何	사람 또한 누구인지 따지지 않네.
眷言生理拙	돌아보며 말하길 생활이 졸렬하여
無地牧雞鵝	닭과 거위 기를 땅도 없어라.

---

123 **[교감기]** 이 작품에 대해 저(옹방강)이 살펴건대 "다른 본에는 이런 제목이 없으며, 전편의 제목에서 '이수(二首)'로 되어 있다"라고 했다.

丈人春秋高	어른이 춘추가 많으시니
鶵鷇勤摩挲	새 새끼를 부지런히 어루만지네.
在公每懷歸	관청에 있으면서 항상 귀향을 생각하니
安得借明駞	어찌하면 명타 말을 빌릴 수 있으랴.
畏塗失無鄕	길 잃어 고향 못갈까 두려우니
酌海持一蠡	바가지 하나 가지고 바다를 재는 격이라.
平生朱絲繩	평생은 붉은 먹줄 같고
寂寞長絲窠¹²⁴	쓸쓸함은 거미줄이 길게 드리운 듯.
故人纍纍去¹²⁵	벗이 우울하게 떠나니
宰木上女蘿	무덤의 나무에 여라가 올라가누나.
生存半白首	반백의 머리로 살아가는데
會面阻山河	산하가 가로막혀 만날 수 없어라.
趙侯乘金玉	조후는 금옥 같아서
不與世同波	세상의 물결에 휩쓸리지 않네.
從容覺差晚	만난 것이 늦은 것을 느끼나니
鄙心寄琢磨	나는 절차탁마한 시를 부치네.
外物良難必	외물이 참으로 기필하기 어려우니
歲寒不改柯	세상이 변하여도 법을 바꾸지 않으리.

---

124 [교감기] '絲'는 고본에는 '生'으로 되어 있다.
125 [교감기] '纍纍'는 고본에 '疊疊'으로 되어 있다.

1. 진계장의 북헌 앵화를 읊다

賦陳季張北軒杏花

'주酒'자 운을 얻었다. 희녕 4년 섭현에서 지었다.

得酒字. 熙寧四年葉縣作.

靑春不揀勢薄厚	푸른 봄은 후박의 형세를 가리지 않으니
春到人家盡花柳	봄이 민가에 이르러 꽃과 버들 흐드러지네.
杏園主人殊未來	행원의 주인은 아직 오지 않았는데
豈謂一枝先入手	어찌 한 가지를 먼저 손에 쥘지 알았으랴.
天晴日暖籠紫煙	하늘 맑고 날이 따뜻하여
	붉은 이내가 에워싸고
鏡裏紅粧猶帶酒	거울 속의 붉은 단장 미녀는
	술기운처럼 발그레하네.
江梅已盡桃李遲	강가 매화는 다 지고 도리는 더디 피는데
此時此花卽吾友	이때 이 꽃이 바로 나의 벗이라.
欄邊漸滿枝上空¹	난간 옆에 텅 빈 가지 위로 점차 가득차니

1　[교감기] '滿'은 고본에는 '雨'로 되어 있으며, 원교에서 "달리 '滿'으로 된 본도 있

歎息躊躇爲之久	탄식하고 머뭇거리며 오랫동안 있네.
榮衰何異人一生	꽃이 피고 시드는 것이 인생과 어찌 다르랴
少壯暼時成老醜	젊을 때는 잠시이며 늙어 추해지나니.
狂癡未解惜光陰	어리석은 이라 광음을 아낄 줄 모르나니
不飮十人常八九	열 사람 중에 여덟, 아홉 명을
	술을 마시지 않네.
豈如大醉升糟丘	어찌 크게 취해 조구에 오르는 것만 같으랴²
太古乾坤隨處有	태고의 천지는 곳곳마다 있으니.
更當種子如董仙³	게다가 동선이 지녔던 것과
	같은 종자⁴가 있으니
搏米誰能問升斗	쌀을 잡고서 누가 승두⁵를 물을 것인가.

다"라고 했다.
2 크게 (…중략…) 같으랴 : 『남사·진훤전(陳暄傳)』에 실린 「여형자서(與兄子書)」
   에서 "빨리 술지게미 언덕을 만들어라, 내 장차 늙어가노니"라고 했다. 살펴보건
   대, 주(紂)가 술로 못을 만들고 술지게미로 언덕을 만들었다.
3 [교감기] '董仙'은 고본의 원교에서 "동봉(董奉)의 일은 갈홍의 『신선전(神仙
   傳)』에 보인다"라고 했다.
4 동선이 (…중략…) 종자 : 삼국시대 오(吳)나라의 동봉(董奉)이 여산(廬山)에 은
   거해 살면서 사람들의 병을 치료하였는데, 치료비 대신 중한 병을 치료받은 자는
   살구나무 다섯 그루를 심게 하고 가벼운 병을 치료받은 자는 한 그루를 심게 하였
   으므로, 몇 년 뒤에는 살구나무가 숲을 이루었다고 한다.
5 승두 : 주량을 말한다. 두보의 「조전보니음가(遭田父泥飮歌)」에서 "달이 나오자
   나를 잡아끌며, 아직 취했는지 물어보네"라고 했다.

2. 남쪽으로 돌아가는 포원례를 전송하다

送蒲元禮南歸

희녕 4년에 섭현에서 지었다.

熙寧四年葉縣作

元禮佳少年	원례는 아름다운 소년이라
俊氣欲無敵	빼어난 기상 상대할 이 없어라.
文章詩最豪	문장은 시가 가장 호방한데
溟漲助筆力	드넓은 바다가 필력을 돕네.
三年葉公城	삼 년 섭공성에서
於我固多益	나에게 참으로 도움이 많았어라.
恨無荊鷄材	한스럽기는 형계의 재주6로
使君有羽翼	사군의 보필이 없는 것이라.
此行省親闈	이번 행차 부모 문안드리러 가니

---

6   형계의 재주 : 당(唐)나라 시인 왕적(王適)의 시 「강빈매(江濱梅)」에 "알지 못하는 새에 찾아온 이른 봄빛, 아마도 구슬 갖고 노니는 사람인 듯[不知春色早 疑是 弄珠人]"이라는 표현이 있다. 농주인(弄珠人)은 계란(鷄卵)만한 구슬을 차고 있었다는 전설 속의 신녀(神女)로, 매화를 가리키는 시어이다. 주대(周代)의 정교보(鄭交甫)가 초(楚)나라 한고(漢皐)의 누대 아래에서 강비(江妃) 2녀를 만나 그들이 차고 있는 형계(荊鷄)의 알 크기만한 구슬을 달라고 요청하자 구슬을 풀어 주고 떠났는데, 얼마 가지 않아서 다시 확인해 보니 구슬도 사라지고 신녀(神女)도 온데간데없더라는 이야기가 전한다. 『문선(文選)』에 실린 장형(張衡)의 「남도부(南都賦)」의 주에 보인다.

綵服耀春色	색동옷이 봄빛에 빛나네.
從容文字間	문자 사이에서 조용하면서도
固未曠子職	참으로 자제의 일을 빠트리지 않누나.
蘄春向鄂渚	기춘의 악저로 향하니
曾不三四驛	서너 역도 되지 않누나.
吾師李武昌	우리 스승 이 무창은
金聲而玉德	학문을 집대성하고서 덕을 떨쳤네.
誠能勇一往	참으로 과감하게 한 번 떠났으니
所進豈寸尺	진보한 바가 어찌 촌척뿐이겠는가.
江南後生秀	강남 후생은 빼어나니
居多門下客	문하의 객이 가장 많았어라.
願君從之遊	원컨대 그대 그를 종유하여
琢磨就圭璧	절차탁마하여 규벽이 되라.
斗酒淸夜蘭	한 말의 술이 맑은 밤에 익어가고
缺月挂屋壁	이지러진 달이 집 벽에 걸렸네.
雞鳴馬就鞿	닭이 울어 말고삐 매고 나서는데
少別安足惜	잠깐의 이별 어찌 애석하리.
人生共一世	한 시대를 함께 살아가면서
誰能無行役	누가 능히 행역이 없으리오.

3. 자리에 나아가며

卽席7

落葉不勝掃	지는 잎을 다 쓸 수 없는데
月明樹陰疏	달은 나무 그늘 사이로 밝게 비추네.
親鄰二三子	이웃의 친한 두세 명이
樽酒相與俱	술동이 들고 서로 찾아왔어라.
霜栗剝寒橐	서리 맞은 밤은 깎여 차가운 전대에 있고
晚菘賣青蔬	세모의 배추, 푸른 채소를 삶아져 있네.
解官方就門	벼슬을 그만두고 바야흐로 집으로 나아가니
敦薄無簡書	두터움과 박함에 간서가 없네.
純益氣蕭蕭	순익은 기가 시원하여
未羈天馬駒	얽매이지 않으니 하늘의 말 같아라.
元禮喜作詩	원례는 시 짓기 좋아하여
豪氣小未除	호방한 기운 사라지지 않았어라.
大薛知力學	대설은 힘써 공부할 줄 알아
日來反三隅	날로 와서 깊이 학문하네.
小薛受善言	소설은 좋은 말을 받아들여
如以柳貫魚	버들에 물고기를 꿴 듯하여라.8

---

7 [교감기] 살펴보건대 『연보』에서 희녕 4년 섭현에서 지은 것으로 편차하였다.
8 버들에 (…중략…) 듯하여라 : 한유의 「석고문(石鼓文)」에서 "그 생선은 무엇인

天民嘗逸駕	천민은 일찍이 멍에에서 벗어나
近稍就檿株	근래 숲으로 나아갔네.
知命雖畸人	명을 아니 비록 버림을 받더라도
淸談頗有餘	청담으로 자못 여유롭네.
阿盧快犢子	아노는 맘껏 뛰노는 송아지 같아
規矩尙小殊	숭상하는 법도가 조금 다르네.
不材於用少	작은 것에도 쓰이는 재주가 아니니
我則澗底樗	나는 계곡의 가죽나무라네.
會合只偶然	만난 것은 다만 우연이지만
等閒異秦吳	진과 오처럼 등한한 것과는 다르네.
人生一世間	한 시대에 함께 태어났으니
何異樂出虛	출처를 즐기는 것이 어찌 다르랴.
過耳莫省領	귀로 넘기고 살펴보려 하지 않고
披懷使恢疏	가슴을 열어 시원하게 만들었네.
買網尙可鱠	그물을 사서 물고기 잡을 수 있고
倒壺更遣沽	술병 비워 다시 술을 사오네.
不當愛一醉	한 번 취함을 아끼지 말고
倒倩路人扶	거꾸러지면 길 가는 사람이 붙들어 주리라.

가, 연어와 잉어라네. 무엇으로 꿸 것인가, 버드나무 줄기라네"라고 했다.

4. 이언심에게 주다

贈李彦深

풍원 원년에 북경에서 지었다. 이원의 자는 언심으로, 이후의 아우이며, 남양에서 거주하였다.

元豐元年北京作. 李源字彦深, 厚之弟, 居南陽.[9]

瓊枝雖療渴	옥 가지가 비록 메마름은 면했지만
萱草忘人憂	원추리에 사람 근심 잊누나.
李君氣蕭蕭	이군은 기가 소슬하고
翠竹搖淸秋	푸른 대는 맑은 가을 흔들리누나.
步竹來過門	대밭에 걸어 와서 문을 지나니
日色在簾鉤	햇빛은 주렴에 있어라.
開雲覩白雉	구름 걷히니 흰 꿩이 보이고[10]

---

9 [교감기] 살펴보건대 '李源'부터 '南陽'까지 이 조목 주는 원래 『산곡외집시주』 권5 「희증언심(戲贈彦深)」 제목 아래의 자주에서 나온 것인데 지금 이곳으로 옮겼다. 또한 '李源'은 원래 '我原'으로 잘못되어 있었는데, 의미가 통하지 않는다. 『외집시주』에 의거하여 고쳤다.

10 흰 꿩 : 『진서·육운전』에서 "순은의 자는 명학이다. 육운(陸雲)과 장화의 집에서 만나게 되었다. 육운이 손을 들고서 "나는 구름 속의 육사룡이요"라고 하자, 순은이 "나는 태양 아래 순학명이네"라고 하였다. 육운이 다시 "이미 청운을 열어 흰 꿩을 보았는데, 어찌 그대의 활을 당겨 너의 화살을 먹이지 않소"라 하자, 순은이 "본래 힘찬 구름 속 용인줄 알았는데, 바로 산과 들판의 사슴이구먼. 짐승이 미약한데 강한 활이라 이 때문에 쏘기를 주저하오"라 응대하니 장화가 크게 웃었다"라고 했다.

臨水對虛舟	물가에 다가가서 빈 배[11]를 마주하노라.
言少常造極	하찮은 것을 말하나 항상 경지에 이르고
色夷似無求	안색이 온화하여 구함이 없는 것 같아라.
醉尉廳索寞	취한 현위의 관청은 고요하고
寒泉沃茶甌	차가운 샘물을 다구에 담누나.
四坐愁水厄	만좌한 사람은 수액[12]을 근심하는데
井缾猶屢投	우물의 두레박을 외려 자주 던지네.
斳錫碎玉札	주석을 자르고 옥찰을 부수니
間薦當衆羞	간간이 천거하매 대중이 부끄러워하네.
微物不足貴	미물은 귀하지 못하지만
且延君少留	그대를 잠시 붙잡아 두네.
行役阻相見	행역에 서로 볼 수 없게 되리니
心如旆悠悠	마음은 흔들리는 깃발 같아라.
春魚出淸泮	봄날 물고기는 맑은 강에서 나오고
社酒欲勝篘	마을의 술은 거른 술보다 좋네.
時來得晤語	때때로 와서 정겹게 이야기하며
呼客盡更籌	객을 불러 산가지를 놓으며 술 마시누나.

---

11 빈 배 : 이백의 「증최애공(贈崔崖公)」에서 "빈 배는 물욕에 얽매이지 않고, 조화
   살피며 강가에서 노니네"라고 하였다.
12 수액 : 『낙양가람기』에서 "왕몽은 차를 좋아하여 손님이 찾아오면 곧바로 차를
   대접하였는데, 사대부들은 매우 쓰다고 여겼다. 매번 왕몽을 찾아갈 일이 생기면
   반드시 "오늘은 수액을 당하겠다""라고 했다.

5. 장중모와 진순익 형제에게 다시 화운하여 답하다
再和答張仲謀陳純益兄弟13

渡江羈宦襄江北	강을 건너 타향에서 벼슬살이하다
	강북으로 가니
紅塵染盡春衫色	홍진은 봄옷을 전부 더럽혔네.
春畬輟耕草莘莘	봄 따비 밭에 밭 갈기 멈추니 풀이 무성하고
瘦妻病餘廢組織	파리한 아내 병 든 나머지
	길쌈을 그만두었어라.
官倉得粟何常飽14	관창에서 곡식 얻으니 어찌 항상 배부르랴
淸夜飢腸吟唧唧	맑은 밤 허기진 배는 꼬르륵 울어대네.
西風吹夢到故鄉	서풍이 꿈에 불어와 고향에 이르니
千里關山雲水白	천리의 관산에 구름과 물은 희도다.
可憐奪却田園樂	가련하도다 전원의 즐거움 빼앗겼으니
何異萬金輸一擲	만금으로 한 번 도박한 것과 어찌 다르랴.
亂轍曾無長者車	어지러운 바큇자국 일찍이
	장자의 수레는 없으니
經年不造先生席	해가 지나도 선생의 자리에 이르지 않네.
張侯少年二陳俊	장후는 젊은이요, 두 진 씨는 준걸이라

---

13 [교감기] 살펴보건대 『연보』에서 희녕 4년 섭현에서 지은 것으로 편차하였다.
14 [교감기] '常'은 고본에는 '甞'으로 되어 있다.

傾盖能如舊相識　　예전부터 서로 잘 아는 듯 친밀하누나.

凉秋夏日數來過　　서늘한 가을과 여름에 자주 오가면서

要與六經生羽翼　　요컨대 육경으로 우익을 삼네.

貧家雖無樽酒懽　　가난한 집에 비록 술동이의 즐거움 없지만

小徑曾鉏待三益　　좁은 길 일찍이 닦아서 삼익의 벗 기다리네.

劇談莫問井欄干　　극담하며 우물의 난간을 따지지 말지니

坐須山月吐半璧15　　앉아서 산달이 반 구슬 토해냄을 기다리네.16

---

15 [교감기] '璧'은 원래 '壁'으로 되어 있었는데, 고본에 의거하여 바로잡았다.

16 우물의 (…중략…) 기다리네 : 구양수의 「생사자(生查子)」에서 "난간에 기대어 달이 나오기를 기다리네"라고 했다.

6. 성남에서 술을 마시며 즉흥적으로 짓다

飮城南卽事

원풍 2년에 북경에서 지었다.

元豐二年北京作.

陰陰花柳一百五	한식날의 짙은 화류
吹空白綿亂紅雨	하늘에 날리는 흰 면과 비처럼
	어지러운 붉은 꽃.
已看燕子飛入簾	이미 제비가 처마로 날아 들어오는 것을 보고
未有黃鸝學人語	꾀꼬리가 사람 말 배우는 것 있지 않구나.
鬪雞走狗輕薄兒	싸우는 닭과 달리는 개와 경박한 젊은이
衣裾相鮮氣相許	서로 고운 옷 입고 서로 기를 허여하네.
半是墦間醉飽人	반은 이 무덤 사이의 취하여 배부른 사람
還家驕色羞婦女	집에 돌아와 교만한데 부인은 부끄럽구나.[17]
顧侯邀客出城南	고후가 손님을 맞이하여 성남으로 나와
曉蹋天街已塵土	새벽에 하늘 거리 밟는데 이미 먼지 가득하네.

---

17 반은 (…중략…) 부끄럽구나 : 제(齊)나라 사람 중에 아내와 첩을 둔 자가 외출했
다 하면 반드시 술과 고기를 배불리 먹은 뒤에 돌아오곤 하였는데, 그 아내가 누
구와 먹었는가 물어보면 모두 부귀한 사람이었다. 이에 아내가 아침 일찍 일어나
남편이 가는 곳을 몰래 따라가 보니, 남편은 무덤 사이 제사하는 자에게 가서 남
은 음식을 빌어먹고 있었다. 『맹자·이루(離婁)』 하에 보인다.

春風遊絲人到狂	춘풍에 아지랑이 일어 사람은 넋이 나갔는데
何況客醉日卓午	더구나 객은 대낮인데도 취해 있어라.
著作文章名譽早	저작의 문장은 일찍부터 명성 날리니
不愧漢庭御史祖	한나라 조정 어사 이어받기에
	부끄럽지 않아라.
元城茂宰民父母	원성의 훌륭한 읍재는 백성의 부모라
境不飛蝗河渡虎	경내에 황충이 날지 않고[18]
	호랑이는 하수를 건너갔네.[19]
何侯家世看豐碑	하후는 집안 대대로 큰 비석을 보니
墨摹萬卷心奇古	만권의 책을 베끼며 마음은 옛것을 좋아하네.
潁陰從事江左賢	영음의 종사는 강좌의 어진이라
八詠樓高風月苦	팔영루 높아 풍월에 괴로워하네.
劉郞曾眠武陵源	정랑은 일찍이 무릉도원에서 자다가
好在桃花迷處所	도화가 아름다운 곳에서 갈 길 잃었네.
鄙夫漫有腹便便	비루한 사내가 부질없이 배만 불룩한데

---

18 황충이 날지 않고 : 후한(後漢)의 노공(魯恭)이 중모(中牟)의 수령으로 부임하여 선정을 베풀자, 군국(郡國)에 막대하게 피해를 끼치던 황충(蝗蟲)이 그 지역에만 들어가지 않는 이적이 나타났다는 기록이 전한다. 『후한서·노공렬전(魯恭列傳)』에 보인다.

19 호랑이는 하수를 건너갔네 : 후한(後漢) 때 유곤이 홍농 태수(弘農太守)로 재임할 때 인화(仁化)를 대대적으로 시행하니, 그동안 민해(民害)를 끼치던 호랑이들도 이에 감화되어 모두 새끼들을 업고서 하수(河水)를 건너가 버린 고사를 말한다. 『후한서·유곤렬전(劉昆列傳)』에 보인다.

懶書欲眠誰比數　　책 읽기 게을러 잠만 자려니 누구와 비교할까.

一笑相懽自難得　　한 번 웃고 서로 기뻐하니

절로 얻기 어려운데

看朱成碧更起舞　　붉은 듯 푸른 듯 술에 취해 일어나 춤을 추네.

任他小兒拍手笑　　저 소년 박장대소하거나 말거나

揷花走馬及嚴鼓　　내달리는 말에 꽃을 꽂고 북을 치네.

顧侯三酌似已多　　고후가 세 번 술 따르니 이미 많은데

明日花飛奈老何　　내일 꽃이 날리면 늙은이는 어찌할까.

7. 선구 집에서 눈을 읊다

宣九家賦雪

원풍 8년 비서성에서 지었다. 선구는 종실 선주 원의 아홉 번째 사람이다.

元豐八年秘書省作. 宣九謂宗室宣州院第九者.

都城窮臘月半破	도성의 저물어가는 납월에
	달은 반쯤 무너지고
晚來雪雲應朝課	느즈막이 눈구름에 조과를 짓네.
虛簷稍聞飄瓦聲	빈 처마에서 기와 날리는 소리 듣는데
六花連空若推墮	눈이 허공에서 밀쳐서 떨어지는 듯하네.
翩翩恐逐歌吹來	너울너울 노래소리 따라 내리는 듯
皎皎不受塵泥涴	하야니 먼지에 더럽혀지지 않누나.
試尋高處望雙闕	시험 삼아 높은 곳 찾아 대궐을 바라보니
佳氣蔥蔥寒貼妥	아름다운 기운이 무성하여
	추위가 안온함을 더하였네.
遙知萬馬駕紫宸	멀리서 알겠어라, 만 마리 말이
	자신궁을 멍에 매어
把燭大街聽宮鏁	큰길에 촛불 잡고
	궁궐의 자물쇠 소리 들리는 것을.

吾人豈解占豐年	우리가 어찌 풍년을 점칠 줄 알랴
但喜酒樽宜附火	다만 데운 술에 기분이 좋아라.
石鼎香浮北焙茶	석정에는 북배의 차 향기 퍼져 나가고
洪爐殼爆宣城果	홍로는 선성의 과일처럼 겉이 빨갛네.
陸珍海異厭下筯	산해의 진미에도 젓가락 놓을 곳이 없으니[20]
別索百種煩烹和	다시 백종을 찾아 번거롭게 끓여 내오네.
僕奴睥睨費呼叱	노복들이 흘겨보며 심하게 불평하는데
主人愛客無不可	주인은 손을 사랑하여 괜찮다고 하네.
憑向江舩問子猷	강가 배에서 자유를 물으니
山陰夜醉何如我	산음에서 밤에 취해 어찌하여
	나를 찾아왔는가.[21]
北鄰長吉最能詩	북쪽 이웃의 장길은 매우 시를 잘 짓는데
怯寒正想重裘坐	추위를 싫어하니 아마도 갖옷을
	두껍게 입고 앉았으리.
故遣長須屢送來	짐짓 종놈을 자주 보내니

---

20 산해의 (…중략…) 없으니 : 『진서·하증전』에서 "날마다 만전의 음식을 차려놓
    고 먹으면서도 오히려 "젓가락을 놓을 곳이 없다"라고 했다.
21 산음에서 (…중략…) 찾아왔는가 : 『진서·왕휘지전』에서 "일찍이 밤에 눈이 내
    리다가 막 개어 달빛이 맑고 은은하니, 문득 대규가 생각이 났다. 대규는 당시에
    산음의 섬 땅에 살고 있었는데, 곧 밤에 작은 배를 타고 찾아갔다. 하룻밤이 지나
    바야흐로 섬에 도착하여 문앞까지 찾아갔다가 들어가지 않고 돌아왔다. 어떤 사
    람이 그 까닭을 물으니, 왕휘지는 "본래 흥을 타고 갔는데, 흥이 다하여 돌아온
    것이다. 어찌 안도를 볼 필요가 있겠는가"라 했다"라고 했다.

猶得王孫嘲飯顆　　　왕손이 반과산을 조롱한다고 하네.

8. 아우의 「중추월」에 화운하다

和舍弟中秋月

원풍 2년 북경에서 지었다.

元豐二年北京作.

내용방강가 살펴보건대, 원풍 2년은 선생의 나이 35살이다. 이 시의 1구와 시의 주가 합치하지 않으니, 아마도 무슨 말이 있었을 것인데, 아마도 주가 잘못된 것 같다.

方綱按, 元豐二年先生年三十五, 此首句與題注不合, 必有一說, 蓋注誤也.

高秋搖落四十五	높은 가을 45년의 삶이 쓸쓸하니
淸都早霜凋桂叢	청도에 일찍 서리 내려 계수나무 시들었네.
纖塵不隔四維淨	작은 티끌도 침범하지 못하고 사방은 깨끗한데
寒光獨照萬象中	싸늘한 빛만 만상 가운데 비치누나.
少年氣與節物競	젊은이의 기상은 절물과 다투니
詩豪酒聖難爭鋒	시호와 주성도 날카로움 다투기 어려워라.
桓伊老驥思千里	환이의 늙은 말은 천 리를 생각하는데
尚能三弄當淸風	아직도 맑은 바람 불면 세 곡조 노래하누나.[22]

---

22 환이의 (…중략…) 노래하누나 : 『진서·환이전(桓伊傳)』에서 "왕휘지가 청계(靑

廣文陋儒嬾於事	광문은 비루한 선비로 일에 게으르지만
浩歌不眠倚梧桐	호방하게 노래하며 오동나무에 기대 잠자지 않네.
百憂生火作內熱	온갖 근심에 열불이 안에서 이니
何時心與此月同	어느 때나 마음이 이 달과 같게 될까.
後生晚出不勉學	후생은 뒤늦게 나와 학문에 힘쓰지 않아
從漢至今無揚雄	한나라부터 지금까지 양웅 만한 이가 없네.
天馬權奇大宛種	천마는 대완의 종자가 뛰어나고
吾家阿熊風骨聳	우리 집 아웅은 풍골이 우뚝하네.
言詩已出靈運前	시는 이미 사령운 앞에 나서는데
行身未聞孟軻勇	몸가짐은 맹가처럼 용맹함은 듣지 못하였네.
明窻文字不取讀	밝은 창에서 글을 읽지 않고
蜘蛛結網塵堆壅	거미는 줄을 치니 먼지가 쌓였어라.
少壯幾時夏已秋	젊을 날 얼마나 될까나 여름은 벌써 가을인데
待而成人吾木拱	내 나무가 한아름 되듯 성인이 되길 기다리네.
憐汝起予秋月篇	가을 달을 읊어 나를 일으킨 네가 그리운데
我衰安得筆如椽	나는 노쇠하니 어찌 서까래만한 붓을 얻으랴.
但使樽中常有酒	다만 술독에 항상 술이 있다면

溪) 옆에 배를 대는데, 환이가 그 언덕을 지나고 있었다. 이에 사람을 시켜 환이에게 말하길 "듣건대, 그대가 피리를 잘 분다고 하던데, 나를 위해 한 곡조 연주해 주시게"라 했다. 이에 환이가 호상(胡床)에 쭈그리고 앉아 세 곡조를 연주했다"라고 했다.

不辭坐上更無氈　　자리에 다시 청전이 없어도 사양하지 않네.
把詩問字爲汝說　　시를 짓고 문자를 물으며 너를 위해 말하니
便當侯家歌舞筵　　문득 후가의 노래하고 춤추는

연회 자리로구나.

9. 세필의 「중추월영회」에 화운하다
和世弼中秋月詠懷

희녕 8년 북경에서 지었다.

熙寧八年北京作.

一年中秋最明月	일 년 중 중추가 가장 달이 밝으니
也照貧家門戶來	가난한 집의 문에도 비춰주는구나.
淸光適從人意滿	맑은 빛은 사람의 뜻처럼 둥글고
壺觴政爲詩社開	술잔은 참으로 시사를 위해 열렸네.
秋空高明萬物靜	가을하늘 높고 밝아 만물이 고요한데
此時乃見天地性	이러한 때 천지의 본성을 보누나.
廣文官舍非吏曹	광문의 관사는 이조가 아닌데
況得數子發嘉興	더구나 두어 사람 가흥을 발하니.
千古風流有詩在	천고의 풍류는 시에 있으니
百憂坐忘知酒聖	온갖 근심 앉아 잊으니 주성인줄 알겠네.
露華侵衣寒耿耿	이슬이 옷에 젖어 추위에 떨어도
絶勝永夏處深甑	깊은 시루에 처한 듯한
	긴긴 여름보다 훨씬 좋구나.
人生此歡良獨難	인생의 이런 즐거움 참으로
	홀로하기 어려우니

夜如何其看斗柄	밤에 북두자루 보는 것이 어떠한가.
王甥俊氣橫九州	왕생의 빼어난 기는 구주를 가로지르는데
樽前爲予商聲謳	술동이 앞에서 나를 위해 상조의 노래 부르네.
松煙灑落成珠玉	송연먹은 쇄락하여 주옥을 이루고
溪藤卷舒爛銀鈎	시내의 등나무 말았다가 펼쳤다
	은갈고리 환하네.[23]
北門樓櫓地險壯	북문의 누대는 험준한 곳에 우뚝한데
金堤濁河天上流	금제의 탁한 은하 천상으로 흐르누나.
離宮殿閣礙飛鳥	이궁의 전각에 나는 새가 멈추고
覇業池臺連禿鶖	패업의 지대엔 대머리수리가 줄 지었네.
當日西園湛清夜	당일 서원은 맑은 밤인데
冠盖追隨皆貴遊	수레가 서로 따르니 모두 귀족들 유람이라.
使臣詞句高突兀	사신의 시구는 높이 우뚝한데
慷慨悲壯如曹劉	강개하고 비장함이 조식, 유정 같아라.
我於人間觸事懶	나는 세상에서 하는 일이 게으르니
身世江湖一白鷗	신세는 강호의 한 마리 백구와 같구나.
空餘詩酒興不淺	부질없이 시와 술만 남아 흥이 옅지 않으니
尚能呻吟臥糟丘	오히려 조구에 누워서[24] 읊조리누나.

---

23 송연먹은 (…중략…) 환하네 : 주옥은 아름다운 문장, 은갈고리는 기세 넘치는 글씨를 뜻한다. 『법서원(法書苑)』에서 "삭정(索靖)의 초서는 당대 제일로, "은 갈고리 전갈 꼬리"라고 불리었다"라고 했다.

24 조구에 누워서 : 『남사·진훤전(陳暄傳)』에 실린 「여형자서(與兄子書)」에서 "빨

偶然靑衫五斗來	우연히 청삼이 오두를 가지고 와서
奪去黃柑千戶侯	누런 귤 천호후를 앗아가네.[25]
永懷丹楓樹微脫	길이 생각하니, 단풍나무 잎이 지지 않아
洞庭瀟湘晚風休	동정과 소상에 저물녘 바람도 멈추네.
晴波上下掛明鏡	맑은 물결 위아래로 밝은 거울 걸려
棹歌放船空際浮	뱃노래 부르며 공제에서 배 띄우누나.
不須乞靈向沈謝	심전기, 사령운에게 신령함 빌리지 않아도
淸興自與耳目謀	맑은 흥 절로 눈, 귀와 도모하누나.
江山於人端有助	강산은 사람에게 분명코 도움을 주나니
君不見至今宋玉傳悲秋	그대는 보지 못하였나,
	지금 송옥이 슬픈 가을 전하는 것을.
期君異時明月夜	그대 훗날 달 밝은 밤에
把酒岳陽黃鶴樓	술을 가지고 악양 황학루에 오를 것이라.

리 술지게미 언덕을 만들어라, 내 장차 늙어가노니"라고 했다. 살펴보건대, 주
(紂)가 술로 못을 만들고 술지게미로 언덕을 만들었다.

25　누런 (…중략…) 천호후 : 『양양기』에서 "오나라 단양태수(丹陽太守) 이형(李衡)
　　이 무릉(武陵)에 감귤 천 그루를 심었다. 죽을 때 아들에게, "우리 고을에 천 마리
　　의 나무 노비[木奴]가 있으니 해마다 비단 천 필을 얻을 수 있다""라고 했다.

10. 상보와 세필 두 사람이 추관을 싫어하여서 애초부터 울울하여 불평하였으므로 내가 시를 지어 군자가 옳고 그른 일에 대처한 것에 대해 많이 언급하였다

次韻答常甫世弼二君不利秋官鬱鬱初不平 故予詩多及君子處得失事

희녕 8년에 북경에서 지었다.

熙寧八年北京作.

鵬翼將圖南	붕새가 장차 남쪽으로 가려고
垂天上扶搖	하늘에 올라 바람을 타네.
飛飛尋常間	평소 날고 또 나는
深樹乘風蜩	깊은 나무에서 바람을 타는 매미.
大觀與小智	대관과 소지는
從事不同條	그 일이 서로 같지 않아라.
揚雄老執戟	양웅은 늙어서 창을 잡고
金張珥漢貂	김일제, 장안세는 고관이 되었네.
松栢有本心	송백은 본심이 있고
蒲柳望秋凋²⁶	포류는 가을이면 시드네.
久矣結舌瘖	오래되었구나, 혀를 묶고서 벙어리 된 것이
狂言始今朝	광언을 오늘 아침 비로소 쏟아내네.

---

26 [교감기] '蒲柳'는 고본에는 '楊柳'로 되어 있다.

崔王兩驥子	최와 양 두 준마는
神俊萬里超	신준하여 만 리를 내달리네.
驚人吐嘉句	아름다운 구절 쏟아내어 사람을 놀래키고
拔俗振高標	세속에서 뛰어나 높은 기치 세우네.
頻來草玄宅[27]	『태현경』의 집에 자주 와서
共語淸入寥	이야기 나누니 맑아 고요해지네.
處己願如舜[28]	순임금처럼 행하기를 원하며
致君敢不堯	임금을 요처럼 되기 바라네.
回觀勢利場	형세의 마당을 둘러보니
內熱作驚潮	거센 조수처럼 안에서 열이 나누나.
趨時愧才全	당대에 내달려가나 재주가 온전치 못해 부끄러운데
傲世酒士驕	세상을 거만히 바라보며 이에 교만하게 지내네.
二生浪許可	두 젊은이 얼마나 헛되이 지냈나
彈炙則求鴞	사냥하여 구이 만들려 올빼미를 찾네.[29]
圍棊飯後約	바둑 두고 식사한 뒤 약속하며

---

27 [교감기] '初玄'은 원래 '草元'으로 되어 있었다. 청나라 황제의 휘를 피하여 글자를 고친 것으로, 지금 고본을 따른다.

28 [교감기] '處己'는 고본에는 '處已'로 되어 있는데, 잘못된 것이다.

29 사냥하여 (…중략…) 찾네 : 『장자』에서 "그대는 너무 서두르는 것 같다. 이는 마치 달걀을 보고 새벽닭 울음을 바라고, 화살을 보고 새를 구워먹자고 입맛을 다시는 격이다"라고 했다.

煨栗夜深邀	밤을 굽고 깊은 밤에 노니네.
爾來數到門	근래 자주 문에 찾아오니
玉趾不憚遙	옥 걸음 먼길 마다하지 않네.
相期淡薄處	담박함을 서로 기약하는데
行樂亦云聊	행락도 또한 에오라지 즐기네.
甘泉沸午鼎	감천이 한낮 솥에서 끓어
茗椀方屢澆	찻그릇을 바야흐로 자주 씻누나.
昏鴉相送歸	저물녘 까마귀 울 때 돌아감을 전송하는데
風枝撼調調	바람 부는 가지는 한들한들 흔들리누나.
男兒強飲食	남아는 잘 먹어야 하니
九鼎等一瓢	구정이 한 표주박과 같구나.
富貴但暫熱	부귀는 다만 잠깐 뜨거우니
名聲適爲祆³⁰	명성은 다만 재앙이 되누나.
世事寒暑耳	세상일은 변화무쌍하여
四時旋斗杓	사철 북두자루가 도누나.
勿學懷沙賦	「회사부」³¹를 배우지 말라
離魂不可招	떠나간 혼은 부를 수 없으니.

---

30 [교감기] '祆'는 고본에는 '妖'로 되어 있다.
31 회사부 : 초(楚)나라 굴원(屈原)이 한을 품고 멱라수(汨羅水)에 몸을 던져 죽을
때에 지었다는 시 제목으로 『초사(楚辭)』에 수록되어 있다.

11. 숙천을 맡아 떠나는 위유지 군을 전송하다

送魏君俞知宿遷32

魏侯得名能治劇	위후가 위독한 병 치료한다고 이름이 낫는데
江湖作吏聲籍籍	강호에서 관리 되어 명성이 자자하네.
人言才似鉅鹿公	사람들은 거록공과 비슷하다고 하니
詔書擢守二千石	조서 내려 이천 석 벼슬에 발탁하였네.
前日見賢後得罪	전날 어진 이로 대우 받다가 후에 죄를 얻어
艾封霑襟復自悔	애 봉인의 딸이 처음 펑펑 울다가
	뒤에 후회하였네.33
牛刀割雞不作難	소 칼로 닭을 잡으니 어렵지 않아
看公來上宿遷最	그대 숙천으로 가면 매우 잘 하리라.

32　[교감기] 살펴보건대 『연보』에 희녕 8년 북경에서 지은 것으로 편차하였다.
33　애 (…중략…) 후회하였네 : 『장자』에서 "여희는 애 땅 봉인의 딸이었다. 처음 진
　　나라로 끌려 갔을 때는 옷깃이 흠뻑 젖도록 울었다. 이윽고 궁중으로 들어가 화
　　려한 침대에서 왕을 모시면서 맛있는 음식을 먹게 된 뒤로는 처음 울었던 것을
　　후회하였다"라 하였다. 지방관이 된 것을 처음에는 마음 아파했는데, 후에는 그
　　것을 더 좋아하게 될 것이라는 말이다.

12. 추회. 2수

秋懷. 二首

희녕 8년에 북경에서 지었다.

熙寧八年北京作.

첫 번째 수其一

秋陰細細壓茅堂	가을 그늘 짙어 초가를 덮고
吟蟲啾啾昨夜凉³⁴	쓰륵쓰륵 우는 벌레 어젯밤 서늘하네.
雨開芭蕉新間舊	비가 개니 파초는 새로 나고
風撼箟簹宮應商	바람은 대밭을 흔들어 궁과 상이 어울리네.
砧聲已急不可緩	다듬이 소리 매우 빨라 늦추지 않고
簷景旣短難爲長	처마의 햇빛 이미 짧아져 늘리기 어렵네.
狐裘斷縫棄墻角	여우 갖옷 솔기 떨어져 담장에 버리니³⁵
豈念晏歲多繁霜	어찌 서리 많이 내릴 때 편안하랴.

---

34 [교감기] '吟'은 고본에는 '岭'으로 되어 있다. 살펴보건대 『집운』에서 "'岭'은 '其'와 '淹'의 반절법으로 하해거(蝦嶰距)이다"라고 했다.
35 여우 (…중략…) 버리니 : 『예기·단궁』에서 "안자는 삼십 년 동안 호구 한 벌만 입었다"라 하였다.

두 번째 수其二

茅堂索索秋風發	초가에 휘잉 가을바람 일고
行遶空庭紫苔滑	거니는 빈 뜰엔 붉은 이끼 매끄럽네.
蛙號池上晚來雨	못에서는 개구리 울어 저물녘 비가 오고
鵲轉南枝夜深月	남쪽 가지에 까치 날아 밤에 달이 깊네.
翻手覆手不可期	조변석개는 기약할 수 없고
一死一生交道絶	죽고 삶에 우정은 끊어졌네.
湖水無端浸白雲	호수는 무단히 흰구름이 잠기고
故人書斷孤鴻沒	벗의 편지 끊어 외로운 기러기 사라졌네.

13. 이문백의 「서시」에 화운하다. 5수

和李文伯暑時. 五首36

문백의 자는 거화로, 공의 사위이며 덕소 이절의 아들이다. 비록 사
위로 받아들인 것은 약간 뒤의 일이지만 공은 용면 이 씨와는 평소 교
분이 있었다.

文伯字去華, 公之壻, 李粢棠德素之子, 雖納婿在後, 而公與龍眠李氏爲素交.

부채扇

團扇如明月	부채는 보름달과 같아
動搖微風興	흔들면 미풍이 일어나네.
屛去坐上熱	자리의 더위를 물리치고
祛逐盤中蠅	소반의 파리를 쫓아내누나.
有用荷提挈	필요할 땐 잡아 부치지만
無心分愛憎	필요 없을 땐 아무에게나 준다네.
炎炎雖可貴	무더울 때 비록 귀하지만
棄置奈寒冰	추우면 버려지니 어찌하랴.37

---

36 [교감기] 살펴보건대 『연보』에 희녕 8년 북경에서 지은 것으로 편차하였다.
37 추우면 버려지니 어찌하랴 : 을이 되어 날씨가 서늘해지면 부채는 불필요한 물건
이 되어 버려진다는 말인데, 대개 여자가 늙어 총애를 잃거나 신하가 군주의 총
애를 잃는 것을 비유할 때에 이 말을 쓴다. 한나라 성제(成帝)의 후궁(後宮) 반첩

주미塵尾

塵髦副白玉	주미의 긴 털에 백옥이 달려
揮弄柔毵毵	흔들며 희롱하면 긴 털이 부드럽네.
不獨效擊拂	다만 먼지를 쓸 뿐 아니라
與君爲指南	그대에게 지남이 되네.
諸生臨廣坐	넓게 앉은 제생을 마주하고
辯口劇春蠶	웅변하는 입은 봄날 누에 같이 바쁘네.
此物爲解紛	이 물건은 분란함을 멈추게 하니
吾常見不談	내 항상 말하지 않음을 보누나.

돌베개石枕

沈埋寒泉骨	한천에 뼈를 묻었다가
成器世乃重	그릇되니 세상이 귀하게 여기네.
賢於曲肱樂	곡굉의 즐거움보다 좋으니
輾轉不傾動	전전반측하여도 기울지 않네.
六月塵埃間	6월 먼지 사이에 있으면
頭爲慘慘痛	머리는 극심하게 아프네.

여(班婕妤)가 성제의 총애를 차지하고 있다가 뒤에 조비연(趙飛燕)으로 인해 총애를 잃자, 자신을 부채[紈扇]에 비유하여 「원가행(怨歌行)」을 지어 불렀는데, 그 노래에, "항상 두려운 건 가을이 와서, 서늘함이 더위를 빼앗는 것이었지. 상자 속에 그대로 버려져서, 은총이 중간에 끊어졌구나[常恐秋節至 凉風奪炎熱 棄捐篋笥中 恩情中道絶]"하였다.

| 一臥洗煩勞 | 한 번 누우면 번뇌를 씻어버리니 |
| 華胥直通夢 | 화서국[38]의 꿈으로 곧바로 가누나. |

기잠斫箄

吾家笛竹箄	우리 집 대자리는 피리 소리가 나니
舊物最所惜	오래된 물건이라 가장 아낀다네.
當年楚山秋	당시 초산의 가을
林下千金得	숲속에서 천금으로 얻었어라.
寒光不染著[39]	차가운 빛도 물들이지 못하고
夐與塵泥隔[40]	멀리 진흙과 떨어져 있어라.
落日照江波	지는 해가 강 물결에 비추니
依稀比顔色	희미하게 안색과 견주네.

38　화서국(華胥國) : 황제(黃帝)가 낮잠을 자다가 꿈속에서 보았다는 이상국가(理想國家)의 이름이다. 황제가 이 나라를 여행하면서 무위자연(無爲自然)의 이상적인 정치가 실현되는 꿈을 꾸고는 여기에서 계발되어 천하에 크게 덕화(德化)를 펼쳤다는 전설이 전한다. 『열자·황제(黃帝)』에 보인다.

39　[교감기] '著'는 원래 '箄'으로 되어 있었는데, 고본에 의거하여 고쳤다.

40　[교감기] '夐'은 원래 '舊'로 되어 있었는데, 고본에 의거하여 고쳤다. 또한 '泥'는 고본에는 '況'으로 되어 있다.

칡 휘장葛幬

飛蚊遠牀帷	나는 모기는 침상의 휘장 멀리 있다가
來傍靑燈集	청등의 곁으로 몰려드누나.
微凉忽透隙	약간 서늘하니 문득 틈이 나서
如帶驚靁入	마치 우레가 들어온 듯 놀라네.
念彼無幬者	생각건대 저 휘장이 없다면
中夜何嘆及	한밤중에 어찌나 탄식할까.
天下同安眠	천하에 편안히 자는 사람들
西風向秋急	서풍이 가을 향해 세게 불어오누나.

14. 전 씨 집안 첫 번째 고경을 전송하다

送錢一杲卿[41]

고경은 바로 내한 목보의 장자이며, 황사시의 매부이다. 당시 사시는 하북의 조운관이었고 전목보는 당시 외사에 있었다. 사시의 이름은 실이다.

杲卿乃穆父內翰長子, 黃師是之妹夫. 時師是爲河北漕, 錢時在外舍. 師是名實.

錢君佳少年	전군은 아름다운 소년
濯濯春月柳	봄날 물오른 버들 같네.
開談屢逼人[42]	이야기 나누면 자주 사람을 압도하고
落筆若揮帚	붓을 대면 비로 먼지를 쓰는 듯.
鳧鴈菰蒲中	부들 가운데 오리와 기러기 같으니
英材頗時有	영재는 자못 때때로 있구나.
同聲傾夙期	같은 기운이라 일찍부터 관심 두었고
異性接婚友	이성이라 혼사로 벗이 되었네.
冷官國北門	도성 북문의 낮은 관리
會面始八九	만나기 시작한 지 8~9년.

---

41 [교감기] 살펴보건대『연보』에 희녕 8년 북경에서 지은 것으로 편차하였다.
42 [교감기] '逼'은 고본에는 '邀'로 되어 있다.

時時過薄飯	때때로 박한 밥도 먹지 못하고
卯坐常至酉	묘시부터 앉아 유시까지 있었네.
今日得休沐	오늘 휴가를 받아
方釃步兵酒	이에 보병의 술[43]을 마시누나.
聞子車馬南	듣건대, 그대 거마가 남쪽으로 간다 하니
欲餞輒掣肘	전별하면서 곧 손을 붙잡고 싶네.
溫風媚行色	따뜻한 바람에 행색에 살랑대고
綠淨無塵垢	푸르고 맑아 먼지가 없어라.
魚軒迎少婦	어헌에서 젊은 부인 맞이하고
能獻二親壽	두 어버이에게 헌수를 바치네.
到家春已融	집에 이르니 봄날 무르익어
柔條可結紐	부드러운 가지가 서로 얽을 수 있게 되었어라.
菱藻蔓平湖	마름이 평평한 호수에 퍼지니
釣船先入手	낚싯배를 먼저 잡아끄네.
南鴈正北來	남쪽 기러기 참으로 북으로 오니
蚤寄詩千首	일찍 시 천 수를 부치게나.

---

43 보병의 술 : 보병은 삼국시대 위(魏)나라 때 죽림칠현(竹林七賢)의 한 사람으로
보병교위(步兵校尉)를 지낸 적이 있는 완적(阮籍)을 가리킨다. 위 나라와 진(晉)
나라의 교체기에 살면서 현실이 불만스러워 세상사에 전혀 관심을 두지 않고 술
을 즐겨 마시며 노장(老莊)의 설에 심취함으로써 자신의 안전을 도모하였다. 『진
서·완적전(阮籍傳)』에 보인다.

15. 도를 보다. 2편
觀道二篇44

첫 번째 수 其一

聖人用仁心	성인의 마음 씀씀이는
惻傷路傍兒	길가의 어린아이를 불쌍하게 여기지.
虎狼舐吻血	범, 이리가 혀를 날름거리며 피를 삼키면서
自哺胃與肌45	위와 살갗을 배불리 먹네.
同在天地間	함께 천지 사이에 살면서
六鑿相識知	사람을 따듯하게 대하누나.
父母臨萬物	부모처럼 만물에 임하니
大道甚坦夷	대도는 매우 탄솔하고 평이하네.
百年脩不善	인생 백 년에 불선을 닦아
一日許知非	하루라도 그른 것을 깨닫네.
虎狼有悛心	범과 이리가 마음을 고친다면
還與聖人齊	도리어 성인과 나란할 것이어라.

44　[교감기] 살펴보건대 『연보』에 희녕 8년 북경에서 지은 것으로 편차하였다.
45　[교감기] '胃與肌'는 고본에는 '胃與妃'로 되어 있다.

두 번째 수 其二

廉藺向千載	염파, 인상여는 천년 전인데
凜凜若生者	늠름하여 살아 있는 듯하여라.
曹李雖無恙	조와 리는 비록 병이 없지만
如沈九泉下	구천에 깊이 잠긴 것 같네.
短長略百年	짧거나 길거나 대략 백 년이니
共是過隙馬	모두 틈을 지나는 말과 같아라.
事來磨其鋒	일이 닥치면 그 칼끝을 갈고
意氣要傾瀉	의기는 모름지기 쏟아내어야 하네.
風雲滅須臾	풍운은 잠시면 사라지고
草木但春夏	초목은 다만 봄과 여름이라.
唯此一物靈	다만 한 사물의 신령함은
不可藉外假	밖에서 빌릴 수 없어라.
譽髦天下才	천하의 빼어난 재주인
西伯本心化	서백은 마음에 근본하여 교화하였네.
君無誚斯文	그대 사문을 비난하지 않는다면
可以觀大雅	「대아」를 볼 수 있으리라.

16. 송성의 수령으로 가는 중윤 송황을 전송하다

送朱既中允宰宋城

원풍 원년 북경에서 지었다. 송성은 남경에 속한다.

元豐元年北京作. 宋城屬南京.

鄴王臺邊春一空	업왕대[46]의 주변 봄날에 텅 비었고
但有雪飛楊柳風	다만 버들솜이 바람에 눈처럼 날리누나.
我從南陽解歸橐	내가 남양에서 돌아가는 전대를 풀고
重簾複幕坐學宮	주렴과 휘장이 겹으로 된 학궁에 앉았어라.
酒材苦責公釀薄	술 재료가 비싸 빚을 수가 없으니
欲經醉鄉無路通	취향에 가고파도 갈 길이 없구나.
柰何當此意緒惡	어찌 감당하랴, 나의 생각 사납고
僚友決去如飛鴻	벗들도 나는 기러기처럼 떠나가네.
朱侯官居鄴城下	주후는 업성에서 벼슬하는데
不脫轡銜秣征馬	고삐와 재갈 벗기지 않고 말을 먹이네.
綠槐陰陰門對街	푸른 화나무 그늘 문은 길을 마주하는데
唯我知君少閒暇	다만 그대 조금 한가한 줄 내 아노라.
新從天上拜書回	새로 천상에서 임명장이 오니

---

46 업왕대 : 『업중기』에서 "위나라 무제가 동작원에 세 개의 대를 세웠다"라고 했는
데, 그 중의 하나이다.

去効割鶏宋之野	송의 들판을 다스리러 떠나네.
宋城萬家有和氣	송성의 만 가는 화기가 있으니
明府豈弟心傾寫	화락한 명부는 마음을 기울이네.
愧君乞言極忠厚	부끄럽다, 그대 대단히 충후하게
	시를 달라고 하니
安得瓊瑤贈盈把	어찌 손에 가득 좋은 글귀 줄 수 있을까.
古來爲縣有盛名	예부터 현이 되어 아름다운 이름 있으니
不過墾田歸桑柘⁴⁷	밭을 개간하여 뽕나무를 심는 것에 불과하네.
欲蘇濁水槙尾魚	탁한 물의 꼬리 붉은 물고기⁴⁸ 소생하려 하니
舞文吏胥無假借	농간하는 서리 용서하지 않누나.
朝廷本意在治安	조정의 본래 뜻은 치안에 있으니
外論不然可驚唶	그렇지 않다고 논하니 놀라고 탄식하네.
豈如規摹跨三代	어찌 삼대보다 나을 규모인가
首德官師困鰥寡	덕을 앞세운 관의 수장은
	과부, 홀아비 힘들게 하네.
簿書期會可半功⁴⁹	장부는 반절만 노력해도 공을 기약하니
區別枉直敎刑中	선악을 구별하여 가르치고 벌을 줘야 하리.
杜光作刑至載割	두광이 형벌 만들어 백성을 얽어매니

---

47 **[교감기]** '過'는 원래 '過'로 되어 있었는데, 고본에 의거하여 바로잡았다.
48 꼬리 붉은 물고기 : 힘든 백성을 비유한다. 『시경·여분』의 주에서 "물고기는 힘들면 꼬리가 붉어진다"라고 했다.
49 **[교감기]** '簿書期會'는 고본에는 '期會簿書'로 되어 있다.

及民無辜受笞罵　　　무고한 백성이 매질을 당하였네.

權衡此心坐堂奧　　　이 마음 공평하게 잡아 당오에 앉아 있으면

草木遂生蟲蟻化　　　초목도 마침내 살고 벌레도 교화되누나.

朱侯明日君定行　　　주후가 내일 행차를 떠나니

行李觸熱時已夏　　　여행길 여름 한창이라 무더우리라.

我官雀鼠盜太倉　　　나는 태창을 도둑질하는 작서와

　　　　　　　　　　　같은 벼슬아치라

欲去猶須畢婚嫁　　　떠나려하나 아직은 자제들 혼인을

　　　　　　　　　　　마쳐야 하네.[50]

幾時可上君政成　　　언제라도 임금의 정사 성공하면

卽買扁舟極東下　　　곧바로 일엽편주 사서 극동으로 내려가리.

---

50 아직은 (…중략…) 하네 : 상장(尙長)은 후한 때 은사(隱士)로, 자녀의 혼가(婚
　　嫁)를 모두 마친 뒤에 집안일에서 일체 손을 떼고, 동지 금경(禽慶)과 함께 삼산
　　(三山)과 오악(五岳)을 두루 노닐면서 일생을 마쳤다고 한다. 『후한서 · 상장열
　　전(向長列傳)』에 보인다.

17. 채로 돌아가는 순부를 전송하다

送醇父歸蔡

희녕 3년에 섭현에서 지었다.

熙寧三年葉縣作.

北風飄飄天作惡	북풍이 거세게 불어 날씨가 나쁜데
枯林已無葉可落	메마른 나무에 떨어질 잎도 없어라.
寒溪濺濺聲迫人	차가운 시내 콸콸 소리 사람에게 들리니
歲聿云莫慘不樂	한 해 저물어 쓸쓸하여 즐겁지 않아라.
此時陳子酒棄我	이러한 때 진자는 나를 버리고
歸將索綯亟乘屋[51]	돌아가 끈으로 급히 집을 올리려 하네.
吾室尙潭潭	나의 아내 담담함을 숭상하여
留君欲晤談	그대 만류하여 이야기를 나누려 하였어라.
掉頭去不顧	머리를 흔들고 돌아보지 않고 떠나
明發解征驂	내일 출발해 말을 타고 나서겠지.
君來久相從	그대 와서 오랫동안 종유하였는데
知我無所堪	내가 감당할 수 없음을 아노라.
好學勇如虎	학문을 좋아하는 용맹은 범과 같으며
讀書靑出藍	책을 읽어 스승보다 낫구나.

---

51 [교감기] '綯'는 원래 '陶'로 되어 있었는데, 고본과 건륭본에 의거하여 고쳤다.

有疑必考擊	의문이 있으면 반드시 고찰하고
無奧不窮探	깊은 이치 탐구하지 않음이 없어라.
愧無洪鐘響	홍종의 울림[52]이 없어 부끄러우니
十不答二三	열에 두셋도 답해주지 못하누나.
慨予方食貧	내 바야흐로 가난한데
予腹豈屢厭	내 배는 어찌 자주 배고프나.
藜羹稀糝芼	명아주 국에 나물죽도 드물고
寒菹薄醯鹽	시든 채소에 소금도 없어라.
雖欲苦留君	비록 그대 만류하고 싶어도
俎豆無加添	숟가락을 더 보탤 수 없네.
從來婚友間	원래 혼인간의 벗은
恩義亦云兼	은의를 또한 겸해야 하네.
草枯方兀兀	풀이 시들어 바야흐로 별로 없고
麥秀待漸漸	보리 이삭은 점점 자라나누나.
綠髮佳少年	검푸른 머리의 아름다운 소년
回首垂白髯	멀리 돌려보니 백발을 드리웠어라.
進德失盛時	덕은 높으나 출세하지 못하니
時寧爲人淹	때로 차라리 다른 사람에게 가려지누나.

52　홍종의 울림 : 『예기·학기(學記)』에서 "남이 묻는 것에 잘 대답하는 자는 마치
　　쇠북을 두드리는 것과 같아서 작은 채로 치면 작게 울어주고, 큰 채로 치면 크게
　　울어준다"라 하였다.

經綸自封植	경륜은 절로 북돋아야 하니
豈不如春蠶	어찌 봄날 누에와 같지 않으랴.
此行決矣戒童僕	이번 여행 출발하매 동복에게 경계하노니
歸傍南陔種蘭菊[53]	남쪽 언덕으로 돌아가면
	난초와 국화를 심어라.
旅林夜夜悲蛩螿	여관에서 밤마다 쓰르라미에 슬퍼하며
行色村中異風俗	시골에서의 행색은 풍속과 다르리.
靑燈白酒留故人	청등과 백주로 벗을 붙잡으니
莫愛一醉至曉角	새벽까지 한 번 취함을 아끼지 말게나.

---

53 [교감기] '種'은 고본에는 '采'로 되어 있다.

18. 일곱 번째 형이 청양역 서조수에서 보낸 시에 차운하다
次韻七兄靑陽驛西阻水見寄

원풍 원년에 북경에서 지었다.

元豐元年北京作.

挽船逆牽九牛尾	배를 당기니 아홉 마리 소꼬리를 거꾸로 잡아당기는 듯
寸步關梁論萬里	가까운 항구와 다리도 만 리 같구나.
淮山終日只對面	회산을 종일 다만 마주 보고서
與舡低昂如角抵	뿔을 맞대고 힘을 겨루듯 배는 오르락내리락하여라.
水工爬涉未曾去	뱃사공이 움켜잡고 건너가나 일찍이 나아가지 못하니
遠者盈尋近盈咫	먼 것은 여덟 자요 가까운 것은 지척이라네.
長堤夜射千丈潭	천 길의 못 긴 제방에 밤에 번쩍이니
疾雷不及先掩耳	빠른 우레 미치기 전에 먼저 귀를 막네.
吾人猶困坎井泥	우리는 함정의 진흙에 빠진 듯 곤욕스러우니
何算鯹鰕著塵滓[54]	비린 새우가 더러운 찌끼에 붙어 있는 것을 따지랴.

---

54 [교감기] '鯹'은 고본에는 '鮭'로 되어 있다.

我家詩翁坐長歌	우리 집의 시옹이 앉아서 길게 노래하니
險阻艱難實經履	험준하여 어려운 곳을 실로 지나왔어라.
稍尋牛豕畦疃行	소와 돼지 찾아 밭두둑으로 가니
始得村落魚菜市	비로소 생선과 채소 파는 촌락이 나오누나.
風楡雨柳愁殺人	느릅과 버들에 비바람 불어
	사람을 근심스럽게 하는데
日西月東若流水	해와 달은 동서로 흐르는 물처럼 지나가네.
忽然槌鼓催發船	홀연히 북을 치며 배 떠나기를 재촉하니
入門歡甚折屐齒	문에 들어와 기쁨이 넘쳐
	신발 앞꿈치가 부러졌구나.[55]
道逢耦耕試借問	길 가다 밭 가는 사람 만나 물으니
往往見謂知津矣	이따금 나루터 아는 이를 만나네.
十年奔走營曉炊	십 년을 분주하게 새벽에 밥을 지었는데
家居煗席能得幾	집에서 따뜻한 자리에 앉은 것이 얼마나 되나.
此行幹蠱維叔父	이번 행차 너의 숙부가 주관하였으니
功苦食辛等醇醴[56]	여정이 힘들어도 단 술과 같다고 생각하라.
官筒之詩鄴城下	업성 관통의 시에서

---

55 신발 (…중략…) 부러졌구나 : 극치는 나막신의 굽을 말한다. 동진(東晉) 사안(謝
安)이 바둑을 두고 있을 때, 그의 조카 사현(謝玄)이 부견(苻堅)의 군대를 격파했
다는 보고서를 접하고는 아무 내색도 하지 않고 그대로 바둑을 둔 뒤에 내실로
돌아와서 문지방을 넘다가 너무 기쁜 나머지 "나막신 굽이 부러지는 것도 몰랐
다.[不覺屐齒之折]"라 하였다. 『진서·사안열전(謝安列傳)』에 보인다.
56 [교감기] '功'은 고본에는 '攻'으로 되어 있다.

孝友懇惻見表裏　　효우가 정성스러움을 안팎에서 보누나.

強哦竹間惜寡和　　억지로 대숲에서 읊조리니

　　　　　　　　애석하게도 온화함이 적으니

如以罷兵取堅壘　　병사를 물리치고 견고한 성루를 차지하는 듯.

何當車馬城南來　　언제나 성남으로 수레 몰아

壽親一尊開宴喜　　어버이에게 잔치 열어 헌수하랴.

19. 술을 들어 세필과 이별하다
酌別世弼

희녕 8년에 북경에서 지었다.

熙寧八年北京作.

王郎婚友平生期	혼우인 왕랑을 평소 기대하였으니
學問文章過吾黨	학문과 문장은 우리 무리보다 뛰어나누나.
一見懸知白璧奇	한 번 보니 기이한 백옥인지 분명히 알겠는데
三年未負靑雲賞	삼 년 청운의 감상 저버리지 않았어라.
蘇秦六印自多金	소진의 여섯 인끈 절로 금이 많고
陶朱再相宜藏鏹	도주의 두 번 재상 마땅히 돈에 감췄네.[57]
貧賤相知乃爲貴	빈천할 때 서로 아는 게 귀한 것이니
功名所在何須枉	공명하다고 어찌 굽힐 필요 있으랴.

---

57 도주의 (…중략…) 감췄네 : 춘추(春秋)시대 월(越)나라 대부 범려(范蠡)의 별칭
이다. 범려가 월왕(越王) 구천(勾踐)을 도와 오(吳)나라를 멸망시킨 뒤에 월왕과
같이 안락을 누릴 수 없다는 것을 안 나머지 벼슬을 버리고 멀리 떠나 도(陶)에서
살았으므로 주공(朱公)이라 호칭하였다. 『사기(史記)』「월왕구천세가(越王勾踐
世家)」에, "범려가 재상의 인장을 반납하고 재산을 전부 다 털어 친구와 향리에
나누어준 다음 귀중한 보물만 가지고 샛길을 통해 떠나 도(陶)에 정착하였는데,
그 보물로 이자를 불려 억만금의 부자가 되자 천하에서 그를 도주공으로 일컬었
다"라 하였다.

鄴王城下倒淸樽　　　업왕의 성에서 맑은 술동이 비우고

子雲書中羃蛛網　　　자운의 책에는 거미줄 덮여 있어라.

樽前惜別語萬千　　　술동이 앞의 석별에 많은 말 나누니

門外催發人三兩　　　문밖에서 서너 사람이 출발 재촉하네.

自從相見開靑眼　　　서로 만난 뒤로 청안을 열었지만

無處會面如天上　　　하늘 위에서처럼 만날 곳이 없어라.

傾壺倒榼駐車馬　　　거마를 세워 술잔 기울이고 술통 비우니

豈但呼燈照罌族　　　어찌 다만 등불 불러 술 단지 비추랴.

平生相從忘歲月　　　평생 서로 좇아 세월을 잊었는데

手足割裂誠迷悯　　　손발이 잘린 듯 참으로 정신이 아득해라.

譬如旁人看疥癩　　　비유하자면 옆 사람이 피부병 걸린 이 보니

未易能去膚髮痒　　　살갗과 머리칼에 가려움을 없앨 수 없네.

但願自思恩愛間　　　다만 원컨대 은애를 스스로 생각하여

勿以眼前劇愁想　　　안전에서 매우 근심스럽게 걱정하지 마시라.

20. 정회가 큰 벼루를 주다

庭誨惠鉅硯

희녕 8년에 북경에서 지었다.

熙寧八年北京作.

郭君大硯如南溟	곽군의 큰 벼루는 남쪽 바다 같아
化我霜毫作鵬翼	나의 서리 같은 붓을 붕새처럼 만드네.
安得剡藤三千尺	어찌하면 삼천 척의 섬계 종이 얻어
書九萬字無渴墨	구만 글자 써도 먹이 다하지 않을까.

21. 숙회가 이전부터 불렀는데 호상에서 유람하였기에 결국 가지 못하였다

叔誨宿邀 湖上之遊以故不果往[58]

芰荷採盡荇田田	기하를 다 캐니 마름이 무성한데
湖光價當酒十千	호수빛의 가격 만 전 술에 해당하네.
主人邀客殊未來	주인은 손님 부르나 자못 가지 못해
西風枕簟廢書眠	베갯머리 서풍 불어와 잠을 그만두어라.
睡罷書窗翻墨汁	서창에서 졸기 그만 두고 먹물 뒤집는데
龍蛇起陸雲雨濕	용사가 육지에서 일어나 풍우가 적시누나.[59]
晩筵紅袖勸傾盃	느즈막이 자리에 붉은 소매 술잔 비우라 권하니
公榮坐遠酌不及	공은 영화 멀기에 술잔 미치지 못하고
章臺柳色未知秋	장대의 버들은 가을인지 모르누나.
折與行人鞭紫騮	꺾어서 행인에게 주어 붉은 말 때리니
金城手種亦如此	금성에서 손수 심음도 또한 이와 같은데
今日搖落令人愁	오늘 져서 내 슬프구나.

---

58 [교감기] 살펴보건대 『연보』에 희녕 8년 북경에서 지은 것으로 편차하였다.
59 용사가 (…중략…) 적시누나 : 『음부경』에서 "땅에서 살기가 나오면 용과 뱀이 육지로 나온다"라고 하였다. 『세설신어』에서 "하후현이 일찍이 기둥에 기대어 책을 읽고 있는데, 폭우가 내리면서 뇌성벽력이 쳐서 기대고 있던 기둥이 부서지고 의복이 탔으나 그는 안색이 조금도 변하지 않았으며 이전처럼 책을 읽었다"라고 했는데, 이 두 가지를 함께 차용하여 초서의 생동함을 말하였다.

雙飛鴛鴦一朝隻　　　쌍쌍이 나는 원앙 하루아침에 홀로 되매

春鋤欲匹畏白鷗　　　학도 짝이 되려 하는데 백구가 두렵네.

風標公子誠自多　　　공자의 풍표 참으로 뛰어나니

波淨月明如鷗何　　　물결 깨끗하고 달 밝아 닭이 어찌하랴.

22. 자진의 「회영원묘하지정」에 차운하다

次韻子眞會靈源廟下池亭

희녕 8년 북경에서 짓다.

熙寧八年北京作.

繫馬著堤柳	제방 버들에 말을 묶어놓고
置酒臨魏城	술을 마련하여 위성에 임하였네.
人賢心故樂	사람이 어질어 마음이 참으로 즐겁고
地曠眼爲明	땅이 툭트여 눈이 밝구나.
十年風煙散	십 년 풍연이 흩어지니
邂逅集此亭	이 정자에서 해후하였어라.
悲歡更世故	세상의 비환은 변하고
談話及平生	평소에 대해 이야기 나누네.
折腰督郵前	독우 앞에 허리 숙여
勉强不見情	억지로 정을 드러내지 않네.
世味曾淡薄	세상맛은 일찍이 담박하여
心源留粹精	마음 근원에 정수가 머무르네.
晴雲有高意	맑은 구름에 높은 뜻 두고
闊水無湍聲	드넓은 물은 여울 소리 없어라.
誰言王安豊	뉘 말하나, 왕안풍이

定識阮東平   참으로 완동평을 안다고.

23. 기복이 『장자』를 읽기에 장난삼아 주다
幾復讀莊子戲贈

치평 3년에 지었다.

治平三年作.

蜩化搶榆枋	매미는 변하여 큰 나무에 모여들고
鵬化搏扶搖	붕새는 변하여 바람을 타네.
大椿萬歲壽	대춘은 만 년의 수를 누리고
糞英不重朝	분영은 아침도 두 번 못하네.
有待於無待	기다리지 않아야 하는데 기다리니
定非各逍遙	참으로 각각 소요함이 아니어라.
譬如宿舂糧	비유하면 빻은 식량 재워
所詣豈得遼	가는 곳이 어찌 멀랴.
漆園槁項翁	칠원의 메마른 목의 노인
聞風獨參寥	바람 들으며 허공에 홀로 있네.
物情本不齊	물정은 본래 같지 않으니
顯者桀與堯	드러난 것은 걸과 요라네.
烈風號萬竅	뜨거운 바람이 만규에서 우는데
雜然吹籟簫	퉁소 소리 섞여 있어라.
聲隨器形異	소리는 그릇 따라 다르니

安可一律調	어찌 한 음조로 고르랴.
何嘗用吾私[60]	어찌 일찍이 나의 사사로움 쓰랴
總領使同條	전부 거느려 같게 하네.
惜哉向郭誤	애석하다, 성곽 향해 그릇되어
斯文晚未昭	사문은 늦도록 밝지 못하네.
胡不棄影事	어찌 그림자 버리지 않으랴
直以神理超	다만 신리로 부르네.
木資不才生	나무는 불재로 인해 살고
鴈得不才死	기러기는 불재로 인해 죽누나.[61]
投身死生中	몸을 사생 가운데 던지니
未可優劣比	우열을 비교할 수 없네.
深藏無所用	깊이 감춰 쓸모가 없으니
一寓不得已	한 번 부득이 함을 부치누나.
逍遙同我誰	나와 함께 소요할 이 누구인가
歲暮於吾子	세모에 우리 그대라네.

---

60 [교감기] '嘗'은 고본에는 '當'으로 되어 있다.
61 나무는 (…중략…) 죽누나 : 장자(莊子)가 산속을 가다가 큰 고목을 보고는 "이
    나무는 재목이 못 되기 때문에 천수를 누릴 수 있었다" 하고, 친구의 집에 들러서
    는 친구가 자신을 대접하기 위해 잘 울지 못하는 기러기를 죽이는 것을 보고는
    "나는 재주 있음과 재목이 되지 못함 사이에 처하겠다" 하였다. 『장자·산목(山
    木)』에 보인다.

24. 탄부가 고맙게 보내준 장구에 차운하다
次韻坦夫見惠長句

희녕 2년 섭현에서 지었다.

熙寧二年葉縣作.

溫風撩人隨處去	온풍이 사람을 꼬셔 어디든지 가려니
欲如蟺羊蟻旋慕	양이나 개미처럼 돌아다니고 싶네.
落英馬前高下飛	말 앞에 떨어진 꽃은 높이 낮게 나니
牽挽忽與樽酒遇	끌어당기려다 문득 술동이와 만나네.
令行如水萬夫長	아름다운 행실 물 같아 만인의 어른인데[62]
傾蓋不減平生故	평생 벗보다 반가움 줄지 않네.
素衣成緇面黧黑	흰옷이 검게 되고 얼굴도 파리한데
笑說塵沙工點汙	먼지가 공교롭게 더럽혔다고 웃으며 말하네.
王事賢勞尙有詩	왕사로 수고로워도 오히려 시를 지으니
自卷溪藤染霜兎	섬계 등나무 말아 토끼털로 적시네.
桃李淸陰坐未移	도리의 맑은 그늘에 앉아 움직이지 않고
走送雄篇疲健步	거편을 보내니 건장한 걸음이 피곤해졌네.
張侯先不露文章	장후는 먼저 문장을 드러내지 않으니

62　만인의 어른인데 : 『서경·함유일덕』에서 "만인의 어른 되는 사람을 통하여 그 나라의 정치를 볼 수 있다"라 하였다.

十年深深豹藏霧	십 년 동안 깊이 표범이 안개에 숨듯.[63]
欻來聽訟小棠陰	문득 소당의 그늘에서 송사 듣고
千里鳴絃舞韶濩	천리 우는 거문고 소호에 춤추누나.
我名最落諸人後	나의 이름 여러 사람 가장 뒤에 있으니
頓使漂山由衆煦	갑자기 표산으로 하여금
	여러 사람이 부는구나.
伐木丁丁愧友聲	나무를 쩡쩡 자르니 벗의 소리 부끄럽고
食苹呦呦懷野聚	부평초 먹고 울며 들에서 노닐던 때 그리네.
谷陽舊壘一片春	곡양의 옛날 망루 한 조각의 봄
勤我引領西南傃	부지런히 나는 목을 빼서
	서남쪽을 바라보누나.
遙知紅紫能亂眼	멀리서 알겠어라, 붉은 꽃이 눈을 어지럽히니
錦衾作夢高唐賦	비단 이불에 「고당부」 꿈을 꿀 줄을.
簡書留拘四十里	간서는 사십 리 밖에서 붙잡는데
夢魂明明識歸路	몽혼에서 돌아올 길 뚜렷이 아누나.
公才富比滄海宮	공의 재주 부유하여 창해의 용궁 같아
明珠珊瑚凡幾庫	명주와 산호 모두 몇 창고인가.

---

63 표범이 안개에 숨듯 : 유향의 『열녀전』에서 "도답자가 도 지역을 다스린 지 3년
이 되었는데, 명성은 들리지 않고 집안의 재산만 세 배로 늘었다. 그의 아내가
간하기를 "남산에 검은 표범이 사는데, 안개가 끼거나 비가 내리면 칠일 동안 먹
이를 먹으러 내려오지 않으니, 그것은 그 털을 윤택하게 하여 표범의 무늬를 만
들기 위함입니다. 개와 돼지는 음식을 고르지 않고 먹어서 그 몸을 살찌우지만
앉아서 죽음을 기다릴 뿐입니다""라고 했다.

惠連原上麥纖纖	고맙게도 연달아 들판의 고운 보리 보내주니
夢公猶得春草句	꿈에서 공은 오히려 춘초의 구절 얻는구나.[64]
明朝折柳作馬箠	내일 아침 버들 꺾어 말채찍 만드니
想見杯盤咄嗟具	상상건대 술잔에서 탄식할 것이라.
風光暫來不供翫	풍광에 잠시 왔지만 완상할 수 없으니
大似橫塘過飛鶩	횡당에 날아가는 오리 같아라.
甕面浮蛆暖更多	술독에 술이 익어 따뜻함이 더하니
氣味煩公卒調護	기미는 끝내 지켜야 하는 공을 번거롭게 하네.
樹頭樹底勸提壺	나무 끝과 아래 제호가 울고
南岡北岡敎脫袴	남북 언덕에서 탈고가 지저귀네.
春衣可著愜醉眠	봄옷을 입고 취해 조니 좋은데
急觴催傳莫論數	잔을 급히 돌리며 숫자 세지 않아라.

---

64 꿈에서 (…중략…) 얻는구나 : 남조(南朝) 송(宋)의 시인 사영운(謝靈運)이 시상
이 떠오르지 않아 고민하다가 꿈에 족제(族弟)인 사혜련(謝惠連)을 만나보고
"지당생춘초(池塘生春草)"라는 명구를 얻은 뒤에 "이 시구는 신령이 도와준 덕분
에 나온 것이지 나의 말이 아니다[此語有神功 非吾語也]"라고 술회한 고사가 전
한다. 『남사·사혜련열전(謝惠連列傳)』에 보인다.

25. 신사사 승의 「태강전사상봉」에 화운하고 아울러 부구 정태승, 위 씨 손 저작랑에게 보내다

奉和愼思寺丞太康傳舍相逢 幷寄扶溝程太丞尉氏孫著作二十韻

원풍 원년 북경에서 지었다.

元豊元年北京作.

扶亭大夫伯淳父	부정의 대부는 백순의 부친이라
平生執鞭所欣慕	평생 채찍 잡으려 흠모하였네.
蚤年學問多東南	일찍이 학문으로 동남에서 알려졌는데
形阻江山想神遇	강산에 막혀 그 모습 신준하리라 상상하노라.
阮籍臺邊有一人	완적대[65] 옆에 한 사람 있어
愛歎非爲婚姻故	애탄하니 혼인의 벗이 아니어라.
民言令君明且淸	백성들이 말하길 그대 명석하고 맑아
玉壺寒冰不受汚	옥호와 얼음처럼 더러움 받지 않는다 하네.
我從王事驅傳馬	나는 왕사로 바빠서 전마를 모는데
落日東走駭麋兎	지는 해에 동쪽으로 달려 노루, 토끼 놀라네.
問知鄰境欲過之	물어 아니, 이웃 경계 지나려는데
簡書有程嚴寸步	간서에 기한 있어 촌보도 쉬지 않네.

---

65 완적대 : 『환우기』에서 "완적대는 개봉 진류현 동남쪽에 있다. 완적은 매번 명현
을 추억할 때면 술을 가지고 이곳에 올라 길게 읊조렸다"라고 했다.

胷懷作惡無處說	가슴에 나쁜 생각 일어도 말할 곳 없고
天氣昏昏月含霧	날씨 어둑어둑 달도 안개 머금었네.
故人如從空中落	벗이 공중에서 떨어진 듯
逼耳好鳥鳴韶護	귓가에 아름다운 새가 소호를 연주하네.
野桃窈窕風剪拂	그윽한 들에 복사 바람 앞에 떨어지고
官柳低昂春燠昫	관가 버들 오르락내리락 봄날은 따뜻하누나.
政由人好景亦好	참으로 사람이 좋으니 경치도 좋아
燒燭讀書笑言聚	촛불 태우며 책을 읽는데 웃는 벗 찾아오네.
同懷兩賢孤此樂	두 어진 이 그리워 나 홀로 이를 즐기니
無物可寫心傾𠌋	그리는 마음 의탁하여 쏟을 사물이 없어라.
鄧侯詩成錦繡段	등후⁶⁶의 시가 이뤄지니 비단 같아
浣花屑玉邀我賦	완화의 설옥으로 나의 부를 맞아주네.
今年病起踈酒盃	올해 병으로 일어나 술을 멀리하는데
醉鄉荆棘歸無路	취향은 가시로 얽어 돌아갈 길 없네.
詩窮淨欲四壁立	시가 궁하여 사방 횅한 벽에 서니
奈何可當杜武庫	어찌 두 무고⁶⁷를 감당하랴.
不似灞橋風雪中	파교의 풍설 속에서

---

66 등후: 『진서』에서 "등유(鄧攸)가 선정을 하다가 교체되자, 백성들이 노래하기를 "등후는 만류해도 오지 않고, 사령은 떠밀어도 가지 않네""라고 했다. 여기서는 신사사 승을 가리킨다.

67 두 무고: 진(晉)나라 두예(杜預)를 가리킨다. 두예는 마치 각종 병장기가 빠짐없이 갖추어져 있는 무기고처럼 모르는 것이 없다 하여 '두 무고'라는 별명을 얻었다. 『진서·두예열전(杜預列傳)』에 보인다.

半臂騎驢得佳句	노새 타며 아름다운 구절 얻은 것과
	같지 않아라.[68]
濟時之材吾豈敢	세상을 구제할 인재 내가 어찌 감당하랴
樗櫟初無廊廟具	저력은 애초에 낭묘의 재목 될 수 없네.
上車不落強顏耳	수레 올라 떨어지지 않고 얼굴 뻣뻣한데
伏食官倉等雞鶩	관창을 먹으니 닭, 따오기 같네.
只欲苦留公把酒	다만 공은 술을 잡고 억지로 만류하는데
都幾千里勤督護	도기 천 리 감독을 부지런히 해야 하네.
及得歸時穀雨餘	돌아올 때 곡우가 될 터이니
已剪輕衣換袍袴	가벼운 옷 만들어 핫저고리와 바꾸리라.
春色衰從一片飛	봄빛이 한 조각 날리는 꽃 따라 저무니
況酒紛紛不知數	더구나 분분하여 그 숫자를 알 수 없음이여.

---

68 파교의 (…중략…) 않아라 : 성당(盛唐)의 시인 맹호연(孟浩然)이 일찍이 좋은 시를 지으려고 고심하다가 나귀 등에 타고서 눈발이 휘날리는 파교(灞橋) 위를 지나갈 때에야 그럴듯한 시상이 떠올랐다고 하는데, 이를 두고 송(宋)나라 소식(蘇軾)이 「증사진하충수재(贈寫眞何充秀才)」라는 시에서 "또 보지 못했는가, 눈 속에서 나귀를 탄 맹호연이, 눈썹을 찌푸리고 시를 읊느라 어깨가 산처럼 솟은 것을[又不見雪中騎驢孟浩然, 皺眉吟詩肩聳山]"이라고 읊었다.

26. 진 씨 다섯 번째 어른의 「상압사사이화」에 차운하다
次韻晉之五丈賞壓沙寺梨花

원풍 원년 북경에서 지었다.

元豐元年北京作.

沙頭十日春	모래톱 십일의 봄
當日誰手種	그 당시 누가 손수 심었나.
風飄香未改	바람 거세도 향기 그치지 않고
雪壓枝自重	눈에 눌려 가지 절로 무겁구나.
看花思食實	꽃을 보니 열매 먹을 생각나는데
知味少人共	맛을 알아 함께 즐길 이 적구나.
霜降百工休	서리 내려 백공이 쉴 때
把酒約寬縱	술을 잡고 한가롭게 노니누나.

27. 왕 도제 사승이 허도녕의 산수도를 보고 지은 시에 답하다

答王道濟寺丞觀許道寧山水圖[69]

원우 2년에 비서랑에서 지었다.

元祐二年秘書郞作.

往逢醉許在長安	취한 허도녕이 장안에 있을 때 찾아갔는데
蠻溪大硯磨松煙	만계의 큰 벼루에 송연먹 갈고 있었지.
忽呼絹素翻硯水	갑자기 비단 가져오라고 해 먹물 엎지른 채
久不下筆或經年	오랫동안 쓰지 않았는데 간혹 해를 넘겼지.
一日踏門撼門鈕	하루는 문을 나서며 문 열쇠를 흔들고
巾帽攲斜猶索酒	두건과 갓 삐뚤한 채 오히려 술 찾았네.
擧盃意氣欲翻盆	술잔 드니 의기는 술동이 뒤집을 듯
倒臥虛樽將八九	취해 누우니 빈 술동이 여덟아홉.
醉拈枯筆蘸墨色[70]	취해 마른 붓 잡고 먹물에 적시어
勢若山崩不停手	기세가 산 무너질 듯 손 그치지 않았네.
數尺江山萬里遙	지척의 강산이 만 리나 멀게 느껴지고
滿堂風物冷蕭蕭	온 집의 풍물이 싸늘하고 쓸쓸해졌네.

69　[교감기] 살펴보건대 이 시는 이미 『산곡외집시주』권15에 나왔는데, 글자가 약
　　간 출입이 있다. 또한 한 운이 많기에 여기에 실어 남겨둔다.

70　[교감기] '蘸黑色'은 고본에는 '黑淋浪'으로 되어 있다.

山僧歸寺童子後	산승이 절로 돌아가자 동자가 뒤따르고
漁伯欲渡行人招	어백이 물 건너려다 행인을 불렀네.
先君笑指溪上宅	선군이 웃으며 물가 집을 가리키노니
鸕鶿白鷺如相識	가마우지 흰 백로와 마치 서로 아는 듯.
許生再拜謝不能	허생이 재배하고 능하지 않다고 했지만
迺是天機非筆力	이에 천기이지 필력으로 인한 것 아니라오.
自陳精力初未衰	스스로 말했네, 정력이 시들지 않았을 때는
八幅生絹作四時	팔 폭의 생명주에 사계절 그렸다고.
蚤師李成最得意	일찍이 이성을 스승 삼아 득의했었고
什襲自藏人已知[71]	열 겹으로 싸 감춰뒀지만
	사람들 이미 알았었지.
貴人取去棄牆角	귀인들이 챙겨가서 담장 모퉁이에 버렸고
流落幾姓知今誰	유락한 채 있으니 몇 사람이나 지금 알아주나.
大梁畫肆閱水墨	대량의 그림 가게에서 수묵화를 보니
四圖宛然當物色	네 그림 완연하게 풍물을 담고 있어라.
自言早過許史門	스스로 말했네, 일찍이 허사의 문 지날 때
常賣一聲偶然得[72]	늘 한마디 말로 파는 것을 우연히 얻었네.
雨雪湥湥滿寺庭	비와 눈 쏟아져 절 뜨락에 가득한데
四圖冷落讓丹靑	네 그림 쓸쓸하게 단청이 벗겨졌구나.

---

71 [교감기] '什'은 원래 '十'으로 되어 있었는데, 고본에 의거하여 고쳤다.
72 [교감기] '偶'가 고본에는 '儻'로 되어 있다.

往來睥睨誰比數　오가며 살펴보니 누구와 견줄 수 있을까

十萬酬之觀者驚　십만 전으로 사니 보는 자들이 놀랐다네.

客還次第閱春夏　길손으로 세월 보내면서 봄여름 지났고

坐更歲序寒峥嵘　자리에는 다시 계절 돌아 추위 혹독해졌네.

王丞來觀歎唧唧　왕승이 와서 보고는 탄식하며 놀랐으며

亦如我昔初見日　또한 내가 예전 처음 해를 본 것과 같았네.

新詩雌黃多得實　새로운 시와 그림에 실제적인 것 많아

信知君家有摩詰　진실로 그대 집에 마힐[73] 있음 알겠어라.

我持此圖二十年　내가 이 그림 간직한 것 이십 년이니

眼見綠髮皆華顚　눈에 비친 녹발이 모두 흰머리 되었다네.

許生縮手入黃泉　허생은 손 감춘 채 황천으로 들어갔고

衆史弄筆摩青天　뭇 화공들 붓 놀리며 푸른 하늘 만지려 하네.[74]

君家枯松出老翟　그대 집의 고송은 늙은 탁원심[75]보다

73　마힐 : 왕유(王維)의 자는 마힐(摩詰)이고 『당서』에 전(傳)이 있다. 왕유의 「우연작(偶然作)」에서 "전세에는 잘못되어 사객 되었지만, 전신은 응당 그림 그리는 사람이었으리"라고 했다.

74　뭇 (…중략…) 하네 : 『장자·전자방(田子方)』에서 "송(宋)나라 원군(元君)이 그림을 그리게 하였더니, 뭇 화공들이 몰려들었던바, 그들은 모두 서로 읍을 하고 서서 붓을 빨고 먹을 갈고 하는데, 이때 경쟁자가 많아서 반수는 밖에 있었다. 그때 한 화공은 가장 늦게 와서 달려오지도 않고 천천히 들어와 읍을 하고는 서지도 않은 채 방 안으로 들어가 버렸다. 원군이 사람을 시켜 그의 행동을 엿보게 했더니, 그는 옷을 벗고 두 다리를 쭉 뻗고 나체로 있었다. 원군이 "됐다. 이 사람이 참다운 화공이다"고 했다'라고 했다.

75　탁원심 : 곽약허의 『도화견문록』에서 "적원심(翟院深)은 북해(北海) 사람이다. 이성(李成)에게 산수도(山水圖)를 배웠는데, 다만 자신의 창의적인 것은 격이

	뛰어나고
頗似破屛有骨骼	자못 깨진 병풍의 골격과도 같구나.
一時所棄願愛惜	한 시절 버림받은 것을 아끼노니
不誣方將有人識	틀림없이 장차 알아주는 이 있으리라.

떨어지고 모사한 것은 진짜보다 낫다"라고 했다.

28. 왕희숙의 당본초서가를 보다

觀王熙叔唐本草書歌[76]

少時草聖學鍾王	젊을 때 초성인 종요와 왕희지를 배워
意氣欲齊韋與張	의기는 위, 장과 나란하여라.
家藏古本數十百	집에 보관한 고본이 수 십백인데
千奇萬怪常搜索	천만으로 기괴하여 항상 펼쳐보네.
今得君家一卷書	지금 그대 집안 한 책을 얻어보니
始覺辛勤總無益	지금껏 배우느라 고생하여도
	모두 쓸모없었어라.
移燈近前拭眼看	등잔 옮겨 앞으로 다가가
	눈을 비비고 바라보니
精神高秀非人力	정신이 고수하여 사람의 재주가 아니라.
北風古樹折巔崖	북풍에 고목이 벼랑에서 꺾이고
蒼烟寒藤掛絶壁	푸른 이내 차가운 등나무 절벽에 걸렸네.
逸氣峥嶸馳萬馬	빼어난 기로 기세등등 내달리는 많은 말
隻字千金不當價	천금의 한 글자 가격을 매길 수 없어라.
想初槃礴落筆時	생각건대, 애초에 옷을 벗고 붓을 댈 때
毫端已與心機化	붓끝은 이미 심기와 하나가 되었네.
主人知是希世奇	주인은 세상에 드문

---

76 [교감기] 살펴보건대 이 시는 『연보』에 실려 있지 않다.

기이한 인물임을 알았으나

但見姓氏無標題	다만 성씨가 표제에 없어라.
自非高閒懷素不能此	고한한 정회가 아니면 이렇게 할 수 없으니
何必更辨當年誰	하필 다시 그 당시 누구인가 알아보리.

29. 의고잡언

擬古雜言

원풍 원년에 북경에서 지었다.

元豐元年北京作.

雁雁隨春風	기러기 떼가 봄바람을 따라
過鄉縣	향현을 지나가네.
煙雨昏	연기와 비에 어두워도
行不亂	줄은 어지럽지 않아라.
同安樂	안락을 함께 하고
共憂患	우환도 함께 나누네.
雲重重	구름은 겹겹이라
不相見	서로 보이지 않누나.
日映晡	날이 저물면
下平湖	평호에 내려앉네.
十十五五依黃蘆	십십오오 노란 갈대에 의지하여
得粒不啄鳴相呼	낟알 얻어도 쪼지 않고 서로 부르누나.
新婦見鴈懷征夫	신부가 기러기 보고 남편 그리며
上堂曳袑裙	당에 올라 옷깃을 끌다가
四拜啓阿姑	문을 열고 시모에게 네 번 절하네.

人言鴈寄書	사람들이 기러기가 편지를 전한다 하니
審能寄書無	편지를 보내지 않으리오.
阿姑語新婦	시모가 신부에게 말하길
古來無此事	옛날부터 이런 일은 없거늘
今安得此語	지금 어디서 이런 말을 들어느냐.
新婦祝鴈好自去	신부가 기러기에게 잘 가라고 축원하고
勿學水中戀涔魚	수중에 잠긴 물고기 부러워하지 말라.
寄汝尺素上有書	너에게 편지 쓴 한 척 베 보내니
塞北春寒用當襦	변새 북쪽 봄날 추울 때 저고리로 쓰시오.
寄書與阿誰	편지를 누구에게 보내는가
我家蘇校尉	우리 집 소 교위라
海上牧羊兒	해상에서 양을 키우누나.
爲言妾能事君母	말하노니 첩은 그대 모친 잘 모시니
勿負漢恩作降虜	한나라 은혜 저버려
	오랑캐에 항복하지 마시라.

【주석】

日昳晡 : '昳'의 음은 '迭'로 해가 저무는 것이다.

音迭日昃也

上堂曳裙 : '裙'의 음은 '韶'로 상성이니, 옷깃이다.

襨上聲, 衣襟也.

30. 「고호협행」을 지어 위린기에게 주다

古豪俠行贈魏鄰幾

원풍 원년 북경에서 지었다.

元豐元年北京作.

翩翩翩魏公子	경쾌하게 가는 위공자
恐是信陵君	아마도 신릉군인가 하노라.
高義動衰俗	고의는 쇠한 풍속을 격동시키고
孤標對層雲	고표는 층층의 구름을 마주하네.
風吹棠棣花	바람은 당체화에 불어와
一枝落夷門	한 가지가 이문[77]에 떨어지네.
俯仰少顏色	부앙하는 젊은 얼굴
蕭蕭煙景昏	쓸쓸한 안개 경치는 어둡구나.
已朽朱亥骨	주해[78]의 해골은 이미 썩었고

---

77 이문: 『사기·위공자무기전』에서 "무기는 신릉군에 봉해졌다. 위나라에 은사 후
   영이 있었는데, 나이가 70으로 집이 가난하여 대량의 이문감을 맡고 있었다. 공
   자가 그에게 가서 청하여 재물을 두텁게 보내주었으나 받지 않았다. 이에 공자가
   술자리를 마련하고 빈객을 크게 모아 자리가 정해지자, 왼쪽 자리를 비워둔 수레
   를 따르게 하여 자신이 직접 후생을 맞이하였다"라고 했다.
78 주해: 전국 시대 협객인 주해(朱亥)는 위(魏)나라 대량(大梁) 사람으로 푸줏간
   에 은둔해 살다가 진(秦)나라 군사가 조(趙)나라를 포위했을 때 신릉군(信陵君)
   의 계책에 따라 위나라 장수 진비(晉鄙)를 철추(鐵椎)로 때려 죽인 뒤 그 병부(兵
   符)를 빼앗아 그의 군대를 거느리고 가서 조나라를 구원하였다. 『사기·위공자

侯嬴無子孫	후영은 자손이 없어라.
衆中氣軒昻	대중 안에서 기가 우뚝하여
把臂輸肺肝	팔을 휘두르며 간담을 쏟아내누나.
沃之紅鸚鵡	붉은 앵무에 물을 주고
載以烏賀蘭	검은 하란79을 싣고 다니네.
門前馬嘶急	문 앞에 말이 급하게 우니
我弟忽扣關	나의 아우 문득 문을 두드리누나.
謂言空中落	공중에서 떨어진 것이라 이르니
逆旅有仁人	여관에 어진 사람이 있어라.
老母一解顔	노모가 한 번 환하게 웃으니
萬金難報恩	황금으로도 은혜 갚기 어렵네.
琅玕酒未贈	낭간을 이에 주지 않으랴
交好如弟昆	사귀는 정 형제 같구나.

열전(魏公子列傳)』에 보인다.

79 하란(賀蘭) : 당 숙종(唐肅宗) 때의 하남 절도사(河南節度使) 하란진명(賀蘭進
明)을 가리킨다. 윤자기(尹子奇)가 수양(睢陽)을 포위했을 적에, 수양 태수 장순
(張巡)이 남제운(南齊雲)을 보내어 하란진명에게 구원을 요청하였으나, 하란진
명은 장순의 성위(聲威)가 자기보다 월등함을 시기하여 구원을 해 주지 않음으
로써 수양이 마침내 함락되고 말았다.

31. 얽매인 선비가 대도를 비웃다

拘士笑大方

拘士笑大方	얽매인 선비는 대도를 비웃으니
俗吏縛文律	속리는 법으로 속박하네.
當其擅私智	사사로운 지혜 마음대로 쓸 때
轍覆千里失	천 리 갈 수레 엎어졌구나.
鳥飛與魚潛	새는 날고 물고기는 자맥질하니
明哲善因物	명철하여 사물을 잘 따르네.
欣然領斯會	흔연히 이런 것을 잘 알아
千百無十一	천백에 하나 열도 없어라.
蒯緱裝太阿	새끼줄로 감싼 태아검으로
付驥斬芻秣	따르는 말에 꼴을 베어 주네.
風雨晦冥時	어두울 때 풍우는
中夜鳴不歇	깊은 밤 울기를 멈추지 않네.
張公下世久	장공이 세상 떠난 지 오래
安得歎埋沒	어찌 묻힌 것을 탄식하랴.
齊王好吹竽	제왕은 피리 불기 좋아하는데
楚客善鼓瑟	초객은 비파를 잘 뜯누나.[80]

---

80 제왕은 (⋯중략⋯) 뜯누나 : 한유의 「답진상서(答陳商書)」에서 "제왕이 피리를
좋아하였다. 제나라에 벼슬을 구하려는 자가 있었는데, 비파를 안고 가서 왕의

衛婦新上車	위부가 새로 수레에 오르며
戒御無笞服	말에 매질하지 말라고 경계하네.
教母滅竈火	유모에게 아궁이 불 끄고
徙薪始入室	섶을 옮겨 비로소 집으로 들였네.[81]
三言至丁寧	세 번 간곡히 말하여
於理蓋已密	이치에 매우 주밀하네.
主人皆笑之	주인이 웃으니
迺在未適節	이에 예절에 적합지 않아라.
莊生亦有言	장생 또한 말을 하니
外物不可必	외물은 기필할 수 없어라.
無地與揮斤	도끼를 휘두름 받아줄 상대 없으니
悄然思郢質	초연하여 영 땅 사람 생각하누나.[82]

문에 서 있었으나 삼년이 지나도 들어가지 못하였다. 객이 꾸짖기를 "왕은 피리를 좋아하는데, 그대는 비파를 연주하니, 비파 연주를 비록 잘하지만 왕이 좋아하지 않으니 어쩌란 말인가'"라고 했다.

81 아궁이 (…중략…) 들였네 : 『한서·곽광전』에서 "어떤 사람이 서생(서복(徐福))을 위해 조정에 글을 올렸다. "어떤 나그네가 주인을 방문하였는데, 그 집의 부엌에 굴뚝이 곧게 나 있고 옆에 땔나무가 쌓여 있는 것을 보았습니다. 이에 나그네가 주인에게 "굴뚝을 고쳐 굽게 만들고 땔나무를 멀리 옮겨라. 그렇지 않으면 장차 화재가 있을 것이다"라 하였습니다"라고 했다.

82 도끼를 (…중략…) 생각하누나 : 『장자』에서 "장자가 장례식에 참석하려고 혜자의 묘 앞을 지나가다가 따르는 제자를 돌아보고 말했다. "영 땅 사람 중에 자기 코끝에다 백토를 파리 날개만큼 얇게 바르고 장석(匠石)에게 그것을 깎아 내게 하자 장석이 도끼를 바람 소리가 날 정도로 휘둘러 백토를 깎았는데 백토는 다깎여 졌지만 코는 다치지 않았고 영 땅 사람도 똑바로 서서 모습을 잃어버리지 않았다. 송나라 원군이 그 이야기를 듣고 장석을 불러 "어디 시험 삼아 내게도

32. 의고악부 「장상사」를 지어 황기복에게 부치다

擬古樂府長相思寄黃幾復

치평 삼년에 지었다.

治平三年作.

江南江北春水長	강남과 강북에 봄물이 불어
中有一人遙相望	그 안에 한 사람이 멀리서 나를 바라보누나.
字曰金蘭服衆芳	금난이라 여러 꽃을 복종시키는데
妙歌揚聲傾滿堂	아름다운 노래소리 드날려
	만당의 사람 집중시키네.
滿堂動色不入耳	만당의 사람 놀라나 귀에 들어오지 않으니
四海知音能有幾	사해에 지음이 몇이나 될까.
惟予與汝交莫逆	다만 나와 너는 막역한 벗이라
心期那間千萬里	천 만 리 떨어졌다고 어찌 마음이 멀어지랴.
欲憑綠水之雙魚	푸른 물의 두 잉어 의지하여
爲寄腹中之素書	뱃속의 흰 편지 전하고 싶구나.
溪回嶼轉恐失路	시내는 섬을 돌아 길을 잃을까 두려우니

해 보여 주게" 하니까 장석은 "제가 이전에는 그렇게 할 수 있었지만 지금은 그 기술의 근원이 되는 상대가 죽은 지 오래되었습니다" 하더니만 지금 나도 혜시가 죽은 뒤로 장석처럼 상대가 없어져서 더불어 이야기할 사람이 없어졌다'"라고 했다.

夜半不眠起躊躇　　깊은 밤에 잠 못 들고 일어나 배회하누나.

33. 고악부 백저사시가
古樂府白紵四時歌

첫 번째 수其一

桃李欲開風雨多	이화는 피려는데 풍우가 거세니
籠絃束管奈春何	거문고와 피리 갈무리하매 봄에 어찌하리.
風休雨靜花滿地	바람 자고 비가 멈춰 꽃이 사방에 가득한데
時節去我如驚波	거센 파도처럼 시절인 나를 떠나누나.
少年志願不成就	소년의 뜻은 아직 이루지 못하였는데
日月星辰役昏晝	해와 달과 별은 밤낮으로 쉬지 않아라.
俟河之清未有期	황하가 맑아지길 기다려도
	그럴 때가 오지 않아[83]
斗酒聊爲社公壽	한 말 술로 에오라지 사공을 위해 헌수하네.

두 번째 수其二

日晴桑葉綠宛宛	날이 맑아 뽕잎이 새파랗게 푸르고
春蠶忽忽都成繭	봄날 누에 쑥쑥 자라 모두 고치가 되었네.

---

83 황하가 (…중략…) 않아 : 백년하청(百年河清) 고사를 구사하였다. 『좌전』에서
"주(周)나라의 시에 "황하가 맑아지길 기다리냐, 사람의 수명이 얼마나 되기에"
라 했다"라고 했다.

繰車宛轉頭緒多　　　　물레가 돌아가니 가는 실 많이 나오는데

相思如此心亂何　　　　이처럼 그리워하니 마음은 어찌도 심란한가.

少年志願不成就　　　　소년의 뜻은 아직 이루지 못하였는데

故年主人且恩舊　　　　예전 주인은 이전처럼 따뜻하게 대하네.

及河之淸八月來　　　　황하가 맑을 8월에 오면

斗酒聊爲社公壽　　　　한 말 술로 에오라지 사공을 위해 헌수하리.

세 번째 수其三

絡緯驚秋鳴唧唧　　　　쓰르라미 가을에 놀라 쓰르쓰르 울어대니

美人停燈中夜織　　　　미인은 등불 켜고 한밤에 베를 짜네.

回文中有白頭吟　　　　회문 가운데 「백두음」[84]이 있으니

人生難得相知心　　　　인생은 마음 알아주는 사람 얻기 어려워라.

少年志願不成就　　　　소년의 뜻은 아직 이루지 못하였는데

故年主人且恩舊　　　　예전 주인은 이전처럼 따뜻하게 대하네.

及河之淸八月來　　　　황화가 맑은 8월에 오면

斗酒聊爲社公壽　　　　한 말 술로 에오라지 사공을 위해 헌수하리.

84　백두음 : 악부(樂府)의 곡조 이름이다. 한(漢)나라 사마상여(司馬相如)가 무릉
　　(茂陵) 사람의 딸을 첩으로 맞으려 하다가 그의 연인 탁문군(卓文君)이 백두음을
　　지어서 절교(絶交)를 선언하니 그만두었다 하는데, 그 노래에 "원컨대 한마음의
　　사람을 얻어서 머리가 희게 세도록 서로 떠나지 않고저[願得一心人 白頭不相離]"
　　라 하였다.

네 번째 수其四

北風降霜松栢彫	북풍에 서리 내려 송백도 시들고
天形慘澹光景銷	날씨가 싸늘하여 경치도 쓸쓸하여라.
山河夜半失故處	산하의 한밤중에 이전 장소 잊었으니
何地藏舟無動搖	어느 곳에 배를 감춰 움직이지 않게 하랴.[85]
少年志願不成就	소년의 뜻은 아직 이루지 못하였는데
故年主人且恩舊	예전 주인은 이전처럼 따뜻하게 대하네.
及河之淸八月來	황화가 맑은 8월에 오면
斗酒聊爲社公壽	한 말 술로 에오라지 사공을 위해 헌수하리.

85　산하의 (…중략…) 하랴 : 『장자·대종사(大宗師)』에 "골짜기에 배를 감추고 못
속에 산을 감추고는 안전하다고 한다. 그러나 밤중에 힘센 자가 와서 짊어지고
도망가면 잠자는 자는 알지 못한다[夫藏舟於壑, 藏山於澤, 謂之固矣. 然而夜半, 有
力者負之而走, 昧者不知也]" 하였다.

34. 한신

韓信

치평 3년에 지었다. 원주에서 "황기복을 위하여 지었다"라고 했다.
治平三年. 元注, 爲黃幾復作.

韓生高材跨一世	한생은 높은 재주로 한 시대를 풍미하여
劉項存亡飜手耳	유방, 항우의 존망도 손을 뒤집듯이 하였지.
終然不忍負沛公	끝내 차마 패공을 저버릴 수 없었는데
頗似從容得天意	자못 차분히 하늘 뜻 안 듯하였어라.
成皐日夜望救兵	성고에서 밤낮에 병사 구하길 바라고
取齊自重身已輕	제나라 취하여 절로 무거웠는데
	자신은 이미 가벼워졌네.
躡足封王能早寤	발을 밟고서 왕에 봉해지니
	능히 일찍 깨우치랴
豈恨淮陰食千戶	어찌 회음후 되어 천호 식읍이 한스러우랴.
雖知天下有所歸	비록 천하에 돌아갈 바 있음을 알지라도
獨憐身與噲等齊	홀로 자신이 번쾌와 나란한 것을
	불쌍히 여겼어라.
蒯通狂說不足撼	괴통의 미친 말은 족히 흔들지 못하니
陳豨孺子胡能爲	진희와 관평이 어찌 능히 그러하랴.

予嘗貰酒淮陰市　　　내 일찍이 회음의 저자에서 술을 샀는데
韓信廟前木十圍　　　한신의 사당 앞 나무는 열 아름이더라.
千年事與浮雲去　　　천 년 전의 일은 뜬구름이 지나가는 듯
想見留侯決是非　　　유후는 시비를 결정했음을 상상하노라.
丈夫出身佐明主　　　장부의 출신은 현명한 군주를 돕는 것
用舍行藏可自知　　　출처와 행장은 스스로 알아야 하리.
功名邂逅軒天地　　　공명의 해후는 천지간에 드높고
萬事當觀失意時　　　만사는 마땅히 실의할 때 보아야 하네.

35. 회음후

淮陰侯

韓生沈鷙非悍勇	한생은 신중한 것이지 사나운 것이 아니라
笑出胯下良自重	사타구니 아래로 웃으며 나오니
	참으로 자중하였네.
滕公不斬世未知	등공이 죽이지 않음을 세상은 알지 못하고
蕭相自追王始用	소상이 좇아와서 왕이 비로소 등용하였네.
成安書生自聖賢	성안의 서생은 절로 성현이라
左仁右聖兵在咽	왼쪽은 어진 이 오른쪽은 성현으로
	무기가 목에 있네.
萬人背水亦書意	만 사람 물 등지니 또한 서생의 뜻이요
獨驅市井收萬全	홀로 시정으로 내달려 만 전을 거뒀네.
功成廣武坐東向	공이 이뤄지자 광무[86]는 동쪽을 향해 앉으니
人言將軍眞漢將	사람들은 장군이 진짜 한나라 장수라 말하네.
兎死狗烹姑置之	토끼 죽으니 개는 삶아지니 일단 놔둘지라
此事已足千年垂	이 일은 이미 천 년의 가르침 드리웠네.
君不見丞相商君用秦國	그대는 보지 못하였는가,

---

86 광무 : 이좌거(李左車)로, 백인(柏人) 사람이며, 봉호(封號)는 광무군이다. 한(漢)
나라와 초(楚)나라가 다툴 때 조(趙)나라 출신으로 한(漢)을 도왔다. 한신(韓信)
의 원정대가 초(楚)의 부속국들을 차례로 격파하고 점령할 때 동행하며 큰 공을
세웠다.

승상 상군이 진나라 기용되어

平生趙良頭雪白　　평생 조량의 머리가 눈처럼 희게 된 것을.

【주석】

平生趙良頭雪白 : 본녕본에서 다음과 같이 말하였다. "살펴보건대 황순의 주에 실린 촉본에서는 이 시가 다음과 같다. "한생은 신중한 것이지 사나운 것이 아니라, 사타구니 아래로 몸을 끄니 참으로 자중하였네. 등공이 죽이지 않음은 사람들은 알지 못하고, 소상이 좋아와서 왕이 비로소 등용하였네. 종래 선비들은 익히 듣는 바라, 기이한 병법 성안군을 과감히 죽였네. 공이 이뤄지자 천금으로 항복한 오랑캐와 강화하여, 동면하고 앉아 광무군을 군사로 삼았네. 군대 앞에서 정한 계책 만전을 거두니, 연과 제는 바람에 쓰러지듯 앞다퉈 항복하였네. 비록 만년 계책 크게 소홀하다 하지만, 이 일은 이미 천년에 경계를 드리웠네. 그대는 보지 못하였나 진승상 위공자가, 법을 세워 진나라 다스림에 종이처럼 얇게 각박하였네. 법이 행해지자 쥐를 잡으려 그릇 깨는 것을 삼가지 않으니, 이는 바로 자질이 은혜가 적은 것. 백부의 고인 조량은, 충언이 들리자마자 길옆에 버렸네. 내 참으로 아네 공명과 성배는 믿을 게 못 된다는 것, 다만 고인의 용심처를 볼지니"라 하였다" 『왕직방시화』에서 "원풍 초기에 산공이 하비 회음의 사당을 지나다가 시를 지어 보이니, 손신노가 너무 노골적이어서 함축의 맛이 없다고 하였다. 산곡은 그렇다고 하면서 마침내 지금의 시로 고쳤다"라고 하

였다.

　分寧本云, 按晉注載蜀本云, 韓生沈鷙非悍勇, 挽身跨下眞自重. 膝公不斬人未知, 蕭相自追王始用. 從來儒者溺所聞, 奇兵果斬成安君. 功成千金購降虜, 東面置坐師廣武. 軍前定策收萬全, 燕齊爭下如風旋. 雖云晩計大疏略, 此事已足垂千年. 君不見秦丞相衛公子, 立法治秦薄如紙. 法行投鼠不忌器, 乃是天資少恩爾. 白頭故人一趙良, 忠言過耳棄路傍. 吾固知功名成敗不足據, 直觀古人用心處. 王直方立之云, 元豐初, 山谷過下邳淮陰廟, 作以示, 孫莘老言其太過, 無含蓄. 山谷然之, 遂改今詩.

36. 안합

顔闔

치평 3년에 지었다.

治平三年作.

顔闔無事人	안합은 일이 없는 사람이라
躬耕自衣食	몸소 농사지으며 스스로 의식을 마련하네.
翩翩翩魯公子	경쾌한 노공자
要我從事役	나에게 말을 몰라고 하네.
軺軒來在門	높은 수레 와서 문 앞에 있으니
駟馬先拱璧	네 말이 큰 옥보다 뛰어나네.
出門應使者	문을 나서 사신을 응하니
隴上不謀國	농상에서 나라를 도모하지 않네.
心知誤將命	명을 그르칠까 알아서
非敢憚行役	감히 행역을 꺼려하지 않았네.
使人返錫命	사인이 복명하니
戶庭空履跡	집 뜰은 자취가 텅 비었어라.
中隨衛侯書	도중 위후의 편지 따라
起作太子客	태자의 빈객이 되었어라.
誰能明吾心	뉘 능히 나의 마음 알랴

君子蘧伯玉　　　　군자 거백옥 같음을.

37. 희효에게 주다

贈希孝

희녕 3년에 섭현에서 지었다.

熙寧三年葉縣作.

金玉雖滿堂	금옥이 비록 당에 가득해도
一去誰能守	한 번 떠나면 누가 지키랴.[87]
石交千秋期	단단한 우의 천추를 기약하니
程嬰報杵曰	정영은 저구에게 넘겨주었네.[88]
絲隨丹靑染	실은 단청에 칠해지니
變態非復舊	변한 모습 다시 이전으로 돌아갈 수 없어라.
竹杖寒蒼蒼	죽장에 한기가 싸늘하며
草木黃落後	초목의 누런 잎이 진 뒤.
匏從曲沃來	박은 곡옥에서 오고[89]

---

[87] 금옥이 (…중략…) 지키랴 : 『노자』에서 "금과 옥이 집안에 가득해도 지킬 수 없고, 부귀하면서 교만하면 스스로 허물만 남길 뿐이다"라고 하였다.

[88] 정영은 저구에게 넘겨주었네 : 『사기·조세가(趙世家)』에서 말하였다. "조(趙)나라 도안가(屠岸賈)가 조삭(趙朔)을 죽였다. 조삭의 처는 성공(成公)의 누이로, 그때 유복자(遺腹子)를 임신하고 있어서 공궁(公宮)으로 달아나 숨었다. 조삭의 문객(門客)인 공손저구(公孫杵臼)가 조삭의 벗인 정영(程嬰)에게 "고아를 맡아 기르는 일과 지금 죽는 것 중 어떤 것이 더 어렵습니까"라고 물었다. 정영은 "죽는 것은 쉬운 일이고 고아를 기르는 일은 어렵다"라고 했다. 이에 공손저구는 "그대가 힘써 어려운 일을 해 주십시오. 저는 쉬운 일을 맡아 먼저 죽겠습니다"라 했다"

管是汝陽有　　　관은 문양의 것을 사용하네.[90]

土性本高明　　　토성은 본래 고명하고

天材更渾厚　　　천재는 더욱 혼후하여라.

革之成國器　　　혁이 나라의 그릇이 됨은

實假匠伯手　　　실로 장백의 손을 빌렸어라.

木平非斧斤　　　나무가 평평하면 도끼 필요 없으니

是事公信否　　　이 일을 공을 믿는가.

89　박은 (…중략…) 오고 : 반악의 「생부(笙賦)」에서 "하수와 분수의 보물로는 곡옥
　　(曲沃)에서 생산되는 현포(懸匏)가 있다"라고 했다.

90　관은 (…중략…) 사용하네 : 문양(汝陽)에서 나는 가느다란 대인데, 이 대나무는
　　특히 생(笙)을 만드는 데 적합하여 명물(名物)로 일컬어지므로, 전하여 훌륭한
　　인품을 비유할 때 쓰는 말이다. 반악(潘岳)의 「생부(笙賦)」에 "추노의 진품에 문
　　양의 고죽이 있다[鄒魯之珍, 有汝陽之孤篠焉]"라고 하였다.

38. 후원공이 강학의 뜻을 묻다

侯元功問講學之意

치평 3년에 지었다. 원공의 이름은 몽으로, 정화 6년에 주서시랑이
되었다.

治平三年作. 元功名蒙, 政和六年爲中書侍郞.

金聲而玉振	쇠를 울리고 옥으로 거둬
從本明聖學	근본에서 성학을 밝혀야 하네.
石師所未講	석사가 강론하지 못한 것을
赤子有先覺	적자는 먼저 깨닫는 것이 있네.
絲直則爲絃	실이 곧으면 줄을 만들어
可射可以樂	활을 쏘고 음악을 연주하여라.
竹笋不成蘆	죽순은 갈대가 되지 못하고
白珪元抱璞	백규는 원래 박옥을 안고 있네.
匏瓜不能匏	포과는 박이 될 수 없고
其裔猶爲瓝	그 씨가 오히려 오이가 될 수 있누나.
土俗頗暖姝	토속은 자못 자만하여
西笑長安樂	서쪽으로 장안의 음악을 비웃네.
革無五聲材	혁은 오성의 재목이 아니나
終然應宮角	끝내 궁과 각에 응하네.

木人得郢工   목인이 영 땅 장인 만나

鼻端乃可斲   코 끝으로 도끼를 받누나.[91]

【주석】

其裔猶爲瓟 : '瓟'은 '薄'으로 작은 오이이다.

音薄, 小瓜也.

---

91 목인이 (…중략…) 받누나 : 『장자』에서 "장자가 장례식에 참석하려고 혜자의 묘
    앞을 지나가다가 따르는 제자를 돌아보고 말했다. "영 땅 사람 중에 자기 코끝에
    다 백토를 파리 날개만큼 얇게 바르고 장석(匠石)에게 그것을 깎아 내게 하자
    장석이 도끼를 바람 소리가 날 정도로 휘둘러 백토를 깎았는데 백토는 다 깎여졌
    지만 코는 다치지 않았고 영 땅 사람도 똑바로 서서 모습을 잃어버리지 않았다.
    송나라 원군이 그 이야기를 듣고 장석을 불러 "어디 시험 삼아 내게도 해 보여
    주게" 하니까 장석은 "제가 이전에는 그렇게 할 수 있었지만 지금은 그 기술의
    근원이 되는 상대가 죽은 지 오래되었습니다" 하더니만 지금 나도 혜시가 죽은
    뒤로 장석처럼 상대가 없어져서 더불어 이야기할 사람이 없어졌다"라고 했다.

39. 장난삼아 장숙보에게 주다
戲贈張叔甫

집구시. 희녕 3년에 섭현에서 지었다.

集句. 熙寧三年葉縣作.

團扇復團扇	부채질하고 또 부채질하여
因風託方便	바람 일어 기분이 좋아라.
銜泥巢君屋	진흙 물고 그대 집에 둥지 지으니
雙燕令人羨	두 마리 제비 사람이 부러워하네.
張公子	장공자를
時相見	때로 만나누나.
張公一生江海客	장공은 일생 강해의 나그네로
文章獻納麒麟殿	문장을 기린전에 바치네.
文采風流今尙存	문채와 풍류는 지금 아직도 남아
看君不合長貧賤	그대 오랫동안 빈천한 것과 같지 않음을 보네.
醉中往往愛逃禪	취중에 이따금 선으로 달아나길 좋아하고
解道澄江靜如練	도를 알아 비단처럼 맑은 강물 같아라.
淮南百宗經行處	회남의 백종이 지나간 곳에서
携手落日回高宴	손을 잡고 석양에 높은 잔치로 돌아오네.
城上烏	성위의 까마귀

尾畢逋	종적을 감췄네.
塵沙立暝途	티끌 이는 저녁 길에서 서니
惟有摩尼珠	다만 마니주만 있어라.
雲夢澤南州	남주의 운몽택
更有赤鬚胡	게다가 붉은 수염의 달마가 있누나.
與君歌一曲	그대와 한 곡조 노래하고
長鋏歸來乎	긴 삽을 지고 돌아오네.
出無車	나가려니 수레가 없고
食無魚	음식에 생선이 없구나.
不須聞此意慘愴	굳이 이 노래 듣고 슬퍼할 필요 없나니
幸是元無免破除	다행히도 글자 몰라 죽을 일 면했으니.
脫吾帽	나의 모자 벗고
向君笑	그대 향해 웃노라.
有似山開萬里雲	산에 만 리의 구름 걷힌 듯
論心何必先同調	마음 논하자니 하필 동조가 먼저리오.
河之水	황하의 물
去悠悠	아득하게 흘러가네.
將家就魚米	생선과 쌀을 취해 집으로 가려니
四海一扁舟	사해가 일엽편주로다.
頭陁雲外多僧氣	두타는 구름 너머 승기가 많으니
直到湖南天盡頭	곧바로 호남의 꼭대기에 이르러라.

潭府邑中甚淳古　　담부읍 안이 가장 순고하니

還如何遜在揚州　　하손이 양주에 있을 때와 같구나.[92]

但得長年飽喫飯　　다만 오래도록 건강 잘 챙겨서

苦無官況算來休　　힘들게 일하지 마시게나.

92　하손이 (…중략…) 같구나 : 두보의 「화배적등촉주동정송객봉조매상억견기(和
　　裴迪登蜀州東亭送客逢早梅相憶見寄)」에서 "동각의 관매에 시흥이 일어, 양주에
　　있는 하손 같구나. 이 때 눈을 맞으며 나를 그리워해주는데, 손님을 보내고 꽃을
　　맞이하니 좀 편하신가"라고 했다.

40. 우군의 글씨 두어 종을 구 십사에게 주다
以右軍書數種贈邱十四

원풍 3년 태화에서 지었다.

元豐三年太和作.

邱郎氣如春景晴	구랑의 기운은 봄볕처럼 맑아
風暄百果草木生	날씨 좋으니 백과와 초목이 잘 자라는 듯.
眼如霜鶻齒玉冰	눈은 날카로운 매에 눈은 옥 얼음
擁書環坐愛窗明	책 속에 둘러앉아 밝은 창을 좋아하누나.
松花泛硯摹眞行	송화에 벼루 띄워 행서로 모사하는데
字身藏穎秀勁淸	글자는 빼어나고 굳세누나.
問誰學之果蘭亭	묻건대 누가 난정을 제대로 배웠나
我昔頗復喜墨卿	내 예전에 자못 묵경을 좋아하였지.
銀鉤薑尾爛箱籯	은 갈고리와 전갈 꼬리[93] 책 상자에 가득하고
贈君鋪案黏曲屛	그대에게 주노니 책상에 펼치거나
	병풍에 붙이게.
小字莫作癡凍蠅	작은 글자는 어리석게 얼은
	파리처럼 쓰지 말지니

---

93 은 (…중략…) 꼬리 : 『법서원』에서 "삭정의 초서는 당대 제일로, "은 갈고리 전갈
꼬리"라고 불리었다"라고 했다.

樂毅論勝遺教經	「악의론」은 『유교경』보나 낫네.
大字無過瘞鶴銘	큰 글자는 「예학명」보다 지나지 말 것이니
官奴作草欺伯英	관노가 초서 써서 백영[94]을 속이누나.
隨人作計終後人	사람 따라 모방하면 끝내 남들보다 뒤지고
自成一家始逼眞	스스로 일가 이루면 비로소 핍진해지네.
卿家小女名阿潛	그대 집 작은 딸 이름이 아잠인데
眉目似翁有精神	미목은 정신 투철한 노인 같구나.
試留此書他日學	이 글을 두고서 훗날 배우게나
往往不減衛夫人	어떤 부분은 위부인[95]보다 못하지 않으니.

---

94 백영 : 장지(張芝)의 자로 글쓰기를 좋아하였다. 그가 초서로 쓴 「급취장」은 글
    자를 모두 한 번에 쓴 것이다. 장백영이 스스로 이르기를 "위로 최원, 두도(杜度)
    에 비기기에는 부족하고 아래로 나휘(羅暉), 조습(趙襲)과 비기기에는 남음이
    있다"라고 하였다.

95 위부인 : 진(晉)나라 위항(衛恒)의 종녀이며 이구(李矩)의 아내로 이 부인(李夫
    人)이라고도 하는데, 종요(鍾繇)의 필법을 전수받아 예서(隸書)와 정서(正書)를
    잘 써, 왕희지(王羲之)·왕헌지(王獻之)가 모두 그에게서 글씨를 배웠으므로 글
    씨를 잘 쓰는 부인으로 칭하게 되었다.

41. 이황 군이 자신의 조부 서대학사의 초서 글씨와 서첩 한 권과 세 축을 보여주기에 시를 지어서 돌려주다
李君旣借示其祖西臺學士草聖幷書帖一編三軸以詩還之[96]

當時高蹈翰墨場	당시 한묵의 장에서 높은 수준 보인 이는
江南李氏洛下楊	강남 이씨와 낙하의 양씨라네.
二人歿後數來者	두 사람이 죽은 뒤에 두어 사람이 이었으니
西臺唯有尙書郞	서대에 다만 상서랑만 있었지.
篆科草聖凡幾家	전서와 과두, 초서의 성인이 몇 사람이나 되나
奄有漢魏跨兩唐	문득 한, 위에서 양당에 걸쳐 있네.
紙摹石鏤見髣髴	종이에 모사하고 돌에 새긴 것에서
	방불함을 보았지만
曾未得似君家藏	일찍이 그대 집에 보관한 것 같지 않아라.
側釐數幅冰不及	두어 폭 한기가 미치지 못하게
	갈무리하였는데
字體欹傾墨猶濕	자체가 기울고 먹은 아직도 젖어 있구나.
明窗棐几開卷看	밝은 창 책상에서 펼쳐 놓고 보니
坐客失牀皆起立	앉아 있던 객들 자리에서 모두 일어났네.
新春一聲雷未聞	신춘에 우레가 울려도 들리지 않으니
何得龍蛇已驚蟄	어찌 용사가 이윽고 놀라 깨어나랴.

---

96 [교감기] 살펴보건대 『연보』에서 희녕 4년 섭현에서 지은 것으로 편차하였다.

仲將伯英無後塵	중장⁹⁷과 백영은 후진이 없으니
邇來此公下筆親	이후로 이 분이 친히 붓을 놀렸네.
使之早出見李衛	만약 일찍 나왔다면 이, 위를 보았을 것인데
不獨右軍能逼人	다만 왕우군만 핍진한 사람이 아닐 것이라.
枯林棲鴉滿僧院	메마른 숲에 깃든 까마귀는 절에 가득한데
秀句爭傳兩京遍	아름다운 구절 양경에 두루 다퉈 전하네.
文工墨妙九原荒	글과 글씨 오묘한데 구천은 묵었으니
伊洛氣象今凄凉	이락의 기상이 지금은 처량하여라.
夜光入手愛不得	야광주⁹⁸를 손에 넣어도 사랑하지 않으니
還君復入古錦囊	그대에게 돌려주자 다시 옛날 금낭에 넣네.
此後臨池無筆法	이후로 못가에 가면 필법도 없어
時時夢到君書堂	때때로 꿈에 그대 서당에 이르리.

---

97 중장 : 위중장은 삼국시대 위(魏)나라 위탄(韋誕)을 이름. 중장은 그의 자이다.
위탄은 문재(文才)가 뛰어났고 글씨를 잘 쓴 것으로도 유명하였는데, 그는 특히
제묵(製墨)을 잘하였으므로 그가 만든 묵을 세상에서 중장묵(仲將墨)이라 칭했
었다.

98 야광주 : 『한서·추양전』에서 "명월주와 야광벽을 어두운 밤에 길가에서 사람에
게 던지면 모두들 칼을 어루만지면서 서로를 흘겨봅니다. 왜 그렇겠습니까. 아무
런 까닭 없이 앞에 나타났기 때문입니다"라고 했다.

42. 삼지당

三至堂

원풍 3년 태화에서 지었다.

元豐三年太和作.

楊公父子孫	양공 부, 자, 손은
俱出文昌宮	모두 문창궁에서 나왔네.
朱轓與別駕	붉은 수레와 별가
同最治民功	모두 백성을 잘 다스린 공이라.
當年竹馬兒	그 당시 죽마 타던 아이
市上白鬢翁	저자의 백발의 노인 되었어라.
相語府門前	부의 문 앞에서 이야기를 나누니
郎君有家風	낭군은 가풍을 지녔구나.
築室俯飛鳥	집을 지으니 날던 새가 내려앉는데
我來歲仲冬	한겨울에 내가 찾아왔네.
人煙空橘柚	사람과 연기는 귤나무에 텅 비고
梅蕚破榛叢	매화꽃이 덤불 떨기를 깨트리네.
延客煑茶藥	손을 맞이하여 차와 약을 끓이고
使君語雍容	사군의 말은 한아롭네.
疇昔識二父	예전 두 어른을 아나니

只今天柱峯　　　　지금의 천주봉 같구나.

故開堂北門　　　　짐짓 당의 북문에 열렸으니

突兀在眼中　　　　돌올하여 안중에 들어오네.

千秋萬歲後　　　　천추 만세 후에도

野人猶致恭　　　　야인은 여전히 공손하누나.

借問經始誰　　　　묻노니, 누가 처음 만들었나

開國華陰公　　　　개국공신 화음공이라네.

43. 옥조천

玉照泉[99]

仙人持玉照	신선이 옥조를 지니고서
留在灂西峯	첨서봉에 머물러 있어라.
一往不返顧	한 번 떠나 뒤도 돌아보지 않아
塵痕廢磨礱	먼지 흔적이 숫돌을 덮었네.
想當光溢匣	생각건대, 빛이 갑에 넘치리니
雲山疊萬重	운산은 첩첩 만겹이라네.
有井冽寒泉	우물을 시원하고 찬데
照影互相容	서로 그림자 비춰 보이누나.
得名未覺晚	명성 얻음 늦지 않았으니
學士古人風	학사는 고인의 풍모 지녔네.
持節按九城	부신 집고 아홉 성을 살피며
樂此水一鐘	이 우물 한 종지 즐기누나.
稅車來井上	우물가에 수레를 멈추고
談笑考百工	담소하며 백공의 성적을 매기네.
金瓶煑山腴	금병에 산의 기름진 옥을 데우고
茗椀不暇攻	찻잔은 마실 겨를이 없어라.
蘇侯亦靜者	소후는 또한 고요한 사람이라

疏鑿濟成功	성글게 다스리지만 공적을 이루네.
排遣塵滓行	진재를 씻어내니
石奩淸如空	돌 상자는 창공처럼 깨끗하누나.
能令水源濁	능히 수원을 흐리게 하니
魚鰕來其中	어하가 그 안으로 오네.
生子歲月多	자식을 낳은 지 세월이 많이 흘러
往往隱蛟龍	이따금 교룡이 숨어 있어라.
玉照不見影	옥조천에 그림자 보이지 않으니
盤桓蝸螺宮	와라궁에서 맴도네.
一朝揭源去	하루아침에 샘물 떠서
枯瀆草蒙茸	마른 도랑 풀이 무성해지네.

44. 연수사 승소헌이 대단히 소쇄하기에 내가 임낙이라
    명명하였으니, 이는 장자가 말한 '갖가지 수풀이 한데
    어울려 노래하므로 형체가 없다'는 말에서 취한 것이다.
    아울러 시를 지었다
    延壽寺僧小軒極蕭灑 予爲名曰林樂 取莊生所謂林樂而無形者 幷爲賦詩

원풍 6년 태화에서 지었다.
元豊六年太和作.

積雨靈香潤	장맛비에 신령한 향기 물씬
晚風紅藥翻	늦은 바람에 붉은 약초 뒤집히네.
盥手散經帙	손을 씻고 경서를 넘기며
烹茶洗睡昏	차를 끓이고 졸린 눈을 씻네.
野僧甚淳古	들판 중은 매우 순고하여
養拙賁丘園	졸렬함 기르면서 구원에서 빛나네.
風懷交四境	바람은 사방의 경치 품고
蓬藋底百椽	쑥과 명아주는 서까래 아래에서 자라누나.
山林皋壤歟	산림의 높은 언덕
可爲知音言	지음의 말인 줄 알 수 있네.
而我與人樂	내 타인과 즐기니
因之名此軒	인하여 이 헌을 명명하였네.

孟夏嫵萬物	초여름 만물이 무성하니
正晝晦郊原	대낮에 들판이 어둑하네.
隔墻見牛羊	담장 너머 소와 양이 보이니
定知春筍繁	봄 죽순이 자란 줄 정히 알겠네.
俄頃倒干戈	이윽고 창과 방패 거꾸로 하고
水攻仰翻盆	양동이 뒤집어 물로 공격하네.
地中鳴鼓角	땅속에 고각이 우니[100]
百萬薄懸門	백만이 현문에 가깝네.
部曲伏牀下	부곡의 침상 아래 엎드리니
少定未寒暄	춥지 않고 따뜻해 조금 편안하누나.
疾雷將雨電	빠른 천둥에 비와 우레 치니
破柱取蛟蚖	기둥 무너지고 용을 취하네.
我初未知爾	내 처음에 너를 알지 못했는데
宴坐漱靈根	편안히 앉아 영근을 닦네.
諒知岑寂地	참으로 알겠어라, 높은 멧부리에
竟可安元元	마침내 선을 기를 줄을.

---

100 땅속에 고각이 우니 : 『후한서·공손찬전(公孫瓚傳)』에서 "제충(梯衝)은 누대 위
에서 춤을 추고, 고각은 땅속에서 울린다"라고 했다. 제충은 운제(雲梯)와 충차
(衝車)로, 모두 성(城)을 공격하는 무기이다.

45. 길노가 고맙게도 이북해 석실비를 보내주기로 하여 시로써 재촉하다

吉老許惠李北海石室碑 以詩促之

원풍 6년 태화에서 지었다.

元豐六年太和作.

往時李北海	옛날의 이 북해는
翰墨妙天下	한묵이 천하에서 뛰어났지.
石室蒼苔世未知	석실은 이끼 끼어 세상이 알지 못하지만
公獨得本今無價	공은 홀로 근본 얻어 지금 값도 없어라.
肉字不肥藏兔鋒	'육'자는 획이 두껍지 않아 토봉에 감춰지고
郎官壁刊佳處同	낭관은 구슬 다듬어 아름다운 곳 같아라.
願公倒篋速持贈	원컨대 공은 상자 거꾸로 들고 속히 주게나
免斷銀鉤輸蠧蟲	은 갈고리 끊어지고
	두충에 좀 먹은 것 면하도록.

46. 길노가 두 번 화답하기에 장난삼아 답하다

吉老兩和示戲答101

欲聘石室碑	석실의 비석 가져오려 하여
小詩委庭下	짧은 시를 뜰에 보내네.
頗似山陰寫道經	자못 산음에서 도경을 쓴 것과 같은데
雖與羣鵝不當價	비록 뭇 거위와 바꾸지는 못하지만.102
畫沙無地覓錐鋒	모래에 글씨 쓸 곳 없어 송곳을 찾으니
點勘永和書法同	하나하나 따져보니 영화의 서법과 같아라.
人言外論殊不爾	사람은 무시하는데 자못 그렇지 않으니
勿持明冰照夏蟲	밝은 얼음으로 여름벌레 비추지 말라.

---

101 [교감기] 살펴보건대 『연보』에서 원풍 9년 태화에서 지은 것으로 편차하였다.
102 산음에서 (…중략…) 못하지만 : 왕희지(王羲之)가 본디 거위를 좋아하는데 산음
(山陰) 도사(道士)의 집에 좋은 거위가 있어 『황정경』만 써 주면 거위 떼 전부를
다 주겠다는 소문을 듣고 희지는 기뻐하여 『황정경』을 다 써주고 거위 전체를
거두어 돌아갔다고 한다. 『진서·왕희지전(王羲之傳)』에 보인다.

47. 나산인 박휘루에 제하다

題羅山人覽輝樓

원풍 8년 덕평에서 지었다.

元豐八年德坪作.

鳳皇山人開竹徑	봉황산인이 대숲 길을 열어
樓成溪山深照映	누대 완성되니 계산이 깊이 비치네.
眉間鬱鬱似陰功	미간이 짙으니 음덕과 같고
壺中有丸續人命	병 안에 탄환 감춰 사람 목숨 지속하네.
勸公洗竹買梧桐	그대에게 권하노니 대를 씻고 오동을 사게
鳳何時來駕歸鴻	봉황이 언제 와서 돌아가는 기러기 멍에 맬까.
思齋太任政勤苦	태임과 같을 것 생각하여 참으로 조심하니
來聽天子歌南風	와서 천자가 「남풍곡」[103] 노래함을 듣게나.

---

103 남풍곡 : 순 임금이 지었다고 전하는 노래 이름이다. 옛날에 순 임금이 오현금(五
絃琴)을 뜯으면서 남풍의 시를 지었는데, 그 시에 "남풍이 솔솔 붊이여, 우리 백
성들의 울분을 풀 수 있겠도다. 남풍이 때맞추어 붊이여, 우리 백성들의 재산을
늘릴 수 있겠도다[南風之薰兮 可以解吾民之慍兮 南風之時兮 可以阜吾民之財兮]"
하였다. 『공자가어·변악해(辨樂解)』에 보인다.

48. 고풍으로 지어 주원옹에게 보내다

古風寄周元翁

삼언시이다. 원풍 6년에 태화에서 지었다.

三言. 元豊六年太和作

周元翁	주원옹은
古人風	고인의 풍모라.
讀書苦	열심히 책을 읽고
作字工	글씨도 잘 쓰는구나.
允有德	참으로 덕이 있어
自琢礱	스스로 절차탁마하네.
觀古人	고인을 보고
怨慧聰	지혜와 총명이 부족함을 원망하누나.
眼欲盲	눈은 봉사가 되고 싶고
耳欲聾	귀는 귀머거리가 되고 싶어라.
黃落後	누렇게 잎이 진 뒤에
期君同	그대와 함께 하길 기약하네.

49. 서선에서 대도사가 거문고 타는 것을 듣다
西禪聽戴道士彈琴

희녕 8년에 북경에서 지었다.

熙寧八年北京作.

靈宮蒼煙蔭老栢	영궁의 푸른 연기는 늙은 잣나무를 가리는데
風吹霜空月生魄	바람이 불고 하늘에 서리 내리며 달은 떠오르네.
羣鳥得巢寒夜靜	뭇 까마귀는 둥지로 돌아가 차가운 밤 고요하고
市井收聲虛室白	시정은 소리 없어 빈 방에 빛이 나네.
少年抱琴爲予來	소년은 거문고 안고서 그대 위해 오니
乃是天台桃源未歸客	바로 천태산 도원의 돌아가지 않는 객이라네.
危冠匡坐如無傍	높은 관으로 멋대로 앉아 옆에 사람 없는 듯한데
弄絃鏗鏗燈燭光	거문고 쟁쟁 희롱하며 등촉은 밝누나.
誰言伯牙絶絃鍾期死	뉘 말하는가, 종자기 죽자 백아 절현했다고
泰山峩峩水湯湯	태산은 높디높고 강물은 출렁출렁.
春天百鳥語撩亂	봄 하늘 온갖 새들 어지러이 지저귀고
風蕩楊花無畔岸	바람 불어 버들꽃은 경계가 없네.

微露愁猿抱山木	가는 구름에 근심 젖은 원숭이 산의 나무 껴안고
玄冬孤鴻度雲漢	겨울에 외론 기러기 은하수를 건너누나.
斧斤丁丁空谷樵	쩡쩡 도끼 소리 빈 골짝에서 나무하고
幽泉落澗夜蕭蕭	고요한 시내 떨어지니 밤에 물소리 들리네.
十二峯前巫峽雨	열두 봉우리 앞 무협의 비
七八月後錢塘潮	칠팔 월 후의 전당의 물결.
孝子流離在中野	효자는 떠돌아다니며 들판에 있고
羈臣歸來哭亡社	타지의 신하는 돌아와 죽은 벗을 곡하네.
空牀思婦感蠨蛸	빈 침상에서 아내 생각하며 거미에 감흥 일고
暮年遺老依桑柘	만년에 버림받은 노인 뽕나무에 의지하네.
人言此曲不堪聽	사람들 이 곡조 듣기 어렵다 말하는데
我憐酷解寫人情	나는 곡진히 인정을 그려내 가련하다 여기노라.
悲歌浩歎絃欲斷	슬픈 노래 크게 탄식하여 줄을 끊으려 하고
翻作恬淡雍容聲	옹용한 소리에 곧바로 마음 편해지네.
五絃橫坐喦廊靜	오현을 끼고 앉으니 암랑이 고요하며
薰風南天厚民性	훈풍의 남쪽 하늘에 백성 마음 후덕하여라.
人言帝力何有哉	사람들은 황제 힘이 나에게 무슨 필요하랴 말하니
鳳凰麒麟舞虞詠	봉황과 기린이 우의 노래 따라 춤추네.

我思五代如探湯	나는 생각건대 오대는 뜨거운 물에 놀라는 듯한데
眞人指揮定四方	진인이 지휘하여 사방을 안정시키네.
昭陵仁心及蟲蟻	소릉의 인심은 미물에도 미치니
百蠻九譯覘天光	구역의 온갖 오랑캐도 하늘빛을 엿보네.
極知功高樂未稱	공이 높으면 음악이 걸맞지 않음을 잘 알겠으니
誰能持此獻樂正	뉘 능히 이를 지니고 악정에게 바치랴.
賤臣踈遠安敢言	미천한 신하는 박대받으니 어찌 감히 말하랴
且欲空江寒灘靜	빈 강 차가운 여울은 고요하려 하네.
漁艇幽人知我心悠哉	어부 배의 은자는 나의 마음 아득함을 아는가
更作嚴陵在釣臺	다시 엄릉의 조어대[104]를 짓누나.
吾知之矣師且止	나는 알겠으니, 사공은 그만두게나
安得長竿入手來	어찌하면 장대 얻어 올까나.

---

104 엄릉의 조어대 : 은자가 은거하는 곳을 뜻한다. 후한 광무제(後漢光武帝)의 벗 은
사(隱士) 엄광(嚴光)이 광무제가 등극한 이후로는 광무제의 간곡한 부름을 거절
하고 부춘산(富春山) 아래 은거하며 몸소 농사짓고 동강(桐江)에서 낚시질하면
서 살았다는 고사를 인용하였다. 『후한서·일민열전(逸民列傳)』에 보인다.

50. 안석 석류 두 잎에 제하다

題安石榴雙葉

원풍 5년 태화에서 지었다.

元豐五年太和作.

紅榴雙葉元自雙	붉은 석류 두 잎은 원래 절로 쌍인데
誰能一朝使渠隻	누가 하루아침에 외톨이로 만들었나.
如何陳張刎頸交	어찌하면 진여와 장이의 문경의 사귐으로
借兵相亡不餘力	힘도 남기지 않고 싸워 서로 망하였나.[105]
有情著物指死爭	다투다가 죽은 사물 가리키니 정이 일어
誰能有形而無情	누가 능히 형체가 있으면서 정이 없으랴.

---

105 진여와 (…중략…) 망하였나 : 장이(張耳)는 전국 시대 말기 위(魏)나라 사람으로 처음에 조(趙)나라 정승이 되어 진여(陳餘)와 절친하였으나 나중에 틈이 벌어져 한(漢)나라로 도망가서 한신(韓信)과 함께 지수(泜水) 전투에서 진여의 목을 베어 죽였다.

51. 절구

絶句

원풍 5년 태화에서 지었다.

元豊五年太和作.

春風一曲花十八	춘풍에 한 굽이 꽃 열에 여덟은 피고
抃得百醉玉東西	아울러 옥동서 술잔[106]에 백 잔이나 마시네.
露葉煙叢見紅藥	이슬 맞은 잎 연기 덮인 떨기에
	붉은 약초 보니
猶似舞餘和汗啼	춤춘 뒤에 땀에 젖어 우는 것과 같네.

---

106 옥동서 술잔 : 옥동서는 술잔의 이름이다. 왕안석의 「기정급사(寄程给事)」에서
　　 "무회는 비단 허리를 급히 돌리며 정급사를 맞이하니, 술이 올라 금잔이 동서를
　　 비추네"라고 했다.

52. 건주 동선원조사가 새로 지은 어서각에 제하다
題虔州東禪圓照師新作御書閣

원풍 4년 태화에서 지었다.

元豐四年太和作.

城東寶坊金翠重	성의 동쪽 보방에 금색, 비취색 중하니
道人修惠翦蒿蓬	도인이 은덕 닦아 쑥대를 자르네.
一瓶一鉢三十年	병 하나 바리때 하나로 30년
瓊椽碧瓦上秋空	구슬 서까래 파란 기와 가을 하늘에 올라가네.
稻田磨衲擁黃髮	논에 가사 입고서[107] 누런 머리칼 안고서
更築書閣諸天中	다시 제천에 서각을 짓네.
三后在天遺聖墨	하늘에 있는 삼후가 성묵을 주고
百神受職扶琳宮	백신이 부림궁에서 관직을 받네.
文思帝澤餘溫潤	문사에 황제 은택 온윤하게 남아 있고
雨露下國常年豐	우로가 나라에 내려 항상 풍년이 드누나.
章川貢川結襟帶	장천과 공천 인끈 옷띠에 묶고
梅嶺桂嶺來朝宗	매령과 계령 넘어 조정로 오네.
參旗斗柄略欄楯	참기와 두병은 난간에 돌고

---

107 논에 가사 입고서 : 『북산록(北山錄)』에서 "벼논으로 옷을 만들고 흙을 빚어 그 릇을 만든다. 벼논은 가사이며 흙은 빚는 것은 바릿대이다"라고 했다.

淸坐耳聞河漢風　　맑게 앉아 은하수의 바람 소리 듣누나.

道人飽參口掛壁　　도인은 참선으로 배부르고

　　　　　　　　　입에 벽이 걸렸는데

頗喜作詩如己公　　자못 기공처럼 시를 지으니 기쁘네.

家風秀句刻琬琰　　가풍의 빼어난 시구는 구슬을 깎은 듯

邀我落筆何能工　　나를 맞이하여 붓을 떨구니

　　　　　　　　　어찌 그리 뛰어난가.

安得雄文壓勝境　　어찌하면 경치 압도할 웅대한 문장 얻어

九原喚起杜陵翁　　구원에서 두릉의 노인을 일깨울까.

53. 의춘으로 돌아가는 권군과 손승의를 전송하다

送權郡孫承議歸宜春

원풍 5년 태화에서 지었다.

元豊五年太和作.

宜春別駕鄕丈人	의춘 별가는 고향의 어른
來假廬陵二千石	여릉으로 와 이천 석 집에 의지하네.
虛舟無事鷗與遊	빈 배 일이 없어 갈매기와 노닐고
良賈深藏客爭席	깊이 물건 보관한 장사치는 객과 자리 다투네.
諸公鞭朴立威名	제공은 채찍질로 위세를 세우는데
公獨愛民如父兄	공은 홀로 부형처럼 백성을 사랑하누나.
諸公馭吏如束濕	제공은 아전을 물을 짜듯 부리는데
公使人人得盡情	공은 사람 부려서 진정을 얻누나.
人情居官若郵傳	인정은 관리가 되면 역말로 떠도는 듯
假守攝丞尤自便	임시로 섭승이 되니 더욱 편하네.
憂念公家眉不開	공가 걱정으로 눈썹이 펼 날이 없으니
誰能勤民廢寢膳	누가 침식을 잊고 백성을 진심으로 대하랴.
贈行欲借筆如椽	이별의 증표 주려 서까래만한 붓을 빌리니
公不肯留鼓催船	공은 기꺼이 북 재촉하는 배를
	붙들어 둘 수 있나.

歸到宜春問春事　　의춘으로 돌아가 봄 경치 찾으면

斑斑笋竿蕨破拳　　얼룩덜룩 죽순, 고사리는 주먹보다 크네.

廖侯爲邦用詩禮　　요후가 나라 다스림에 시례를 쓰니

府中無事多燕喜　　부중에 일이 없어 지저귀는 제비가 많아라.

看公談笑面生春　　그대 담소함을 보니 얼굴에 봄이 왔는데

更爲鄕園藪桃李　　게다가 고향에 도리가 활짝 피었으니.

54. 장난삼아 짓다
戲題

平生性拙觸事眞	평생 본성이 졸렬하여
	하는 일마다 실패하고
醉裏笑談多忤人	취하며 담소하다가 걸핏하면
	타인에게 미움 당하네.
安得眼前只有淸風與明月	어찌하면 눈앞에 다만 청풍과 명월이 있어
美酒百船酬一春	아름다운 술 배에 실어 봄날을 즐겨볼까.

55. 무오일 밤에 보석사에 유숙하다가 보석을 보고 장난삼아 읊다

戊午夜宿寶石寺視寶石戲題

石形臥蒼牛	바위 모양의 푸른 소가 누워 있고
夒贔古松陰	서린 오랜 소나무는 그늘이 졌네.
松風與溪月	솔바람과 시냇가 달
相守歷古今	고금 세월 보내며 서로 지키네.
初無廊廟姿	처음에는 낭묘의 자태가 없어
又不能礎磁	또한 주춧돌도 단단하지 않아라.
呈文謝珉光	글을 올려 빛나는 보석[108]에 감사하고
撫質愧球琳	어루만지며 옥돌에 부끄러워하네.
金馬與碧雞	금마와 벽계
光景動照臨	광경이 밝게 움직이누나.
圯橋授書老	흙다리에서 책을 주는 노인
陳倉雊時禽	진창에서 울고 있는 새.
是皆爲國器	이 모두 나라의 보물이니
不爾事陸沈	버려둬서는 안 되네.
浮雲有儻來	뜬구름 혹 오거든

---

108 빛나는 보석 : 퇴지 한유의 「천사(薦土)」에서 "행여 마땅히 옥돌 옥 가려, 차라리 서옥(瑞玉)을 버리리라"라고 했다.

得名豈其心	명예 얻는 것이 어찌 본심이랴.
諒如曲轅社	참으로 곡원의 나무와 같으면
長免斧斤尋	도끼로 베어짐을 오래 면하리.
智士貽美諡	지사는 아름다운 시호 남기니
自珍非世琛	스스로 보배이지 세상의 옥이 아니네.
不材以爲幸	재목이 아니라 다행하니
吾與石同音	내 바위와 같은 소리 내누나.

56. 승천사 법당 앞 잣나무를 장난삼아 읊다
戲題承天寺法堂前栢

원풍 4년 태화에서 지었다.

元豐四年太和作.

樹底滿團禪老家	나무 밑 선노의 집에 둥그렇게 모였는데
高僧倚坐日西斜	고승은 날이 저물 때 기대앉아 있누나.
有人試問西來事	어떤 이가 묻기를 서쪽에 온 것은
無處安排玉如意	여의주를 가다듬을 곳이 없어서인가.
方者風幡動不問	바야흐로 바람에 깃발 나부껴도
	문득 묻지 않으니
不道風幡境亦空	바람에 깃발 나부낌 말하지 않아
	지경도 고요하네.
開口已非無問處	입을 열어도 이미 묻는 곳이 없지 않으니
高僧不語人歸去	고승은 말 없고 사람은 돌아가네.

57. 진길노 현승과 동지 명의 아우가 청원에서 노닐다가 사선사를 찾아갔는데, 나는 부령으로 가지 못하였다. 두 공이 비로 인해 오랫동안 돌아오지 않자 장난삼아 이십 운의 「백가의」 한 수를 지어 불렀다

陳吉老縣丞同知命弟游靑原謁思禪師 予以簿領不得往 二公雨久不歸 戲作

百家衣一首二十韻招之

天高萬物肅	하늘이 높아 만물이 엄숙하고
虛寂在川岑	시내와 산은 고요하누나.
肅此塵外軫	속세 넘어 경계 엄숙하니
隨山上崛嶔	산을 따라 험준한 곳으로 오르네.
列宿正槮差	늘어선 별은 참으로 들쭉날쭉한데
凝霜露衣襟	옷에 서리와 이슬 엉기네.
驚鳥縱橫去	놀란 새는 종횡으로 달아나고
孤猿擁條吟	외론 원숭이는 가지 잡고 우네.
不覩白日景	밝은 햇살 보기 어렵고
惟覩松栢陰	다만 송백의 그늘만 보이누나.
南州實炎德	남주는 참으로 염덕이 넘치니
肴羞香森沈	반찬거리는 향그럽게 가득하여라.
芳草亦未老	방초는 또한 신선하고
黃花如散金	국화는 흩어진 금 같아라.

中有宴寂士	그 가운데 적막한 선비 있는데
上有嘉樹林	위에는 아름다운 숲이 있네.
遺掛猶在壁	걸린 것은 다만 벽 뿐인데
靡靡遂至今	차츰차츰 지금에 이르렀네.
阿閣三重階	아각은 세 벽의 계단이라
曠望何高深	툭 뜨인 시야는 어찌 그리 높은가.
能使高興盡	능히 고흥을 다 하니
山水有清音	산수에 맑은 소리 있어라.
所在可遊盤	있는 곳에서 유람할 수 있고
春醞時獻斟	봄 술을 때로 따르누나.
玄雲拖朱閣	검은 구름이 주각을 덮는데
小雨遂成霖	가랑비 내리더니 마침내 장맛비 되었네.
挾纊如懷冰	솜옷 둘러도 얼음을 감싼 듯하니
夕息憶重衾	저녁에 쉬면서 두꺼운 이불 그리네.
瞽夫違盛觀	봉사처럼 아름다운 경관 볼 수 없으니
何用慰我心	무엇으로 내 마음 달래볼까.
孤燈曖幽幔	외론 등잔 어두운 휘장에서 희미한데
願言思所欽	원컨대 공경한 이를 생각하누나.
良游常蹉跎	좋은 유람은 항상 어긋나니
賤與老相尋	내가 노옹을 찾아갈 때라네.
佳人殊未來	가인은 자못 오지 않으니

忽忘逝景侵	문득 해가 저무는 것 잊누나.
南榮戒其多	남쪽 꽃은 많음을 경계하니
離思故難任	떠나는 생각 가누기 어려워라.
明月難暗投	명월주 어두운데 던지기 어려우니
聊欲投吾簪	애오라지 나의 비녀를 던져 주려하네.

58. 길노와 함께 청평주를 마시며 장난삼아 집구시를 짓다

同吉老飲清平戲作集句

즉 보각이다.

卽普覺.

飛蓋相追隨	나는 수레 서로 따르며
攜手共行樂	손을 잡고 함께 다니며 즐기누나.
我有一樽酒	나에게 한 동이 술이 있으니
聊厚不爲薄	애오라지 두텁게 하고 박하지 않게 하네.
珍木欝蒼蒼	구슬 같은 나무는 울울창창하니
衆鳥欣有託	뭇 새 기뻐하며 깃드누나.
密竹使逕迷	빽빽한 대숲은 길을 헤매게 하고
初篁苞綠籜	막 나온 죽순은 푸른 껍질이 감쌌네.
有渰興南岑	남쪽 멧부리에 비구름이 일어
森森散雨足	비가 펑펑 쏟아지누나.
萬物生光輝	만물이 빛이 나는데
夕陰曖平陸	저녁 그늘에 평평한 육지 희미하네.
蠶月觀時暇	누에 치는 달에 한가할 때 살펴
振衣聊躑躅	옷자락 떨치며 애오라지 거니누나.
沈迷簿領書	장부에 매몰되어도

未嘗廢丘壑	일찍이 구학 노닒을 멈추지 않았네.
王度日淸夷	왕도는 날마다 청한하여
鎭俗在簡約	세속 다스림은 간략함에 있네.
人生非金石	인생은 금석이 아니니
親友多零落	친한 벗 많이도 죽었어라.
漆園有傲吏	칠원에 오만한 관리 있고
君平獨寂寞	군평은 홀로 쓸쓸하구나.[109]
所願從之游	원하는 바는 서로 노니는 것이라
逝者如可作	죽으면 어찌 다시 일어날 수 있으랴.

---

109 군평은 홀로 쓸쓸하구나 : 「왕길전」의 서문에서 "엄군평(嚴君平)이 성도의 저자
   에서 점을 쳐주며 하루에 백 냥을 벌면 살기에 충분하다고 여겨 가게 문을 닫고
   『노자』를 공부하였다"라고 했다.

59. 공문거가 유성공에게 준 시를 본떠 짓다. 3수

效孔文擧贈柳聖功. 三首

원풍 4년에 태화에서 지었다.

元豐四年太和作.

첫 번째 수其一

武庫五兵森森	무고는 오병이 빽빽하고
名駒萬里駸駸	명마는 만 리를 내달리네.
英風爽氣如林	영준한 풍모 삽상한 기운 숲과 같아
讀書鑿井欲深	책을 읽고 우물 팔 때 깊게 하려 하며
學道却要無心	도를 배워 문득 무심하려 하네.

두 번째 수其二

妙年玉質金相	청년의 금옥의 자질과 모습
學問日月悠長	학문은 날로 달로 발전하네.
良賈故要深藏	좋은 장사치 짐짓 깊이 감추고
屈體下心堂堂	몸을 굽히고 마음 낮춰도 당당하니
灰頭土面輝光	재와 흙을 뒤집어쓴 머리와 얼굴도 빛이 나누나.

세 번째 수其三

王良終日馳驅	왕량은 종일 말을 몰고
曹商百乘從車	조상은 백승의 수레 뒤따르네.[110]
七芧鼓舞羣狙	일곱 도토리로 뭇 원숭이 고무시키니
學問聖處功夫	성인의 공부를 학문하여
千古與我友俱	천고에 나와 벗이 되어라.

---

110 조상은 (…중략…) 뒤따르네 : 『장자·열어구(列禦寇)』에 의하면, 송나라 조상
(曹商)이라는 사람이 말하기를 "누추한 시골구석에 살면서 구차하게 신이나 삼
고 말라비틀어진 목에 얼굴빛마저 누렇게 된 것은 상(商)의 단점이다. 그러나 한
번 만승의 임금을 깨우쳐 종거(從車)가 백승이나 된 것은 상의 장점이다"라 하였다

60. 약명시를 지어 청강으로 부모님을 뵈러 가는 영자문을 전송하다
藥名詩 奉送楊十三子問省親淸江

원풍 5년에 태화에서 지었다.

元豊五年太和作.

楊侯濟北使君子	제북의 양후는 사군으로
幕府從容理文史	막부에서 조용히 문사를 익히네.
府中無事吏早休	부중은 일이 없어 관리는 일찍부터 한가하고
陟釐秋兎寫銀鉤	척리[111]의 가을 토끼는 은 갈고리로 그려졌네.
駝峰桂蠹樽酒綠	낙타봉의 좀먹은 계수 술은 푸르고
挮蒲黄昏喚燒燭	황혼에 저포 놀이 촛불을 부르네.
天南星移醉不歸	하늘 남쪽 별은 옮겨가도록 취해도 돌아가지 않고
愛君淸如寒水玉	차가운 수옥 같이 맑은 그대 사랑하노라.
葳蕤韭薤煮餅香	무성한 부추에 탕병은 향기롭고
別筵君當歸故鄕	이별 자리에 그대 응당 고향으로 돌아가겠지.
諸公爲子空靑眼	제공이 그대 위해 청안을 하니

---

111 척리 : 『본초강목』에서 "이끼는 달리 석야라고 부른다"라고 했다. 또한 "담장에 있는 것을 원의라고 하고 시냇가 돌 위에 있는 것을 척리라고 부른다"라고 했다.

天門東邊虛薦章　　천문 동쪽에 천장이 비었네.

爲言同列當推轂　　동렬들에게 말하노니

마땅히 바퀴를 밀어야지

豈有妒婦反專房　　어찌 방을 독차지한 질투하는 아낙처럼 하랴.[112]

射工含沙幸人過　　사공이 모래 머금고 사람 지남을 좋아하니[113]

水章獨搖能腐腸　　수장은 능히 썩은 속을 홀로 흔드네.

山風轟轟虎須怒　　산바람이 거세게 일어 호랑이도 성내고

千金之子戒垂堂　　천금의 아들 당에 끝에 앉지 않네.[114]

壽親頬如木丹色　　수를 누린 부친은 뺨이 모란색인데

胡麻炊飯玉爲漿　　호마로 밥을 짓고 옥으로 국을 끓이네.

婆娑石上舞林影　　바위 위에서 하늘거리고 숲에서 춤추는데

付與一世專雌黄　　한 세대 자황을 차지하게 주네.

---

112 어찌 (…중략…) 하랴 : 진(晉)의 승상(丞相) 왕도(王導)의 아내 조 씨(曹氏)는 질투가 심하였는데, 왕도가 그를 매우 꺼려서 몰래 별관(別館)을 지어놓고 여러 첩을 살게 하였다. 조 씨가 그것을 알고 별관으로 떠났다. 왕도는 첩들이 욕을 당할까 염려하여, 수레를 메워 가되 늦을까 염려한 나머지 잡고 있는 주미(麈尾)의 자루로 소를 두들기며 달려갔다고 한다. 『진서·왕도열전(王導列傳)』에 보인다.

113 사공이 (…중략…) 좋아하니 : 일명 '단호(短狐)'라 하는데, 모래를 머금어 사람에게 쏘아 해를 입힌다 하여, 몰래 사람을 해치는 사악한 무리를 비유한다. 육덕명(陸德明)의 「석문(釋文)」에 "물여우는 모양이 자라와 같고 발이 세 개인데 일명 '사공'이라고 하며 세속에서 '수노(水弩)'라고 부르니, 물속에서 모래를 머금었다가 사람을 향해 쏘므로 일명 '석인영(射人影)'이라고도 한다"라 하였다.

114 천금의 (…중략…) 않네 : 한(漢)나라 문제(文帝)가 말을 타고 험한 언덕을 치달리려 하자, 원앙(袁盎)이 "귀한 집 아들은 마루 끝에 앉지 않는 법이다[千金之子, 坐不垂堂]"라고 하면서 만류했던 고사가 있다. 『사기·원앙열전(袁盎列傳)』에 보인다.

寂寥吾意立奴會　　　쓸쓸한 나의 뜻 노회를 세우니

可忍冬花不盡觴　　　인동초에 술잔 다하지 않으랴.

春陰滿地膚生粟　　　봄 그늘 땅에 가득 피부에 소름이 돋고

琵琶催醉喧啄木　　　비파가 취함을 재촉하니 딱따구리 시끄럽네.

艶歌驚落梁上塵　　　염가는 들보 위의 먼지를 떨어뜨리고[115]

桃葉桃根斷腸曲　　　도엽과 도근[116]의 애를 끊는 노래라네.

高帆駕天衝水花　　　높은 돛대 하늘을 멍에하고 물꽃과 받으면서

灣頭東風轉柂牙　　　물굽이의 동풍에 노를 젓누나.

飛廉吹盡別時雨　　　비렴이 불고 때아닌 비가 내려

江愁新月夜明沙　　　강가에서 근심할 제 새달에

　　　　　　　　　　모래밭이 환하누나.

115　염가는 (…중략…) 떨어뜨리고 : 한(漢)나라 사람 우공(虞公)이 "한 번 노래를 부
　　르면 사람들 모두가 탄식을 하고, 두 번 노래를 부르면 들보 위의 먼지도 숨을
　　죽이고서 풀썩거렸다[一唱萬夫嘆 再唱梁塵飛]"라는 말이 진(晉)나라 육기(陸機)
　　의 「의동성일하고(擬東城一何高)」 시에 나온다. 『문선』 권30에 보인다.
116　도엽과 도근 : 서예가 왕헌지(王獻之)의 첩이였는데, 왕헌지는 안민 공주에게 다
　　시 장가들었다.

61. 친아우의 「희우」에 차운하다

次韻舍弟喜雨

원풍 6년에 태화에서 지었다.

元豐六年太和作.

時雨眞成大有年	때의 비가 풍년을 만들리니
斯民溝壑救將然	백성들을 도랑에서 구해내리라.
麥根肥潤桑葉大	보리알 탱탱하고 뽕잎은 크며
春壟未鉏蠶未眠	봄 두렁 매지 않고 누에 자지 않네.
奔走風雨連曉色	풍우가 내달려 새벽빛 이어지는데
起尋佳句寫由拳	일어나 좋은 시구 찾아서
	큼지막하게 쓰노라.
李成六幅驟雨筆	이성의 여섯 폭 소나기 같은 붓
掛在東南樓閣前	동남의 누각 앞에 걸었어라.

62. 하표 군의 「감고총」에 답하다

答何君表感古冢

원풍 4년 태화에서 지었다.

元豐四年太和作

黑頭萬蟲地上仃	흑두의 많은 벌레 땅 위에서 기어 다니니
大鈞鎔冶之化生	천지 화로의 조화로 태어났네.
反復生沒如車輇	반복해서 태어났다 사라지는 것이
	마치 수레바퀴 같아
直與歲月爲將迎	다만 세월과 서로 맞이하고 보내누나.
至人獨解諸物攖	지인만 홀로 여러 사물에 다가설 줄 알아
鍊神含嚼太和精	정신 단련하여 태화의 정기를 흡입하네.
不取造化相經營	조화를 취하지 않아도 서로 경영하니
三天八景邃飛昇	삼천 팔경을 드디어 날아올랐어라.
何郞少年毛骨淸	하랑 소년은 모골이 청수하며
天機純粹氣坦平	천기 순수하고 기는 평탄하다네.
子有靑簡當刊名	그대 청간에 응당 이름을 새길 터니
應知鍊脩未易成	단련함이 쉽게 이뤄지지 않음을 응당 알리라.
一世危脆無堅凝	한 세상 위태로워 굳게 응결할 수 없으니
外慕掩襲眞氣零	밖으로 기를 엄습함을 좋아하면

진기는 사라진다네.

朝花薄暮不能榮　　아침 꽃은 저녁에 피지 않는데

琳宮金書有丹經　　임궁의 금서에 단경이 있다네.

胡不還魂游黃庭　　어찌 황정마음에서 노니는 혼을

되돌리지 않으며

何爲臨冢悵枯形　　어찌 무덤에 임하여 시든 모습 슬퍼하여

使予丹元童子驚　　나의 단원으로 하여금 동자처럼

놀라게 하는가.

63. 회계 죽맹에서 기춘[117]의 부위를 위해 짓다

會稽竹萌爲蘄春傅尉作

會稽竹箭天下聞	회계의 죽전은 천하에 소문났으며
靑嶺霜筍搖紫雲	청령의 서리 화살대는 붉은 구름 흔드네.
金作僕姑如鳥翼	쇠로 복고화살 만들어 새 날개 같고
壯士持用橫三軍	장사는 이를 잡고서 삼군을 지휘하네.
邇來場師無遠慮	근래 전장의 대장은 원대한 생각 없어
剪伐柔萌薦葅茹	부드러운 죽순 잘라 음식으로 올리네.
人間禦武急難才	인간 세상 외적 막는데 인재 얻기 급하니
不得生民飽霜露	백성들이 상로의 은택 실컷 받지 못하누나.
嘉瓜美果無他長	맛난 오이 좋은 과일 저보다 낫지 않으니
取升俎豆獻壺觴	조두에 올려서 술잔과 함께 바치네.
奈何生與此等伍	어찌하면 생이 이것과 똑 같은가
大器小用良可傷	대기를 작은 데 쓰니 참으로 마음 아프네.
吾聞先王用人力	내 들으니, 선왕은 사람을 쓸 때
不足有餘無損益	부족함과 남음에 손익이 없었네.
碩人俁俁舞公庭	큰 사람이 헌걸차게 공정에서 춤추며[118]

---

117 기춘 : 호북성 지역으로 죽순이 유명하다.
118 큰 (…중략…) 춤추며 : 『시경·패풍·간혜(簡兮)』에, "맘 넓은 그 사람은 몸집도 큰데, 궁전 앞뜰에서 춤도 잘 추누나[碩人俁俁 公庭萬舞]" 한 데서 온 말인데, 이 시는 곧 임금이 훌륭한 인재를 높은 자리에 등용하지 않고 천한 악관(樂官) 벼슬

長詠國風三太息   국풍을 길게 노래하며 세 번 탄식하누나.

에 두므로, 마치 임금의 은택을 기리는 것처럼 말하여 그 욕됨을 겉으로 드러내
지 않고 마음에 거두어 감춘 노래이다.

64. 같은 해 과거에 합격한 심보 형의 시권을 돌려주다
還深父同年兄詩卷

원풍 4년 태화에서 지었다.

元豐四年太和作.

四體懶不佳	사지는 게을러 아름답지 못하고
百蟲夜相煎	백충은 밤에 서로 울어대누나.
呼燈探牀頭	등잔 불러 침상 머리에서 찾으니
忽得故人編	문득 벗의 책을 찾았어라.
一哦肺渴減	한 번 읊조리니 폐의 소갈이 줄어들고
再讀頭風痊	두 번 읽으니 두풍이 낫는 듯.
淸切如其人	청절함은 마치 그 사람과 똑같아
石齒漱潺湲	가지런한 돌들은[119] 잔물결에 씻기누나.
園林秋郊靜	가을 근교 원림은 고요하고
桃李春晝妍	봄날 낮의 도리는 곱구나.
雍容比興體	옹용한 시어 비흥의 체로
百物落眼前	온갖 사물 눈앞에서 떨어지네.
仍仍愁時語	하염없이 근심할 때의 말이라

---

119 가지런한 돌들은 : 한유의 「나지묘비(羅池廟碑)」에서 "계수나무 사이에는 이슬
이 동글동글 맺혀있고, 흰 돌들은 가지런하다"라고 했다

聽猿三峽船	삼협 배에서 원숭이 울음 듣누나.
梅黃雨撲地	황매우가 땅에 쏟아질 때
水白鴈橫天	물가 흰 기러기 하늘을 나네.
歎息夜渠大	밤이 길고 길어 탄식하는데
屋角月上絃	지붕 모서리에 상현달이 나오네.
把卷著牀頭	책을 잡고 침상에 누우니
我知其人賢	나는 그가 어진 지 알겠어라.
昨日河間令	예전 하간의 수령 되니
橫胥不顧錢	거친 아전이 돈도 돌아보지 않았으며,
如臂使十指	팔뚝의 열 손가락 부려서
從我伸與拳	내가 펼치고 만 듯하여라.
淹留落閒處	한가로운 곳에 머물러
坐研考二篇	앉아서 두 편을 가다듬네.
更使有閒日	게다가 한가로운 날 있으니
歌嘲拾蘭荃	조롱 노래하니 난초와 향초 같아라.
何時造化手	언제나 조화의 손으로
端爲鑄龍泉	용천검을 주조할 것인가.

65. 종여위가 초여름에 보내 준 시에 차운하여 답하다
次韻答宗汝爲初夏見寄

원풍 6년 태화에서 지었다.

元豐六年太和作.

官蛙無時休	관가 개구리 쉬는 때가 없으니
不知憂復樂	근심과 즐거움을 알지 못하는구나.
天日半規黃	하늘의 노란 해는 반쯤 둥근데
冉冉納暮壑	하염없이 저물녘 골짜기로 들어가네.
鳥棲松隂花	새가 깃든 소나무는 송홧가루 날리고
風下竹解籜	바람 아래 대는 분탁이 떨어지네.
南箕與北斗	남기성과 북두성
磊磊貫纓絡	긴 끈처럼 늘어졌어라.
懷我鄰邦友	나를 그리는 이웃의 벗
賢義本不薄	어질고 의로움이 본래 엷지 않네.
箕斗常相望	기성과 두성은 항상 서로 바라보는데
江含霧冥漠	강은 아득한 안개 머금었어라.
忽烹雙鯉魚	문득 두 마리 잉어 삶으니
中有初夏作	뱃속에 초여름 편지가 있누나.
詩詞清照眼	시사는 맑아 눈에 비추고

明月麗珠箔	명월주 주박에 아름답네.
間出句崛奇	간간이 굴기한 구절 나오니
芙蕖依綠蕩	연꽃이 푸른 줄기에 의지한 듯.
雄辨簡色空	웅변은 색과 공을 구별하고
韓盧逐東郭	한나라 사냥개가 동곽을 내달리는 듯.
終篇談不二	작품 끝까지 두 가지 이야기하지 않아도
自脫世羅縛	절로 세속의 속박에서 벗어났어라.
此道久陸沈	이 도는 오래도록 세상에 사라졌는데
喜公勤博約	공이 박문약례에 부지런하니 기쁘도다.
盈籠惠石芝	바구니 가득 석지를 주고
烏皮剝猿玃	오피는 원숭이를 벗겼구나.
野人烹嘉蔬	야인이 맛난 채소 끓이는데
回首葵莧惡	나쁜 해바라기에 고개 돌리네.
勸鹽殊未工	소금세 걷는 일 자못 좋지 않아
追呼聯縲索	뒤미처 불러 채찍으로 때리누나.
聞君欲課最	들으니 그대 일과 열심히 한다 하는데
豈有不龜藥	어찌 균약[120]이 없는가.

120 균약 : 『장자』에서 "송나라 사람 중에 손이 트지 않는 약[不龜手之藥]을 만들어
대대로 솜옷 세탁하는 것을 일로 삼는 사람이 있었다. 손님이 이를 듣고 그 처방
을 백금(百金)에 사겠다고 제안했다. 그 처방을 사서 월(越)나라 사람과 물에서
싸워 크게 월나라 군대를 물리쳤다. 오왕(吳王)은 땅을 갈라 그에게 봉해주었다"
라고 했다. 그 주(注)에서 "그 약은 손을 갈라지지 않게 할 수 있기에, 늘 병사들
이 입은 솜옷이 물 위에 뜰 수 있었다"라고 했다.

我民六萬戶	나의 백성 육만 호
過半客棲箔	과반이 객으로 발에 깃드네.
棘端可沐猴	가시 끝에 원숭이 목욕하니
且願觀其削	그 끝을 보기 바라노라.
官符晝夜下	관청 공문은 주야로 내려오니
朝播責暮穫	아침에 뿌리고 저녁에 수확을 재촉하네.
射利者誰其	이익을 추구하는 자 누구인가
登隴彎繁弱	언덕에 올라 좋고 나쁨을 가리는구나.
昨聞數邦貢	어제 들으니 여러 고을에서 공납하여
曲禮賦三錯	곡례에 삼착[121]을 부과하네.
恭惟廊廟上	삼가 생각건대, 조정에
獻納及新瘼	새로운 병폐 아뢰고,
繡衣城南來	암행어사로 성남에 와서
免冠謝公怍	벼슬을 관두니 사공이 부끄럽네.
歸乘下澤車	돌아가는 수레 못가에서 내려
絶意麒麟閣	기린각의 마음은 접었네.
田園蒙帝力	전원에서 황제 은택 받아
仰以萬壽酢	만수의 술잔 올리네.
公材橫太阿	공의 재목 태아검을 옆에 차고
越砥斂霜鍔	월나라 숫돌로 서리처럼 갈았네.

---

121 삼착 : 세금을 낮게 부과한다는 의미이다.

智囊無遺漏	지낭[122]이라 빠트림이 없고
膽量包空郭	도량은 커서 공곽을 포용하네.
行當治狀聞	다스린 행적은 조정에 알려지고
雄飛上碧落	웅비는 푸른 하늘에 올라가리라.
我材甚不長	나의 재주는 매우 졸렬하니
有地愧盤礡	드넓은 땅에 부끄러워라.
平陸非距心	평륙의 공거심[123]이 아니며
滕薛困公綽	등설의 맹공작[124]은 어렵네.
看人取卿相	사람을 살펴 경상을 취하니

---

122 지낭 : 지낭은 지혜가 많은 사람이라는 뜻. 한 문제(漢文帝) 때에 조조(鼂錯)가 가령(家令 태자(太子)의 가무(家務)를 맡은 벼슬)이 되었는데 말을 잘하는 것으로 태자가 괴어 지낭이라 불렀다. 조조는 자주 상서하여 변방의 대비 등을 말하고 법령의 개정을 청한 것이 많았는데 경제(景帝 전의 태자) 때에 많이 받아들여졌다. 조조는 사람됨이 각심(刻深)하고 권세를 부렸으므로 공경(公卿)·열후(列侯)·종실(宗室)들에게 미움 받았다. 뒤에 오(吳)·초(楚) 지방의 7국(國)이 반란을 일으켰을 때에 조조를 제거해야 한다는 것을 명분으로 삼았는데, 이 때문에 참형(斬刑)당하였다.

123 공거심 : 공거심은 전국 시대 제(齊)나라의 대부이다. 그는 흉년에 백성이 굶어 죽고 이리저리 떠도는 것은 자신이 어쩔 수 없는 일이라고 하였다가, 맹자가 "남의 소와 양을 받아서 대신 기르는 자가 만약 목장과 꼴을 구하지 못한다면 소와 양을 그 사람에게 돌려줄 것인가? 아니면 소와 양이 죽어 가는 것을 서서 보고만 있을 것인가?"라고 질책하니, 공거심이 자신의 죄를 깨닫고 뉘우쳤다고 한다. 『맹자·공손추(公孫丑)』 하(下)에 보인다.

124 맹공작 : 청렴하여 욕심이 적었지만 재능이 부족한 인물이었기 때문에, 공자가 "맹공작이 조 씨와 위 씨의 가신(家臣)의 우두머리가 되기에는 넉넉하지만 등나라와 설나라의 대부가 될 수는 없다[孟公綽爲趙、魏老則優, 不可以爲滕、薛大夫]"라고 평하였다. 『논어·헌문(憲問)』에 보인다.

妄意亦饞嚼	나도 또한 탐하누나.
終不作湘纍	끝내 상루125가 되지 못하니
憔悴吟杜若	초췌하여 두약126을 읊조리네.
一心思傾寫	온 마음으로 그리워하는데
何時叩扃鑰	언제나 그대 집을 찾아갈까.

---

125 상루 : 억울하게 유배된 사람, 혹은 억울한 죽음을 의미한다. 양웅(揚雄)의 「반이
소(反離騷)」에 "민강(泯江) 가를 따라 이 애도문을 보냄이여. 삼가 상강에서 억
울하게 죽은 굴원(屈原)을 애도하노라.[因江潭而記兮 欽弔楚之湘纍]" 하였다. 이
에 대해 안사고(顏師古)가 주를 달기를 "죄를 짓지 않고 죽는 것을 모두 루(纍)라
한다. 굴원은 상수에 가서 몸을 던져 죽었으므로 상루라 한 것이다[諸不以罪死曰
纍 屈原赴湘死 故曰湘纍也]"라고 하였다. 『한서·양웅전(揚雄傳)』에 보인다.
126 두약 : 향초의 이름이다. 여름에 흰색 작은 꽃을 피우며 둥근 열매를 맺는다. 『초
사(楚辭)』 「구가(九歌)」 상군(湘君)에 "저 방주(芳洲)에서 두약을 캐서 하녀에
게 주노라[采芳洲兮杜若 將以遺兮下女]"라고 하였다.

66. 주덕부가 보낸 시에 답하다

答周德夫見寄127

自我官東南	내가 동남에서 벼슬한 이후로
久無西北書	오랫동안 서북의 편지가 없었네.
周郎縱橫才	주랑은 종횡의 재주로
欬唾落明珠	침을 뱉어도 명월주가 떨어지는 듯.
寄聲相勞苦	보내온 노래 고단한 나를 위로하니
敦厚不忘初	돈후하여 처음 마음 잊지 않았네.
窮山江莽蒼	깊은 산 강은 아득하니
胷次亦寬舒	가슴도 또한 넓어지는구나.
念君懷白璧	백옥을 품은 그대 생각하다가
故作短褐趨	짧은 베옷 입고 달려가고프네.
秋官方按劍	추관이 바야흐로 칼을 어루만지며
不與計吏俱	아전과 함께 살피지 않네.
驚嗟相遇晚	늦게 만나 놀라 탄식하는데
羨子識嚴徐	그대 지식 뛰어남을 부러워하노라.
想當蒐逸民	생각건대 응당 일만을 불러 모으니
耕釣起海隅	바닷가에서 낚시하다 일어났으리.
鶴翎需啄飮	학은 쪼고 마셔야 하며

127 [교감기] : 살펴보건대『연보』에서 원풍 6년 태화에서 지은 것으로 편차하였다.

龜尾自泥塗	거북은 꼬리를 진흙탕에서 흔드네.
功名好采來	공명은 주워 오기 좋으니
五白成一呼	모가 나오면 한 번 환호하네.
小人邱壑心	소인의 한없는 욕심
日月半謝除	해와 달은 잘도 흘러가네.
何時眞得歸	언제나 참으로 돌아갈까
猿鳥爲先驅	원숭이 새도 나보다 앞서가네.
投身嬰世故	속세의 벼슬길에 몸이 얽매어
葛蔓恐難圖	칡넝쿨 같아 베어내기 어려워라.
相思欲寫寄	그리워하는 마음에 편지 부치려
滴盡玉蟾蜍	옥 두꺼비 연자 물 다 쏟누나.

67. 「초은」을 지어서 이원중에게 보내다

招隱寄李元中

원풍 4년 태화에서 지었다. 원중의 이름은 충원이다.

元豐四年太和作. 元中名沖元.

吾聞李元中	내 들으니 이원중은
學爲古人靑出藍	고인을 배워 청출어람했다 하네.
眉目之間如太華	미목 사이는 태화산 같아
一段翠氣連終南	일단의 푸른 기운이 종남으로 이어지네.
我欲從之路阻長	내가 좇고자 해도 길이 멀고 막혀
朱顔日夜驚波往	붉은 얼굴로 밤낮으로 거센 파도 타고 가누나.
蒼梧玉琯生蛛網	창오산의 옥피리에 거미줄 치고
老翁忘味傾心賞	노옹은 맛을 잊도록 마음 기울여 감상하네.
眼前記一不識十	눈앞에 한 명도 아는 선비가 없으니
谷中白駒閟音響	골짜기의 흰 망아지 울지도 않누나.
灊山南間臥靑牛	잠산의 남쪽에 푸른 소가 누워 있어
萬壑松聲不得游	온 골짜기 솔 소리에 노닐지 못하노라.
願君爲阿閣之紫鳳	원컨대 그대 아각의 붉은 봉황 되고
莫作江湖之白鷗	강호의 백구 되지 마시게.

68. 조도부의 숙질을 전송하다

送晁道夫叔侄

원풍 5년에 지었다. 당시 공은 태화에 이른 지 벌써 2년이 되었다.

元豐五年. 時公到太和已二載.

晁氏出西鄂	조 씨는 서악에서 나와
世家多藝文	대대로 집안이 문예에 뛰어났네.
文莊和鼎實	문장이 훌륭하여 높은 관리되었으니
尙書亦大門	상서 또한 거족이라네.
簡編自襁褓	강보에서부터 책을 보고
簪笏到仍昆	자자손손 벼슬아치 되었네.
向來映軒冕	이전부터 벼슬아치로
頗據要路津	자못 요로의 나루터를 잡았네.
恩勤均骨肉	은혜와 정성 골육에 두루 미치고
四海一堯民	사해를 요순의 백성으로 만드네.
無咎晚相見	무구를 만년에 보니
實惟諸晁孫	실로 조 씨의 자손이라네.
智囊似內史	꾀주머니는 내사와 비슷하고
筆力窺漆園	필력은 칠원을 넘보는구나.
詞林少根蔕	사림에 의지할 만한 이 적은데

斯人今絶倫	이 사람 지금 가장 뛰어나네.
我爲折腰吏	나는 허리를 굽히는 아전이라
綠綺網蛛塵	녹기금[128]에 거미가 줄을 쳤구나.
傾心得僚友	마음 다하여 동료 얻어
燕及脊令原	우의가 척령에 비교되어라.
嘉肴味同和	맛난 반찬 함께 나누고
絃誦聲相聞	현송 소리 서로 들리네.
如人逃空虛	텅 빈 골짜기로 도망간 사람과 같아
見似已解顏	이미 얼굴이 환해지는 것을 보누나.
何況金石交	더구나 금석의 사귐이랴
迺其骨肉親	바로 골육의 형제 같네.
二年吟楓葉	이년을 단풍나무 읊으며
忘我木索勤	나의 나무 찾는 걸 잊어버렸네.
行行不忍別	가고 가며 차마 이별하지 못하니
共醉古柳根	오랜 버들 아래에서 함께 취하누나.
樽前猶講學	술동이 앞이 강학하는 것 같아
夏夜衆星繁	여름밤 뭇별이 환하네.
念當侍白髮	지금 마땅히 백발노인 모셔서
甘旨共蘭蓀	향기 그윽한 맛난 음식 올려야 하네.

---

128 녹기금 : 부현의 「금부」의 서문에서 "채옹은 녹기금을 지녔는데 천하의 명기이
다"라고 했다.

帆檣灑風雨	돛대가 풍우에 젖어
浪波出蛟黿	물결에서 교룡이 나오네.
持親愼行李	부모 찾아가며 여행길 조심하고
強學加飯飧	힘써 공부하며 건강 잘 챙기시라.
革囊走官郵	가죽 주머니 관가 역말 내달려
寄書遠相存	멀리 그대에게 편지 보내리.
阿四去大農	네 번째 조카 대농이 되어
六典與討論	육전을 더불어 토론하리.
君到輦轂下	그대 장안에 이르면
爲問平生言	평생의 말을 물으리.
儻登鄴王臺	혹 업왕의 누대에 오르면
多話歸叅軍	돌아간 참군에 대해 이야기 나누세.

69. 장난삼아 반공봉에게 주다

戲贈潘供奉

희녕 4년에 섭현에서 지었다.

熙寧四年葉縣作.

潘郎小時白如玉	반랑은 젊어서 옥처럼 희었으니
上學覓歸如杜鵑	도성에서 공부하다 두견화처럼 돌아갔네.
當年屢過乃翁家	그 당시 자주 네 부친 집 찾아갔는데
沽酒煮蠏不論錢	술을 사고 게를 구우며 돈을 따지지 않았네.
大梁相逢初不識	대량에서 서로 만나 처음엔 알지 못했는데
黃塵漬面催挽船	누런 먼지 얼굴에 내려앉아
	재촉하여 배를 끌었네.
不如去作萬騎將	만 마리 기병 장수 됨만 못하니
黑頭日致靑雲上	흑두로 청운 위로 올라가리라.[129]

---

129 흑두로 (…중략…) 올라가리라 : 『진서』에서 "제갈회의 명성은 왕도와 유량의 아래
였다. 왕도가 일찍이 이르기를 "명부는 마땅히 흑두 삼공이 될 것이다'"라고 했다.

70. 차운하여 범생을 애석하게 여기다

次韻惜范生

范侯軀幹小	범후는 체구가 작지만
實有四海心	실로 사해의 마음을 지녔어라.
稍癯疑內熱	점점 여위더니 안에 열이 쌓였나 했는데
不怒見勇沈	화를 삭이다가 용맹이 가라앉아서라네.
沽玉市無價	옥을 팔려 해도 저자는 맞는 가격이 없고
汲泉井方深	물을 길어도 우물이 너무나 깊구나.
得失有豪末	득실에 조금도 마음 두지 않고
明年斧相尋	내년에 도끼 찾아가보려네.

71. 진사 시험 본 면중관에 화운하다

和冕仲觀試進士

원우 2년 비서성에서 지었다.

元祐二年秘書省作.

人圍廟垣重	종묘 담을 겹겹이 사람이 에워싸고
皷作宮漏曉	북은 궁궐 물시계 새벽에 우누나.
晨門傳放鑰	문지기가 열쇠를 열라 전하니
坌入荒庭秒	어지러이 들어와 뜰이 짓밟혔네.
初如失木猿	처음에는 나무 잃은 원숭이 같더니
稍若安巢鳥	조금 후엔 둥지 앉은 새 같더라.
黃鑪答拜辱	노란 화로에서 절하는 사람에게 답하는데
月淡秋天杳	달은 연하여 가을 하늘 아득하네.
發題疏疑經	제목 제시하니 경전의 주소인가
按劍或驚矯	검을 어루만지니 혹 놀라 날아오르네.
官曹嚴坐起	관리들은 엄숙하게 앉았다 일어나고
迣卒禁紛擾	통제하는 병졸은 시끄럽지 못하게 하네.
儇趨蟻爭丘	재빨리 내달리는 개미집을 다투는 듯.
癡坐鷺窺沼	멍하니 앉은 해오라기 늪을 엿보는 듯.
江淮有名輩	강회에 이름난 꿩이 있으니

專場或孤鷮	시험장 독차지한 외론 꿩 같네.
袖手深槃礡	소매에 손을 넣고 깊이 생각하며
乞靈頗澴繞	신령을 빌면서 자못 빙빙 도누나.
稚旄半父子	어리고 늙은이는 반은 부자간이며
相面多中表	마주한 이는 대부분 외사촌간이네.
鴻將鴈行□	큰 기러기는 작은 기러기 데리고 가고
牛舐快犢小	소는 어린 송아지 마구 핥는구나.
墨泓黮寒雲	먹의 못에는 차가운 구름이 검고
筆尾撼叢篠	붓의 꼬리에는 떨기 대가 흔들리네.
雕蟲寄鼻詠	조충은 코로 중얼거리는데
攘略傾耳剽	빼앗으려고 귀를 기울여 듣네.
剖蚌得珠難	조개 갈라 진주 얻기는 어렵고
揚沙見金少	모래밭 헤쳐 금을 볼 일도 적네.
遺形欹冠屨	형해되어 관과 신발 벗은 듯
忘味棄昫麨	맛을 잊어 익힌 보리 주먹밥 버리네.
雖揮魯陽戈	비록 노양의 창을 휘두르지만[130]
餘勇事未了	남은 용기로 일을 마치지 못하네.
喧閫遂一空	떠들썩하다가 마침내 고요해지니

---

130 노양의 창을 휘두르지만 : 옛날에 노 양공(魯陽公)이 한(韓)나라와의 싸움이 한
   창 절정에 이르렀을 때 마침 해가 저물자, 창을 잡고 해를 향하여 휘두르니, 해가
   90리를 되돌아왔다는 고사에서 온 말이다. 『회남자·남명훈(覽冥訓)』에 보인다.

星河明木杪　　　　　은하수는 나무 끝에서 환하여라.